李昂短篇集

海峡を渡る幽霊

李昂

藤井省三 訳

白水社

海峡を渡る幽霊——李昂短篇集

装幀：天野昌樹

カバー作品：淺井裕介《つぎのひと呼吸のために３》

Photo by Fuyumi Murata

色陽

従来日を繋ぐに　長縄　乏しく、水去り雲回りて恨むに勝《た》えず。
麻姑《まこ》に就きて滄海《そうかい》を買わんと欲するも、一杯の春露　冷たきこと氷の如し。

李商隠

〔李商隠は唐の詩人で、本作の題名は「謁山《えつざん》」。現代語訳：これまでも太陽を繋ぎとめる長い縄などは無いとされてきたので、／水が流れ雲が帰るのは、どうにも仕方なく、恨みばかりが募る。／こうなったら仙界の麻姑のところに行って（水が流れ込む）青海原を買い占めようとしたら、／みるみるうちに海は一杯の春の露になったと思いきや、もう氷のように冷たくなっているではないか〕

色陽《シェツイオン》はかなり年輩の女性だったが、鹿城《ロッシア》の歳月では、色陽のような女性は時としてほかの者よりも若々しく見えた。

昔の妓楼では、色陽はまわりから大急ぎで歩むようせき立てられ、まだまだ少女のおもかげを残す十三、四の頃に、十八の花盛りの風を装わねばならなかった。だがどれほど早熟を装うとも数年の歳月はたちまち過ぎ、二十歳を越えると年増女に見られ、評判が振るわなくなるにつれて歳はもはや大事ではなくなった。こうしてひと息つくと、あまりに早く過ぎ去った青春を意地でも取り戻そうとするかのように、長いこと色陽は歳を取るのが止まったかのよう、新たに加わる日々は、すべて過去の歳月に組み込まれ、現在の時間とは無関係であるかのようだった。

姉貴分や妹分は色陽が王本《オンブン》に身請けしてもらったから若さを保てるのだと羨んだが、色陽は結局凍っているところを摘んできた花であり、しかも盛りを過ぎたあと摘んできたからには、どうしたって日にさらされては耐えられなかった。そこで王本が家財を使い果たしたものの色陽がそのまま居着くことになったのちは、数多くの夕暮れを色陽は日茂屋敷《ジッポッ》の前の竹の椅子に腰掛けて破れたズボンを縫い、古着を仕立て直さねばならず、この時になってようやく色陽は再び歳を取り始めたのだ。

日茂屋敷の前に座る色陽の身に新たに加わった歳月は、日毎に深くなり、さらに多くの年月が過ぎ去ると、色陽は古着の修繕のほかに、お祭りのたびごとに市場で売れる小物を作らねばならなくなった。端午節の匂い袋、七月のお盆用のわら人形、あるいは元宵節の提灯のようなものだ。

色陽は指先が器用なほうではなく、村にいた幼い頃には絹糸さえ滅多に見たこともなく、ましてや刺繍《ししゅう》針を操った覚えもない。だが妓楼に入ったのちは、暮らし向きがある面ではむかしと打って変わって贅沢になり、客が少なく暇な折りには、姉妹分たちと絹物の余り布と五色の絹糸で遊び半分に匂い袋を作った。いい加減に作っていたものだが、当時はあとでこれが生活の糧になろうとは思いもよらなかった。

そんなわけで五月も近づく夕暮れ時ともなると、日茂屋敷の前に腰掛けた色陽の膝の上には、もはやボロの色あせた古着は見あたらず、彩り鮮やかな絹糸やら涼しげな光沢を放つ絹布の端切《はぎ》れが置かれ、夕暮れの太陽に照らされて、絹特有の煌めく光沢はわずかな輝きとはいえ、色陽の全身を包んだ。色陽は刺繡の残りの糸をつなぎ合わせると、すでに折り上げた折り紙細工に、色とりどりの小さな星やら、八角とか円形の吉祥富貴を表す貨幣やら粽《ちまき》を縫い取りした。色陽はさらに余り布で小さな黄金色の虎やら雄鳥、巾着、長寿の桃などを縫い上げた。一つ仕上がるたびに、色陽はそれをそばの枯れたガジュマルの盆栽の枝に掛ける。小さな匂い袋は五月を目の前にしたそよ風に揺れ、そのたびに洩れる香料の香りは、時折揺れては鳴る鈴の音にも似ていた。その後この手製の匂い袋に誘われて、どれほどの童年の美しい思い出が、五月の夕陽の下で揺らめくことであろう。

だが色陽は滅多に昔を懐かしむ気持ちにはなれなかった。長年の積もり積もった日々は、彼女のもともと物事を詰めて考えるように教えられたこともない頭にいっそうの重石《おもし》を載せたので、ごく自然に多くの思い出が消されていた。色陽が一針一針、刺繡し縫い上げた小物は大勢の子供の懐かしい思い出となったというのに、彼女の心は空っぽだった。彼女は同じような匂い袋を作り続けながら過去の暮らしを思い出すことなどなかった。過去はどれほど辛かろうが楽しかろうが、二度と思い出そうとはしなかったし、未来についても考えぬことにしていたのだ。

このようにして何年ものあいだ、色陽は夕暮れの日茂屋敷の前に座り、匂い袋作りに没頭し、季節の変化に従って、わら人形を作り、飾り灯籠も作った。長く緩やかな時の流れの中で、色陽は何も考えようとはせず手仕事に没頭していた。だが鹿城の人々は、何年も目を光らせ続けて、色陽が王本を捨てなかったことを良しとしながらも、なおもこんな馬鹿にした口をきく者がいたものだ。色陽のような過去を持つ女は、楽な暮らしに慣れちまって、まともになったとは言っても仕事に選り好みをして汗をかいて働こうとはしないのだ。

陰口を叩かれようと、色陽は自分の仕事を続けられたが、月日と共に、彼女が生まれ育った小さな街の変わりようを思い知らされるのであった。変化はゆっくりとやってきたものの、むかしに後戻りすることはなかった。

最初は作る先から売れていったわら人形が、年々売れ残りが出るようになり、人形を卸していた葬儀用の紙細工店の主人が色陽に告げた。七月のお盆にわら人形を焼けば魔除けになると信じる人も減ってきたんだ。色陽は最初は気にもとめなかった。自分と同じ年輩の世代が死に絶えさえしなければ、きっとわら人形を買う人がいるに違いない、と堅く信じていたのだ。七月のお盆にわら人形を焼かなかったら、供養を受けられずにさまよう霊魂が、群がってきてしまうのだから、家の中の邪気をお払いできなくてはご先祖の供養をしても無駄ではないか。だが結局はわら人形の売れ行きは一年ごとに悪くなり、ついには紙細工店の主人も買い付けに来なくなった。

その後も毎年、色陽は七月になると忘れることなくわらを探し出しては、六十センチの長さに切りそろえ、真ん中から折ると、全長のおよそ五分の一のところで木綿糸で首の形に絞り、その下は三段に分け、首下の短い一段を綯《な》って腕とし、真ん中の長い一段を胴体とし、最後の一段を縛って両足とした。こうしてわら人形ができあがると、拝んでから金箔の紙銭《しせん》〔死者や幽霊、神を祀るときに焼く金箔を張った紙〕と一緒に火をつけた。わら人形を焼かなくなった近所の人々でも平安に暮らしており、祟《たた》りにあうようすもなかったが、色陽はなおも自分の習慣を続けた。変化といえば、自分で作るわら人形が年毎に凝った細工になっていったことであろうか。そして色陽も、わら人形を焼いて邪気を避けてこそ今の暮らしを何とか続けられるのであって、焼かなくなった日には必ずや祟りにあうもの、という信念を年毎にいっそう固く抱くようになっていた。

新しい外来の考えが民衆のあいだに広まり、鹿城のようなところにまで及び、旧来の習俗に取って代わるまでには長い時間がかかるものである。各種大小の供養に必ずわら人形を焼いていた頃から、色陽のわら人形による収入が減るまで、その間の変化はゆっくりと進んだ。そんなわけでわら人形が一つも売れなくなった時には、色陽も長い歳月をかけた変化に慣れていた。しかしこれに続くもう一つの変化は、厳しく素早く色陽の暮らしに影響を与えた。

それはある年の五月のこと。端午節の二、三日前、突如として何の前触れもなく、街に大量のスポンジ製の匂い袋が登場したのだ。旧来のと同様にさまざまな種類があり、踊る赤ちゃん、長寿の桃、粽《ちまき》、虎、雄鳥などはすべて機械製で、大きさも模様もそして匂いまですべて同じだった。物によっては縫合部に黄色の接着剤が残っていて汚らしい。工場で作るこうした製品は値段が安いのでたちまちすべてのお客をさらわんばかりであった。

端午節の日の夕方、色陽は大量の売れ残りの匂い袋を抱えて帰ってきた。いつものように日茂屋敷の前の竹の椅子に座ると、五月の夜風がやさしく色陽の額に垂れた白髪を吹いた。と同時に竹籠の中の匂い袋の香りが次々と立ちのぼってくる。

王本はいつものように暗くなってからようやく門をくぐってきた。色陽は長いことうつむいていたせいでだるくなった首を上げてたずねた。

「どこへ行ってたの」

「ちょっとそこまで」

王本はいつものように気のない返事をした。

色陽は知っていた。二十年以上も連れ添ってきたあいだ、毎日午後、彼がどこへ行っているのか知っていた。しかしこの時ばかりは、二十数年来積もり積もった王本の行状に関する一切が、突然、過去とは全く異なる意味を持つことを、彼女にもはっきりと理解できたのだ。大粒の涙が色陽の目からこぼれ落ちた。

彼女は夫のこの習慣を受け入れてきた。ほとんどの鹿城の女たちのように、久しく流布してきた掟に従ってきたのだ——嫁入りは菜の花の種をまくようなもの、沃土のような夫に出会うか、ひからびた畑のような夫に出会うかはすべてめぐり合わせ、自分では選びようもなく慣れるしかないのだ。彼女は夫を受け入れ、夫の習慣を受け入れた。同意したのではなく、黙認したのだ。ほとんど本能的に運命だと思っていたし、そのうえ自らの客商売の過去のため、彼女は決して口に出してはならぬということがわかっていた。だがこうしたことはすべて三度の食事が満足に食べられてのことであり、暮らしが根本から揺らぎ始めると、彼女はことの不合理に気づき始めたのだ。

しかし色陽は結局は激しい気性の女ではなく、傲慢とはほど遠かった。昔村にいた時、大勢の兄弟姉妹の中に混ざっており、妓楼に入ってからも、売れっ子にはほど遠く、いつも自分を抑えて好き放題に振る舞ったことなどなかったのだ。この端午節の宵も、色陽は王本と言い争うこともなく、恨めしそうに大粒の悔し涙を流すばかりであった。

暮らしは目に見えて悪化した。匂い袋づくりの元手が回収できなかったばかりか借金さえできてしまった。王本もできるだけたくさんの日雇いに出たが、しばらくは回復の見込みも立たなかった。その後の数か月、色陽は質屋に通ってその日暮らしを続けねばならなかった。

そこで色陽は工場に働きに出ようかと考えた。隣の紡績工場で働いている娘の口から、色陽は意外にもこの小さな鹿城にたくさんの各種小型工場が動いているのを知ったのだ。紡績工場、紡織工場、鉄工所、エレクトロニクス工場に各種の部品工場から菓子の加工場まであるのだ。だがこうした工場は未成年の少年工と女工しか採用せず、年輩者を雇用する気はほとんどなかった。色陽はようやくのこと鉄工所でハンマーの柄を付ける作業にありついたが、数日のうちに機械の巨大な騒音に耐えきれず、辞めてしまった。

その後、色陽はあちらこちらで各種の手仕事を探した。ときにはナイロン紐で籠を編み、あるいはセーターを編んだが、どれも臨時工で、しかも求職者が多すぎていつも回ってくるとは限らなかった。暮らしは王本の不安定な日雇いに頼らざるを得ず、色陽は昔の匂い袋づくりで収入が安定していた日々をついつい思い出したものだが、そんな日は二度と戻らぬこともよくわかっていた。

ただ一つ心の慰めとなったのは、旧暦八月十五日の灯籠への期待であった。色陽は苦労してちょっとした額の金を借りると、必要な材料を買い集め、王本とともに暇を見ては仕事に励んだ。電気を節約するために、夕方には色陽は再び日茂屋敷の前の竹の椅子に座り、落日の名残の中で、さまざまな形の灯籠を作った。

灯籠づくりも長くは続けられないだろうことは、色陽も薄々感じていたものの、まだ一、二年は大丈夫だろうと思っていた。しかしこの年の秋には街にプラスチック製の灯籠が大量に現れたのだ。同じ形の船や飛行機に、同じ型から作られた丸提灯は、すべてプラスチック特有の黒みを帯びた赤色で、全く同じデザイン、色彩、大きさであった。値段はそれほど安いというわけではなかったが、紙製の灯籠と比べて破れにくく燃えにくいということで、ほとんどの客を奪ってしまった。

この年の中秋節には色陽はわずかに数個の青竜刀と飛行機、それに鳥の灯籠が売れただけだった。買ってくれたのは鹿城でも有数のお金持ちの奥さんたちで、雑な作りのプラスチック灯籠では紙灯籠のような情緒がないと言うのだ。

中秋の夜、王本はいつものように空が暗くなってから帰宅した。早出の月がすでに遠くの夜空に出ており、どこもみな明るく照らされている。色陽は大泣きしながら、遅い帰宅を詰《なじ》り、ついに王本と激しく言い争った。

王本と一緒になって以来苦労のし通しで、ここ数年は牛馬のように働き詰めだったが、子供もいなくてこれからはどうやって暮らしていったらいいのか、と色陽は恨み辛みを述べ立てた。中秋節でも帰宅が遅く、家のことは放ったらかしで自分一人で遊んでいる、こんなにたくさんの灯籠をどうしたらよいのやら、これから誰に頼って暮らしたらよいものやら。王本は始終押し黙って、家の一角に積み上げられた火を入れていない灯籠の前にしゃがみ込んでいた。やせた小さな身体は暗い電灯の下で、紙で作った築山の前に立つ飾りの小獣のよう。

やがて色陽はくどくどと責め立てるのに疲れ、聞くに耐えぬほどの罵り言葉も尽きてしまい、しゃくりあげ泣くばかりであった。王本はようやく立ち上がると、服をつかんで外へ出ようとした。息づかいも静かになっていた色陽は、夫の不意の外出に驚き、さらには彼女に構おうとせぬ王本の挙動に再び激怒して、憤然と腰を上げると、指を王本の鼻先に突き出し、恨みがましく言った。

「あんたなんてあの野良犬どものとこに行ったらいいんだよ。野良犬の仲間入りして、二度と帰って来るんじゃないよ。二度とこの家の門をくぐるんじゃないよ」

言い終えてしばらくは二人ともいったいどういうことになったのか事態をよく飲み込めず、茫然と向かい合って立ち尽くしていた。やがて王本はこの言葉の意味を飲み込むと、突然手をサッと振り上げ、力一杯に目の前に伸びたままの色陽の腕を叩き、大股で出て行った。

あたり一面には中秋特有のあの明るく澄みきった光が溢れ、金剛砂のよう。あまりの輝きはかえって寂しい限りで、清らかな光と陰が四方を覆い、その重苦しさは息もつけぬほどだった。

街はどこも月見に出て来た人と灯籠を提げた子供で溢れている。それでも市街区から離れると人の数も減った。海辺に着いた時、王本の前にあるのは満天を照らす白い月光とはてしなく湾を塞《ふさ》ぐ黒い泥土ばかりだった。両者は遥かかなたの地平線で交わり、中間色の灰色の帯を作り出している。遠くから波の砕けるザザザという音がはっきりと聞こえてきた。

王本は御用済みの崩れかけた堤防の上で膝を折って座ると、じっと前方を眺めていた。海鳴りは規則正しく寄せては返り、絶えることなく休むことなく、やがて幾多のむかし見た夢が次々とこの場に現れ来ては去り、去っては来るかのよう。

四十年あまりのあいだほとんど毎日、宵闇迫ると彼はここに来て、膝を折って土手に座り続けた。四十年前には、満潮でなくとも波は土手から一メートルほどのところまで寄せてきたものだ。その時、彼は土手に座って、懐の肉まんじゅうを一つまた一つと下の野犬の群に放った。犬たちがしだいに満ちてくる波に脅えながら、奪い合って貪り食うのを眺めていたのだ。

長い歳月のあいだ、彼は十代の頃たまたまこの海辺で面白半分に始めた行為を、ほとんど欠かすことはなかった。当初、友人たちはこんな行動をからかったものだが、彼は気にも留めなかった。説明の必要を覚えなかったばかりか、説明の法も知らなかった。ただ毎日毎日と続けるうちに暮らしの中の習慣となり、そのうちに噂する人も減り、最後には誰も口にしなくなった。

何の意味があるのか考えることもなく、どれほどの歳月が経過したのかも不明のまま、彼はこのように行動し続けてきた。そうしてこの中秋の夜、土手に座っていると、遠からぬところで波が繰り返し押し寄せている。彼は初めてかくも多くの歳月が過ぎたことを知ったのだ。

彼は堤防に座るようになってから四十余年、泥が湾を埋め尽くしていくのを目撃してきた。かつての港の賑わいも去ったが、彼はなおも堤防に座り続けた。四十余年待ったのだ。相当な家産を使い果たすのを待ち続けたのだ。彼は海岸の堤防で自らの生涯を送り、あらゆる繁栄と変遷の物語を見届けてきたと言えよう。あるいは堤防に隠れて丸々四十余年を忘れ続けてきたとも言えよう。すべては彼が物事を詰めて考えるように教わる機会もなく、サーッと退いていく潮のようにただただ日々を過ごしてきたためなのだ。

もしも色陽に言われなかったら、彼は自分が海辺の土手で生涯の大半を過ごしてきたことに永遠に気づかなかったことだろう。あいかわらず毎日夕方、海辺に来ては野良犬の餌を奪い合う姿の高見の見物をして、老いて死んでいったことだろう。しかし色陽がこれを言ってしまったのだ。

なぜ色陽がこれほど彼の習慣を嫌うのか、彼にもとうとうわかってきた。そして最初にこの海辺に座って以来、彼がすでに多くのものを遠くに捨て去っていたことに気づいた。多くのなすべきことを若い時から今に至るまで捨て続けてきたのだ。彼にも今ようやく色陽のこれまでのやさしさが、自分に長年連れ添い、変化する世の中でこの家を一人で守ってきてくれたことが思い出された。涙が彼の目に溢れた。

むせび泣くうちにどれほどの時が過ぎたものか。ただゆるゆると昇る名月がしだいに明るさを増し、あたり一面は異様に白く静まり返っていた。彼がその場を去ろうと立ち上がった時、熟知しているはずの土手と海岸が、突然かつてない新しい姿で彼の脳裏に閃光のごとく現れた。一瞬、彼は恍惚として、この土手に四十余年も座り続けたことなどなく、実際は何も本当には起きておらず、何も変わりなく、そして四十余年は未だ過ぎてはおらず、自分は土手に一瞬のあいだ座っていただけ。本当だ。若い頃初めてここに来て以来、自分が去ろうとしている現在まで、すべては一瞬のうちに起きたのだ。

王本は静かに笑い始めた。

そして彼は、次の夕暮れには自分は二度とこの海岸には来ないのだということを知っていた。あるいはこれこそ古来言い伝えられてきた、滄海《そうかい》変じて桑田《そうでん》となるという神話であろうか。何も不思議なこともなく、何も特別なこともなく、ある男がわけを知ろうとせず理解しがたいことをしただけのことなのだ。同じことを四十余年し続け、その間に彼は世の移り変わりを見届け、自らの眼下で滄海が泥で埋まり、しだいに伝説の桑畑へと変わろうとしているのだ。そしてある時、彼は突然この長い時間は実際はただの一瞬に過ぎぬのかも知れないと気づいた。この瞬間に、彼は確かに滄海が桑畑に変じるのを見たのだ。こうしてこの人の所有物のすべてはもはや重みを失い、考える価値さえ失ったのだ。

これはまさに滄海変じて桑田となるという神話ではないか。

海に出て魚を捕る漁師たちは翌日早朝、堤防の下で丸まっている王本の死体を発見した。誰も確かな死因はわからなかった。

眠れぬ一夜を過ごした色陽は、この知らせを受けると、すでに予知していたかのように、意外にもジイーッと沈黙し続け、日茂屋敷の前の竹の椅子に一日中座ったまま動かなかった。

彼女はただ一言、二十年来我慢してきた言葉を言ったに過ぎない。そんな重大な言葉ではなかったというのに、こんなちっぽけな鹿城では、そしてこんな夫婦のあいだでは、耐え難かったというのは、実のところ何が因で何が果なのか。そして世界全体がその魔力で鹿城の暮らしを変えていく時、はたしてどのような魔力が彼女の身の上に加えられこのような結果を生ぜしめたのか。だがこれら一切はすべて大事なことではなく、大事なのは彼女自身避けようもなくあの言葉を口に出し、もはや取り返しがつかないからには、あの言葉を受け入れるしかないということが彼女にもわかっていたことである。

こうして色陽は日茂屋敷の前で一日中ひたすら座り続けた。夕暮れになると、色陽は家の中のすべての灯籠に火をともした。一面揺らめく赤いろうそくの赤く柔らかな光に照らされて、色陽の顔はとても幸せそうに輝いていた。

「わたしは紅白の模様がいいわ」

五月の甘くさわやかな風に、南門市場前の大通りに立つ女の子の短い髪とスカートがなびいた。のっぽで眼鏡をかけた男の子が、片手で彼女の多少痩せすぎの肩を抱きながら、空いている左手で長い竹竿の台から紅白の糸で縫い取られた六角形の粽《ちまき》形の匂い袋を取った。

女の子はこれを受け取ると鼻先に当てて深く息を吸い、ニッコリと微笑んで男の子の腰を抱くと、歩きながら話し始めた。

「小さい頃、わたしの家の近所に女の人が住んでいて、匂い袋づくりがとても上手だったの。いつも端午節になるとこのおばさんはわたしに匂い袋をたくさんくれたわ。とてもやさしくて、丸顔で、肌は真っ白、いつも旗袍《チーパオ》〈チャイナドレス〉を着ていたのを覚えているわ。あの縁取りをした旗袍よ。でもお母さんはわたしがおばさんのところへ遊びに行くと機嫌が悪いの」

楽しそうに話し続けていた女の子は、ここまで来ると急に表情が暗くなった。そこで男の子がやさしくたずねた。

「どうして?」

「それは……」女の子はしばらくぼんやりとしていたが、突然何かを思い出したかのように早口で言った。

「それは、今わかったわ。おばさんが芸者だったから」

「芸者?」

「そうよ、歌を唄ったりする娼妓よ」

娼妓の二文字がスラスラと口から出たとき、李素《リイソウ》は自分でもひどく驚き、思わず立ち止まった。

鹿城にいたころ、彼女は色陽が娼妓であるなどと考えもしなかった。たまに人が話すのを聞いても、娼妓という二文字が色陽を意味しているとは思わなかった。色陽とは作文にも書いたことのある端午節の麗しい思い出であり、娼妓というのは全く別の名詞であって、両者のあいだには何の繫がりもなかったのだ。だが、端午節を控えたこの日、問われるままに答えた時、李素はとっさに両者のあいだの意味関係を知ったのだ。ふしぎな気分で頭がクラクラした李素が顔を上げると、至るところ車両と歩行者でごったがえす台北の街が見えた。

西蓮

遥か遠く四、五十年前から、陳家は鹿城《ロッシア》の住民の間でも、長いこと噂話の格好の材料にされていた。そして陳西蓮《タンセエリエン》の母は、疑いの余地なく一番多くもめ事を起こす人だった。

彼女の曾祖父・祖父の代は、鹿城に豊かな資産を持っていたのだが、父の代になると、家運は傾き、日本統治期に娘を学校にやるだけの力は無論なくなっていた。それでも幼時から至極聡明だった彼女は、遠い親戚でお金持ちの叔母に可愛がられ、高等女学校を卒業するまで学資を出してもらった。その上、器量も良かったので、まもなく彼女は陳家の嫁となった。

陳家が鹿城でしばしば噂に上るのは、その一族の豊かな財産のほか、幾人かの出来の良い息子たちのためでもあろう。そのため、夫は新婚二、三か月で日本に戻り、医学学士の取得をめざして勉強を続けることになっていたが、陳西蓮の母は込み入った陳家の大家族のなかで一人じっと我慢し、静かに待とうと思ったのだ。

しかし異郷の地で夫は寂しさに耐えきれず、日本人女性と同棲してしまい、この噂は幾人もの口を経てようやく陳西蓮の母のところにまで届いた。取り立てて不都合があろうとは誰も思わなかった。当時、陳家の若旦那さまがお妾《めかけ》さんの二人や三人、家に同居させようが、誰も何も言わなかったし、ましてや外地での女性との同棲ではないか。

陳家の二娘《ジイニウ》〔二番目の母〕は、自らのお妾さんの経験から、嘆き悲しむ陳西蓮の母にこう言い聞かせた。諦めるしかない、正妻という名分さえあれば結構じゃないの、女たるもの分をわきまえなくては、男というものは余所《よそ》に行くとそうするものなのよ。

だが陳西蓮の母は恐るべき決断を下した。彼女は周りの反対を押し切り、すぐさま船に乗って日本へ行き、この件に白黒の決着を付けようとしたのだ。夫は日本人女性との関係を認めた。その後何が起きたのか、陳家の長老たちは誰も多くを語りたがらなかった。ともかく最後に陳西蓮の母は離婚の要求を出し、短期間に夫と彼女の取り分の財産までも含める条件一切を取り決めてから、フラフラと鹿城に舞い戻ってきたのだ。それは彼女が陳西蓮を産むほんの二、三か月前のことである。

このことは何か月もの間、繰り返し人の噂に上った。鹿城では未だかつてこのような事件が起きたためしがなく、陳西蓮の母は正式離婚した最初の女性と言えるのだ。さまざまな風説が飛び交い、その大半が陳西蓮の母を責めるものだった。陳西蓮が生まれ、女の赤ちゃんでは財産争いの資格が足りぬとわかったのち、人々の関心もしだいに薄れたのだ。

陳西蓮の母は法律の定めるところにより当然の財産を分与されると、長いこと、彼女は静かにその財産を守って暮らした。鹿城では続けて多くの事件が起きたので、表面的には彼女はほとんど忘れられていた。しかし長い歳月が過ぎて、彼女より幸運な女性たちがそれほど人の噂に悩まされず合法的離婚を勝ち取ったときには、必ず彼女がその例として持ち出されたものだ。

陳西蓮はしだいに成長し、母の方は手に入れた大きな家にいつもこもって、他人とはほとんど付き合いもしなかった。雑用をする老女のお手伝いだけが、奥様は仏様を篤く信仰なされ、家に仏堂を備えているばかりか、早朝の読経を欠かさず、尼寺に入りたいと考えている、といった消息をまれに伝えるばかりであった。

最初は陳西蓮の母が陳家に嫁入りしたのは財産目当てで、しかも結婚前からある若い男とひどく親密で、離婚は手段に過ぎないと信じ込んでいた人々も、その考えを変えざるを得なくなってきた。仏を念じる女性が悪いことなどするはずがない、と多くの人が信じ始めたのだ。もっとも当時、陳西蓮の母は三十を少し過ぎたばかりであったのだが。

こうして、離婚をしたこの女性は、自分の財産と娘を守り、鹿城住人にはわからぬ原因のために、数多くの見合い話を拒んで一人で十年も二十年も暮らしていった。昔、陳西蓮の母の学資を出した遠い親戚の叔母も、篤信な仏教徒で、長年来、陳西蓮の母はただ一人、彼女とだけ親しく交際していた。陳西蓮の母は首を振り、ため息をついて親戚知人の一部にこう語るのが常だった。陳西蓮を産んでからは、母としてこのように一生を終えるつもりができております、それゆえに娘には、西方極楽浄土から不老不死の仏の座の蓮華を取って来るという意味で、西蓮と名づけたのですよ、と。

再び注目を集めたのは陳西蓮が高等女学校を卒業してから数年が過ぎた頃だった。陳西蓮は鹿城の国民小学校で教えており、みなの称賛の的のやり手の若手教師だったので、仲人が陳家を出入りし始めたのだ。陳西蓮はもともと父方の伯母の息子と「指腹為婚《チーフーウェイフン》」〔胎内にあるうちに婚約すること〕の約が交わされており、今では双方の子供も大きくなって、仲人の世話により、この婚約は履行されねばならなかった。しかも陳西蓮は台北の大学で勉強している名目上の夫にたいそう好感を寄せており、彼女の未来のお姑もこの色白にして細身で乙女の恥じらいを漂わせる若い嫁を大変気に入っていた。どう見ても陳西蓮が新しい生徒たちに「女の子とその小さな姉さんが門前の石段に座っています」〔小学校の国語教科書の一節〕と教える機会は二度と巡ってきそうにはなかった。

この時、陳西蓮の母は自らの母としての権力——自分の世代の仲違いを娘に訴えるという権力だが——を振るって、陳西蓮に彼女の長年の恨みを語ったのだ。自分はどれほど夫の家から侮辱され嘲笑されたか、自立するのがどれほど大変なことだったか、夫の家の者たちは日夜自分の暮らしに目を光らせ、慎みに欠ける挙動はないかと監視していたもの。陳家の正門を踏み出た時には、あらゆる陳家の親戚と関係を断とう、たとえ乞食になろうとも、奴等の門口では物乞いはしないとまで決心したのだ。この怒りを抱いて長い歳月を過ごしてきたのであり、どうあっても陳家とよりを戻すことはできないし、ましてや姻戚関係なんてとんでもないことなのだ。

陳西蓮の結婚は頓挫し、彼女は激しく母と言い争った。この色白の小学校の女先生が、母親の目の前で大事な清朝の磁器を叩き割ったなど、誰も想像もできないであろう。この磁器も昔、母が苦心して夫の家から分与されてきたものなのだ。噂が老いたお手伝いの口から外に伝わると、人々は陳西蓮のことをあれこれと評判しては、この母娘を比べたがった。若い娘でも二十年前の母のように、強硬措置の決断を下すかもしれないと思ったのだ。

紛糾は数か月続いたが、陳西蓮は結局は年齢を重ねた粘り強い母の相手ではなかった。最後に、結局、両家の婚約が解消されたという噂が出回ったのである。

この事件をめぐって母親の方に対しては数多くの恐るべき風説が流された。母は娘の結婚を阻止するためにわが身を以てまるで未経験の婿を誘惑し、ベッドに入る直前に、早くから暗がりに隠れさせていた娘に決着を付けさせたという悪質なものさえあった。事実がどうであれ、このような噂が流れたことから、鹿城住民の心に潜在していた、当時すでに四十歳になるにもかかわらず、尋常ならざるほどに艶やかな陳西蓮の母に対する大いなる懐疑と不安を読みとることができよう。

破談の余波は容易には収まらず、鹿城にはさらに別の風説が流れた。それは陳西蓮と小学校で同僚の外省人〔戦後入台した漢人のこと〕男性とが恋愛中だというもの。この愛は出身省と家格が合わないので、必ずや邪魔が入ると予想されたが、陳西蓮の母は自ら出馬して止めさせようともせず、鹿城西郊の運河の土手で、陳西蓮が心持ち上半身を傾けるようにして背の低い男とキスをしていた、と人々が噂し合うのに任せていたのだ。陳西蓮はすでにその男性教師の子供を妊娠しているというところまで噂が進展したところで、男性の方は突然農村部の小学校に転勤となった。配置換えの理由は職務怠慢である。最後のこの一手は当然鹿城住民には陳西蓮の母の仕業と思われたのだ。

もしもこの男性教師が幸い病院に送られ一命を取り留めたものの、村の小学校宿舎で自殺未遂を起こさなければ、この恋愛騒ぎも平穏無事に過ぎ去ったことであろう。これまでと変わりなく学校で教壇に立っていた陳西蓮は、知らせを聞くや、病院に駆けつけ、医者と看護婦の前で、涙を流しつつ男性教師に向かい、以前は彼のことをどれほど好きだったか自分でも気づかなかったが、今や、何が起きようともきっとお嫁さんになります、と告げたのだった。

間もなくやってきた長い夏休みのためか、あるいは陳西蓮の母が何か行動を起こしたためなのか、長いこと、鹿城住民は陳西蓮を見かけることがなかったし、陳家のあの分厚い木の門も滅多に開かれなかった。

その後何年も、鹿城住民は陳家の母娘をめぐる新しい話題を手に入れられなかった。その間に、陳西蓮は二度とやり手のまじめな教師には戻らなかったし、同時に恐ろしいほど老け込み瘦せてしまった。たまの日曜日などに、彼女が母と市場に現れる時、一瞬、青白い表情の娘よりも母の方がよほど生命力がある、と感じられるほどだった。たしかに四十を大幅に超えた陳西蓮の母は、年をとるほど若返るかのよう。彼女はもともと愛らしく美しい女性だったが、中年期を迎えたのちはしだいに肉づきが良くなり、一種珍しい淑やかさと愛嬌を醸し出しており、それは福々しくも異様な青春であり、骨張っている娘とあからさまな対照を見せていた。

鹿城住民はしだいに母の体に現れた輝きに注意し始めた。世故《せこ》に長けた女たちは、これは例のことかと疑った。結婚間近の女性たちは、恥ずかしそうにおしゃべりしながら自らの見解を披露した。あのことでなければ、五十近くまで寡婦の暮らしをしてきた女性がこれほどきれいになるかしら？　だが怪しげなことは誰も何も探し出せなかったのだ。

しかしまもなく、陳家から母が病気になったという噂が流れ、鹿城の著名な医者たちが請われて往診に出かけた。だがしばらく治療しても効果がなく、次々と交替させられ、ついには泉郊救済病院の若い病院住み込みの医者が呼ばれるに至って、陳西蓮の母の病はようやく好転し始めたのだった。

噂話は快癒後もその若い医者が陳家に出入りし、ときにはそれが深夜であったことから生じた。物好きな人たちが探偵を続けた結果、母とその男性との情事を発見したのだ。

この正常ならざる恋の結果、娘はこの若い医者に嫁ぎ、陳西蓮の母は男性が夜中に家を訪ねていたのは娘に会うためであると弁解した。母親がどのようにして娘を説き伏せて嫁に出したのか、誰にもわからなかったが、陳西蓮が家を出たのちには噂もしだいに収まっていったのだった。

結婚後数年のうちに陳西蓮は何人もの子供を産んだ。その男性は鹿城には身寄りがなかったので、度重なる相談の結果、夫婦は子供を連れて母と同居することとなった。陳西蓮はこの時、財産に激しい欲求を示した。彼女はすでに五、六年生は教えず、一、二年生の入学したての児童を担当していた。彼女はまず家に徽章を縫う機械を備え、途切れることのない児童をお客として吸い寄せたのだった。さらに母親に陳家の大広間を改装することを承知させ、少しずつ相当な規模の編み物教室へと拡大していった。母の所有する財産はこの時にはほとんど使い果たされていたので、陳西蓮は一家の経済の大権を接収し、独立し始めた。ことここに至っては、彼女はもはや生徒に「女の子とその小さな姉さんが門前の石段に座っています」と教えた卒業したての熱心な小学校の女先生ではなかった。

鹿城の歳月は流れ続けた。当時陳家の噂をした人々も相次いで老いていったが、たまに昔話をすると、彼らはなおも陳西蓮の母のことを持ち出した。仏様を篤く信仰する婦人たちはこう思うのだった。陳家の母は確かに娘に良い名前を付けた、現世因果応報の中で、あの西方仏座の蓮華は、いつも母親のために最大の力を尽くして数多くの苦しみを解いてくれたことよ。

水麗

林水麗《リムツイレイ》が鹿城《ロッシア》に戻った事情とは新聞が報道するようなものではなかった。

名舞踏家の林水麗は、突然テレビの連続舞踏番組への出演を辞退して、彼女の故郷へ帰ることになった……これは、ある契約から逃れるための行動である可能性が高い、という見方が一般的であり……

何年鹿城に帰っていないかとあらためて数えてみて、林水麗は呆然とした。少なくとも十数年になるのだ。最初に日本から帰国して以来、一度も鹿城に戻らなかったのは、その必要性をまったく感じなかったからである。鹿城とは窓の外を飛び去る台湾北部中部のどこも同じような田舎の一つに過ぎず、頭に残る曖昧な画面は、あたかも遠くからぼうーっとした山水画を見るようなもの、ぼんやりと輪郭はつかめるけれど、わざわざ近くに進み出て建物がいくつ、人影がいくつと数えようとは思わない。

林水麗は窓の外を見ていた視線を戻すと、手にしていた新聞を畳んだ。一抹の寂しげな微笑が念入りに化粧をした顔をよぎった。十数年ぶりの初めての帰郷、という耐え難い罪名が刻印されてしまったのだ。

しかし新聞は疎かにできぬ事実をも報道している、と林水麗は思った。記者はどうやってこれほど多くの事実を調べたのか、見当もつかないものの、彼女はたしかに幾つもの大事な舞踏の出演をキャンセルしていた。すべてが契約問題というわけではなく、最近稽古の際に負った足の怪我と、舞踏に対する冷たく煩わしい思い、さらに家に戻って土地の所有権を処理せねばならなかったので、思い切ってこれら一連の自分の名声にいっそう磨きをかけられたはずの公演を辞退したのだった。しかし記者は契約問題のみ取り上げているので、林水麗は思わず唇をゆがめて苦笑したのだ。それでも胸の内では、一人の芸術家として誤解を受けながらも、芸術のために最大の努力を払い、犠牲さえ惜しまず、二、三十年も踊ってきたことが、今ようやく真の最大の満足をもたらしてくれたのである。

この数十年を思えば、彼女の中にあって舞踏は確かにもっとも重要な位置を占め続けたものの、真に霊感溢れる陶酔感に浸っていたのは、鹿城にいた日々だけのことではなかったろうか。林水麗は首を莒光《チュイクアン》号〔莒（きょ）は春秋時代の地名。斉の国が滅亡寸前となり、この地を拠点として国勢を挽回した故事「莒にあるを忘るることなかれ」で知られる〕の柔らかいビロードの背に乗せ、ゆっくり目を閉じると、思わず微かに微笑んでいた。

当時の陳西蓮の家の大きくて多少陰鬱な広間では、遠く上《かみ》の奥の広間から陳家の母が木魚をたたきながらお経を読む声が聞こえてくる。小刻みに自分の感じるがままに四肢と身体を動かすにつれ、ぼんやりと浅い眠りに落ちていくかのよう。天窓から漏れてくる微かな光と仏様にお供えした蠟燭の光が、周囲を照らしていくつもの巨大な影を作りだし、真っ黒な、形も定まらぬ影は、自分の動きに従いさまざまな奇妙な姿へと変化《へんげ》する。巨大な薄のろの野獣が、壁の角っこでは、ひとりぼっちのやせ細った姿に変じる。しかしいかに変わろうと、やはりわたしであり、変化《へんげ》を続ける影であろうと、互いに絡み合っていれば、心の慰めとなるのだ。

今なら家の者がなぜあれほど反対したのか良く理解できるのだが、当時はわからなかった。考えることといえば、独力で精も根も果てるまで奮闘しなくてはならぬということだけ。だから裸足で陳家の下《しも》の広間で無数の自分の影と踊っていても、陳西蓮の母が突然振り返ることなど心配したこともなく、すでに大いなる自由と歓楽を味わっていたといえよう。その後の歳月は、さまざまな場所で絶え間なく踊りを習うことになるが、あるいは当時味わった神秘的快感がその原点であったのかも知れない。

あの陰鬱な、怪しげな快感がどこから生まれてきたのか、どうしてもわからない。ここ何年もの間、稀《まれ》に自分一人、暗い大広間で踊る刹那、似たような感覚が戻ってくることがあるだけだ。昔、ヒンヤリと冷たい五角の赤煉瓦を敷き詰めた床で爪先が冷たく痺《しび》れるように体内の性欲を刺激するあの快感。だが神秘の祭典に集い身を捧げるという精神的満足が常に欠けていた。時折、林水麗は自分があの時代に対し深い懐しさと愛とを抱いていることを、痛いほど思い知らされていた。

もしこれが鹿城にまつわる体験でなければ、とっくに帰ってみていたことだろう。しかしもののごととは多くが常にそんなものであり、林水麗は恨みもしなかったし、追求もしなかった。だが、旅客列車が鹿城の小さな駅前に停まったとき、林水麗には十数年前とほとんど変わらぬ望洋路《バンイウロー》が見えた。道の両側に立つのはあいかわらず清末建造の三階建ての旧式洋館であり、単調な灰白色が続いているのだ。それでも圧倒されるような厳粛さがどことなく漂い、林水麗の身体は軽く震え、陳西蓮に会いたいという思いが胸に湧き上がってきた。

日本統治期に祖父が建てた西洋の城を模倣した古い屋敷に戻ると、夕陽が尖塔の先にわずかな紅を留めていた。門まで出てきたのはやはり赤ん坊の頃からの門番のお上さんである牡丹《ボウタン》だった。髪は真っ白になり、林水麗にはほとんど誰だかわからなかった。同時に彼女は自分ももはや若くはないことを発見した。慌ただしく旅装を解き夕食を済ますと、彼女は牡丹に陳西蓮のことをたずねてみた。

陳家の広間で舞踏の稽古をしていたとき、陳西蓮はわたしと同じくまだ高等女学校の生徒で、青白く、痩せっぽちで、わずかに猫背、ひどいはにかみ屋だったが、時々わたしなどにはできないふしぎなことを敢えてやらかした。上の広間でお経を上げる陳家の母に隠れて、下の広場で踊ったらいいと自分に勧めるようなことを。見つかれば厳しく叱責される危険を冒していたというのに、彼女は真っ赤に上気しながら、目を輝かせてわたしの踊りを見つめていた。さもなければ日本語の恋愛小説をひと山抱えてきて、顔中涙でぬらしながら読んでいた。陳家の母の夜の日課であるこの時間に、陳西蓮が奇妙な振る舞いを見せたことを除けば、その他の時は彼女はいつも青白い顔をして途方に暮れたようすで隅に立っているという記憶しかない。

女学校を卒業後、家族と激しく争った結果、やはり母方の叔母の世話で台北に出て以来、陳西蓮には会っていない。二十年を隔てて突然、白髪の牡丹がまるで婆やが世間話をする口調で、陳西蓮の人生を語るのを聞いていると、林水麗には白々とした思いが湧き上がってきた。立場が変われれば、自分もこんな具合に話の種にされているのだろう。この夜、彼女はなかなか寝付けなかった。昔ははにかみ屋でまったく自己主張をしなかった陳西蓮が、どのようにして多くの事件に耐えてきたのだろうか、と彼女を思って胸を痛めていた。

翌日からは地所《じしょ》の代書人や弁護士らとの打ち合わせで忙しく、ようやく多少の暇ができると、親戚たちが紹介してくる小さな街のバレエ教師に会ってやらねばならず、林水麗にようやく陳西蓮の家を訪ねる時間ができたのは、当日午後の台北行き汽車の切符を買い込んだその朝のことだった。

記憶では建造時に厳密な設計通り、きちんと上下二つの広間に分けられた薄暗い大広間は、すでに真ん中から仕切られ、昔踊っていた下広間は今では編み物教室となっており、上広間は寝室用のいくつかの小部屋に仕切られていた。一列に並んだ女工の騒がしい話し声と機械音の先に、林水麗は陳西蓮を見つけた。

不意の再会に驚き一通りの挨拶を交わした後は、互いに多少気まずく、お茶を二口三口飲むと、林水麗は女学校時代の友人たちの消息をたずねた。陳西蓮はそれにいちいち答えていたが、両人とも感慨を禁じ得ず、陳西蓮がこう言い出した。

「あなたは良いわね。しょっちゅう新聞やテレビでお姿拝見しているわ」

「そんなことないの」と林水麗は答えた。「その日暮らしで、あなたの方が恵まれてるわ。お子さんたちもこんなに大きくなって」とひと呼吸置いてから、子供のことでお世辞を続けた。「ご主人はお医者さんですってね」と、用心深く林水麗は探りを入れた。

「貧乏医者よ。今日は当直で病院に行ってるわ」陳西蓮の返事は林水麗の予想外に落ちついていた。

「伯母様は？」と林水麗はたずねた。

「買い物に行ったわ。母の楽しみなの、家にいても退屈でしょ」

二人の女性は話を続けるうちに、親しみが増し、別離後の互いの人生を語り合ったにすぎぬというのに、すっかり意気投合していた。辞去する際に、陳西蓮は林水麗をしばらく見つめて、寂しげに言った。

「本当に羨ましいわ。世界中を駆け巡っているんだから。わたしには家もあるし子供もいるし、鹿城を出るなんて一生涯、考えも及ばないわ」

林水麗は何と言って良いやらわからず、ただ陳西蓮の手を取るばかりであった。

「お暇なときに台北に遊びに来てね」

陳西蓮はありがとうと答え、林水麗を門まで送り出すと、正午の太陽が明るく輝いていた。汽車に乗り込んでから、林水麗は陳西蓮に住所を教えていないのに気づいたが、よくよく考えてみると、教え忘れたのではなく、その必要を感じなかったのだ。陳西蓮にはすでに陳西蓮のすべてがあり、彼女は確かにもはや昔の痩せて青白い女学生ではなかったし、確かに苦しい人生を送ったし、鹿城は確かに幾重にも彼女を縛りつけていたのだが、その中にあって陳西蓮には彼女の家庭と子供がすべて揃っていることは、否定のしようもない。それはわたしの現在の名声・地位とどれほどの差があるのだろうか。わたしは辛い思いで家族全員と決裂して飛び出したものの、今では離婚した子供のない中年女にすぎないのだ。林水麗は思わずギュッと手の中の土地の権利書を握りしめた。今になってやっと手に入れた遺産、とっくに手にしているべきだったこのちょっとした遺産だけが、唯一、苦しみ続けたことの報いではないか。

林水麗が目を閉じると、汽車が急速度で北上するのにともない、鹿城がしだいに一寸一尺と後ろに飛び去り、ゆっくりと遠ざかっていくのが感じられた。

陳家のあの広間はすでに無いにしても、わたしはやはりどこか別のところから新たな力を得てまた舞踏に帰っていくのだろう、と林水麗は考えていた。

セクシードール

一

まだ子供だった頃、彼女は人形が欲しくてたまらなかった――曲線美の人形が。だが彼女のお母さんは早くに亡くなり、お父さんは構ってくれず家も貧しかったので、そんな人形はいつまでも手に入らなかった。ある時期、彼女は毎日、塀の隅からこっそり覗いて、おとなりの子供が抱いている大きな人形を眺めていたことがあり、おとなりの女の子は人形を大事にせず庭のそこらに置きっぱなしにするので、彼女はいつもふしぎに思い、もしも自分にもあんな人形があったらきっと可愛がって、いつも抱っこしてあげるのに、とぼんやり考えていた。

それほど人形が欲しかったので、ある日、丸めた掛け布団を抱いて寝ていた時、突然思いついたのだ――こうすれば人形になるんだ、胸にギュッと抱きしめられる人形に。彼女は古着を探し出すと、それをグルグルと縛ったうえで、全長四分の一あたりを別の紐で縛ってみた。こうして彼女にとって最初の人形ができた。

この最初の人形のために笑われたことを彼女は永遠に忘れないだろう――たとえ夫の暖かく気持ちの良い腕に抱かれていても、彼女はやはり折にふれ思い出すのだ。そういう時の彼女は、必ずメソメソと泣き出すので、夫はそっと彼女の顔を両手で包み、わざとらしくそしてちょっと面倒くさそうな軽い口調でこう言うのだ——

「またあの布人形かい！」

彼女自身、あの最初の人形を「布人形」と呼び始めたのはいつ頃だったかよく覚えていない。それでも最初に夫に自分の人形のことを話した時からではなかったか、と思うのだ。あの日の宵の口、夫婦のことを終えた夫は脇でかすかに息を荒げており、彼女が目を大きく見開いて、開け放たれた窓から差し込む月光を見ていたのは、柔らかな光がベッドの前の床にこぼれ落ちていたからだ。すると突然、告白しなくては、夫に最初の人形のことを話さなくては、と彼女には思えてきて、顔を赤らめ、途切れ途切れに彼女がどのようにして人形を作り、どのようにして毎晩抱きしめて寝ていたか、その後、彼女の遊び仲間からどんなに笑われようが、人形を大事にしてきたことを話したのだ。夫は聞き終わると大声で笑い出した。

「君の布人形だって！」彼は笑いながらそっと叫んだ。

たぶんこんな具合に布人形と呼ばれたのだ。彼女はあまりよくは覚えていないのだが、夫がその夜、この名を口にしたことに疑いの余地はなかった。夫が布人形と言いながら笑ったその笑い声がひどく耳障りだったことは記憶に鮮やかで、自分が一大決心をして口にした話題は、笑って済ませられるものではない、と考えたのだ。夫はどこかデリカシーとやさしさに欠けている。

彼女が二度と布人形のことを語ろうとしなかったのは夫の思いやりに欠けた笑いが原因だったのか。あの夜以来、彼女が夫に背を向けるようになったのは、あの毛むくじゃらの広い胸に向き合うのが耐え難くなったからで、かつては彼女を安らかにしてくれた温かい胸が今では見るも気味悪く何かが足りないようなのだが、何が足りないのか、それは彼女自身にもわからない。

その後、毎晩のように彼女は奇妙にして透明なものの夢を見始めており、それは現実とは無関係な暗い空間で散開しながら、生き生きとしたようすで浮かんでいるのだ。それは何か——たとえ夢の中とはいえ——彼女にはわからなかった。折に触れ、目が醒めると、夢を見たことだけが思い出され、何を夢見たかは、何も覚えていなかった。

かつてはあたりまえのように、自分のものだったのに、その自分のものだったものが何だかわからないというそんな感覚に彼女は耐えられず声を上げて泣きたいと願った。何度も夫に抱かれながら、彼女は知らず知らず涙を流していたのだ。そのたびに、夫は例の布人形のせいにした。布人形のせいじゃないわ！　彼女は何度も夫に向かい、布人形はあの晩以来遠くへ行ってしまったのよ、と叫びたかった。だが彼女がいつも黙っていたのは、無駄な弁解をしたくなかったからだろう。

夢はなおも続き、彼女をひどく不安にさせたので、折にふれ何時間も座り続けるようになり、バラバラに浮かぶ透明なものとは何だろうか、と考えてみたが、いつも失敗に終わり、その一部を捕まえたと思う時もあったが、さらに深く追求しようとすると、それは消えてしまうのだった。

彼女の惚けたようすには夫も気がかりで、ベッドで何度か冷たく拒まれると耐えきれず、数日ようすを見たのち、病院に連れて行くことにした。夫の保護者然とした偉そうな態度に嫌気が差していた彼女ではあったが、夫が夢に深く悩まされていたので、最後には同意したのだ。

夫は病院行きを決めたものの、バスの中の雑然とした気配は彼女には耐え難く、病院行きに同意したことを後悔し、何もかも医者に話そうという気にはなれず、しかも医者が何かの助けとなるとは信じられなかった。彼女は横を向いてみたものの、となりに座った夫の顔色から何を言っても無駄だとわかった。彼女は再びゆっくりと正面を向いた。

軽く彼女に触れた人がいたので、彼女がそっと目を上げると、豊かな乳房が下着の内側で重く垂れている。彼女は楽しくなってあれこれ想像した。左右の乳房にはきっと熟れすぎたイチゴのような乳首があり、子供の口が吸い付いてくるのを待つかのように、ズシリと重く下を向いているのだろう。突然、彼女がこの豊かな乳房に頬ずりしたくなったのは、暖かそうで気持ちよく、彼女に安らぎを与えてくれそうだったからだ。ゆっくりと目を閉じた彼女は、かつて見た子供が両手で母の乳房を触っている場面を思い出した。自分がその子の左右の手だったらよいのに、そうすれば、自分も柔らかい母の乳房の無垢な喜びを楽しめるのだ。すると手の平に油汗をかいていて、今にも自分の手が何やらしでかすのではないか、と彼女は不安になった。

グイッと太い腕に抱かれて、彼女が目を開けると、夫の心配そうな顔が見えた。

「ひどく顔色が悪いよ」と夫が言った。

彼女はどうやってバスから降ろされたか覚えていないものの、夫の腕が異常に気持ちよく温かいことだけは感じていた。帰りのタクシーでも夫に寄りかかるうちに、筋肉の発達した彼の胸に慣れてきた。しかしそれでも片時も忘れることなくあの乳房、柔らかく手で触れる乳房を思い出していた。夫の胸にもあんな乳房があって、乳首は彼女が吸い付いてくるのを待つかのようにズシリと垂れ下がっていればいいのに、と彼女は願っていた。突然、これまで夫の胸は何か欠けていると感じていたその何かとは、頬を寄せて安堵できる乳房であることに彼女は気づいた。

その後、あの夢の中のものが凝縮し始めたのには、さすがに彼女自身も驚いた。以前はバラバラで雑然と浮かんでいた透明なものが一つの物体に結合し始めると、曲線を描いて盛り上がり、二つの大きなオッパイのようなものとなってズシリと垂れ下がり、その透明な肌の下では、濃い母乳が流れるようすがかすかに見えるからには——それは女の身体、曲線美を持つ女の身体。彼女は驚きのあまり、こう叫び出しそうだった。

夢から覚めると、これまでなかった何か暖かいものが彼女の乳房から流れ出て全身にゆっくりと浸透していくのが感じられ、トクトクと流れる乳が洗礼を行い、波も立てずにゆっくりと体内の血管すべてを流れていくかのようだった。彼女は感極まってそっとため息をつき始めた。目を見開き、周囲を見渡すと、夫はすでに熟睡しており、真夜中の穏やかな月光が静かに窓辺の床を移《うつろ》うようすは、乳を撒いたかのよう。二つ目の人形は、泥を捏《こ》ねて作ったことを彼女は思い出した。最初の布製の人形を布人形と呼ぶのなら、この二つ目の人形は泥人形と呼ばねばなるまい。

泥人形を作ろうと思ったのもあの出来事が原因だった。その日突然、どうしてもおとなりの子供の大人形を抱きたくなった彼女は、出かけて行ってはみたものの、どのように自分の気持ちを伝えてよいのかわからず、数分間向き合ってから、手を伸ばして人形の腕を取ったところ、おとなりの女の子はパッと人形を脇によけ、さらにひと突きしてきたので、彼女は転んで泣き出した。その子の母親が出て来て、そっと彼女を抱き起こすと、彼女の頭を胸の内に抱いて慰めてくれたのだ。

彼女は初めてあの柔らかく気持ちの良いものに触れたが、それを何と呼んで良いのやらわからないまま、本能的にすがりつき、触りたいと思った。こうして彼女は自分の布人形にあき足らなくなった——布人形の胸には高く盛り上がり弾力に富むものはなく、もはや彼女の慰めとはならないから。彼女はお母さんのことを思ったのは久しぶりのことで、初めてお母さんが恋しくなったのだ。何の記憶もないお母さんも、胸には必ずや安らかで暖かく、そして彼女が頬ずりして休めるものがあるに違いない。

　前回の感覚が戻ってきたようで、彼女は夫に泥人形のことをぜひとも話したいと願ったが、すぐに夫の大笑いの顔が頭に浮かび、思いやりのない軽蔑に満ちた嘲笑が、彼の広い胸の内から現れ、醜くしかもなぜか罪悪に満ちていた。彼女は微かに首を動かして熟睡している夫を見たが、遠い赤の他人のように感じられ、繊細にして深く寂しい思いが湧き出したので、彼女にはいっそう泥人形が恋しく思われた。

　その頃は毎日のように雨が降り、近所の小さな粘土質の丘に降る雨は、泥水となって流れていた。彼女は子供たちの真似をして粘土を掘っては泥人形を作っていたが、彼女が作る泥人形は子供たちのとは異なり、必ず胸に粘土を盛り上げ、それが高々とそびえ立つように工夫するのだ。ふだんは、できあがった泥人形を軽く水でさすると、泥人形は全身にツヤツヤとした黄土色の光を浮かべ、黄金のような光沢を放つのだ。彼女は小さな泥人形を撫でながら、いつの日か泥人形のような光沢のある肌に触れたいと願っていた。

　夫はたしかに泥人形のような光沢の肌をしており、ギラギラと健康的な茶褐色の光を放っている。彼女は手を伸ばしていとおしそうに夫の身体を撫でていたが、その手は胸毛に触れると、ビクッとして引き、夫の胸に柔らかなオッパイができたらいいのに、と彼女は強く願っていた。一種異様な感動を覚えた彼女は上半身の服を脱ぐと、既婚女性の豊かな乳房を夫の胸に寄せ、自分の乳房が夫の身体に転移するよう、彼女の人生で最も敬虔な祈りを捧げた。

上から垂れる乳房の重みで夫が目覚め、済まなそうな目で彼女を見ると、ギュッと抱きしめてきた。

彼女は夫に説明したいとも思わなかったので、同様の行為に際して夫がひどく済まなそうな目つきをする度に、彼女はいつも静かに夫のその後の行為を受け入れた。だが夫の胸が彼女の乳房に触れる時、彼女は言いようのない不安を覚え、しりぞけたいという異様な戦慄が身体の秘やかな内部より微かに伝わり、上にのしかかっている夫をひどく重く感じていた。そして彼女の故郷で大きな荷車をヨロヨロと引き続ける老いた雌牛のことが思いだされた。

疲れ果てボロボロになっても永遠に重荷に耐え続ける老いたる雌牛に自分が似ているなどと、彼女は考えたこともなかった。しかしそう考えると健康な夫は皮肉にも骨と腐肉の塊となり、まだ体温が残り生臭い臭いが鼻につくかのようだ。夫の身体も彼女にとって厳罰となり、まるで獣肉の卸し市場にいるかのような気持ちになった。

彼女が微かな恐怖を覚えたのは、「夫」の意味がこれほどまでに支離滅裂となったことはなかったからだ。結婚前の彼女は、ほとんど崇拝するかのようにワイシャツの上から夫の肩を撫でていた。それは力に溢れていたが、童貞の男子に特有の恥じらいと堅さを帯びていた。それは若い男の肩ではあっても男性のものではなく、堅さの中に男性らしい落ち着きと完璧な筋肉組織を備えており、彼女はこれに触れるたびに酔いしれていた。結婚後、彼女がそれを撫でるうちに、それは堅い角が取れて柔らかくなり、あらゆる不安と不確実さは、その表面から消え去り、彼女は再び新たな喜びに溺れていったが、それは極めて高い、ほとんど飽和状態に達する安堵だったが、純粋に肉体的なものであった。

恐怖は再び彼女が夫の肉体を愛するきっかけとなったが、彼女は部分的に成功したものの、そのように平穏に続けられるはずがなく、そのうち新たな倦怠によりそれを嫌悪するようになるだろうということは彼女にもわかっており、彼女は永遠に失敗しない方法を探し出すべきであり、この方法とは夫の左右の胸にオッパイ、彼女に再び新鮮さと安心感を与えてくれるオッパイができることなのだと、彼女は確信した。

その後、祈り待ち続けるうちに日々は過ぎ去り、彼女は幾度も祈りを繰り返して待つうちに、夫の胸にズシリと重く、子供の口が吸い付いてくるのを迎えるオッパイができると、固く信じた。

確かに彼女は自分が子供の口であればよいのにと望んでおり、そうすれば母親の乳房を吸う快楽を楽しめるからであり、かつて彼女が小さな泥人形の胸の突起部を唇で触れたように、あの戦慄と感動に伴われた快楽に浸りきることができるのだ。彼女ははっきりと覚えている――あの頃には、防空壕という空間があり、自分の姿を地中に深く隠して幾度も泥人形のすべすべした身体に口づけすることが可能だったことを。彼女は地の底のモグラのように陽の当たらない穴の中の歓びに沈み込むことができ、しかもこの歓びとは彼女の父親や、おとなりの子供の大きな人形、さらにはおとなりの子供のお母さんから与えられるものではないのだ。

それでもなお不可解なことがあり、それは最初に泥人形に口づけしようとした時に、彼女がこれを拒んだのではなかったか、ということで、ある時、家の中で、彼女は唇に近づけた泥人形を力一杯投げ捨てたので、床の上で泥人形の手足は吹き飛ばされたものの、高く盛り上がった胸部だけが直立して残され、毅然と彼女を見上げていた――そんな情景がおぼろげながら思い出されるのだ。

しかし洞窟の中ではこんなことが起きる心配はまったくなく、あの暗い、地上から隔離された空間であれば彼女は安心できるし、しかも泥人形に口づけすることは義務のようであり、いかなる責任も負う必要はないのだ。

この家に地下室が、人に知られることのない部屋が、あるいはどれほど陰気であろうと自分を隠せる場所があればよいのに、と彼女は真剣に願っていたが、しかしそんなものはなく、どこもきちんと片づけられていた。ワックスがかかった床板で、死角さえないのだ。彼女は突然、異常なまでに自分の故郷が恋しくなった。あの広大な田舎の原野、どこまでも続き、人知れず隠れることができるサトウキビ畑。懐かしさのあまり、彼女はしばしばいつのまにか涙を流していた。

ついに彼女は、自分は故郷に帰らねばならない、と夫に告げた。そばで両手を枕に横になっていた夫は、この話を聞き終わると、眉間に皺を寄せた。

「君がなぜそんなことを思いついたのか、僕には見当も付かないよ。たしかあんな故郷には二度と帰りたくない、と言ってたじゃないか」夫は口をへの字に曲げていた。

「それは昔のこと、今は違うの」彼女の興奮ぶりは夫の言葉の中の不快感を無視するほどだった。「今はどうしても帰りたいの、本当に帰りたいの」

「なぜだい？」

「なぜでも何でも」

「大丈夫なの？」

「知らないわよ」

答えているうちに、彼女はひどく興醒めして、自分がまったく意味もなく自分自身に対し弁解しているように思われ、わけがわからぬままに、横を向いた。

「怒ったの？」夫の腕がそっと伸びてきた。

「ううん」

彼女は本当に怒ってなんていなかったし、すなおに夫に身を寄せたが、彼女の背中が夫の平らな胸に触れた時、彼女の目の前には再びあの大きなサトウキビ畑が現れ、ベットから四方に向かって無限に広がっていた。「夫にもオッパイがあるべきよ、オッパイが」彼女はそう思っただけでなく、小さく囁きもした。だが夫は気づかぬようすで彼女の胸の前のボタンを外していた。

毎度のことであるが、夫の手が彼女には不潔に感じられ、乳房を撫でるのは自分の手であるべきで夫の手ではない、と彼女はずっとぼんやり考えていた。部屋の中のほの暗い明かりでは夫の手をはっきりと見ることはできず、彼女はなおもその左右の手が自分の乳房に触るのを許していたものの、自分が夫の手を意識するのは、ベッドインしている時だけのようね、と考えると可笑しくなった。

あの頃はこうではなく、彼と知り合って間もない頃、彼の手は効率的な有能さを意味しており、彼の胸と同様に楽しみと安らぎを与えてくれ、そして結婚後の彼の手は、彼女がかつて知ることのなかった快楽を与えてくれたものだが、今では、彼女はその手から逃れることばかり考えているのだから、可笑しく思われ、フッと笑ってしまった。

彼女にはわかっていた——このすべては逃れようのないことで、唯一の解決法とは夫の胸に乳房ができるのを祈ること。彼女自身と夫との平等のために、彼女はさらに心をこめて祈らねばならないのだ。

彼女はこんなふうに考え続けてきた――ひざまずいて祈るのではこんな特異な願いごとが叶えられるはずもなく、もっと原始的な祈り、徹底した解放的な祈りが必要なのだと。そのため、朝、夫が出勤した後、彼女は自分を寝室の奥深くに閉じこめ、すべてのカーテンを閉じ、大きな鏡の前に立つと、一枚一枚と服を脱ぎ始めた。彼女は少し曇った鏡の中の影を見つめながら、服を脱がせているのは自分ではなく、なにか正体不明の力であると思っていた。やがて、服はすべて取り去られ、彼女はいかなる動物の温もりも感じられない寒々とした床に正座すると、両手を胸の前に合わせて祈り始めた。知っている神の名前すべてに対し彼女は祈り、夫の胸に彼女と同じオッパイを与えて下さるようにと願い、さらには自分の乳房を夫の身体に移植する方法を教えて下さい、とまで望んだ。神々が願いを叶えて下されば、可能な代償はなんでも払ってお礼しますと祈った。

このように祈り続けるうちに、彼女は大いなる歓喜を覚え、肉体が氷のように冷たい床に触れる時、感電したような痺れる快感が走り、彼女がこの感覚を必死に求めたのは、それがベッドで夫の肉体と絡み合い一体となることよりもはるかに清らかなことに感じられたからだ。彼女は祈りの方法を変え、時には地を這う蛇となり、時には卵を抱いた蜘蛛となったように感じていたが、彼女の願いに変わりはなかった。

夫に気づかれることなく、すべては順調に進んだが、彼女の祈りに浸透してきたある動物がおり、初めはその左右の目が見えただけ、それは角のない菱形の、長い楕円で、色は秋の落ち葉が枯れたような濃い黄緑だった。寝室の微かな光の中で彼女の全裸の肉体の動きを凝視していたが、それは柔和にして親しげだったので、彼女は気にもかけず、相変わらず床板の上でその熟れた肉体を広げていたのだが、無表情で奇妙にして不可解な動物の目は、彼女にとってあるいは存在しない観察であったのかもしれず、彼女が祈りのしぐさにかける熱意に何の影響を与えることもなく、冷たい床に伏せてキスをする彼女はまさに大理石彫像の愛人を抱くような思いを感じていた。

黄緑の目は見守り続けるうちに、動物特有の獣性による残忍さとすべてを破壊せんとする欲望を帯びてきた。最後に、ある一刻、彼女はその目が恐ろしいほどの征服欲を浮かべているのに気づいて驚き、その目に屈服し、神への長い祈りののちに、それが神が使わした半人半獣の牧羊神であると深く信じるに至り、自らのすべてを捧げてこそ望みが叶えられるのであり、そのために我が身をすべて捨て去るという激情に突き動かされて、彼女はその未知の人獣に向かい肉体を開いた。両眼に見つめられながら、彼女は肉体のあらゆる場所を二筋の眼光の下にさらけ出した。もう一つの洗礼がこうして完成されたのだ。

この一刻こそが彼女の求めていたもの、大理石の愛人と夫の胸の乳房への愛にも勝るものであっただろうか。深くして測り知れぬ幸せな思いが波のようにうねりつつ、彼女に襲いかかり、そしてあの黄緑の両眼をも湖水へと変え、その湖水には波はなく規則正しい形が水面に起伏し、幸いは濃縮され、ついに一滴の水となり、たちまちあの黄緑の湖水に落ち、さらに滴が溶けて広がるにつれ、彼女の命の中の原子一つ一つが微かに黄緑に染まった。その後、彼女は自分が再び組成され、ゆっくりと湖底から昇って行くのを感じていた。湖面に浮かび上がった時、彼女は自分が黄緑の人魚となり、枯れた水草のような髪をして、黄緑の風の中を漂っているのに気づいた。突然、黄緑の湖水は急速に退き、暗闇がゆっくり覆い被さってくると、彼女は例の黄緑の目がすでに行方知れずとなったことを知ったのだった。

最初に浮かんできたのは侮辱されたという醒めた感覚であり、彼女は混沌として知覚なき情欲の中でゆっくり目を開くと、これまで自ら限りない誘惑だと考えていた肉体が実はまったく効果がなく、久しぶりに再び自分が単なる女に過ぎないこと、ふつうの女であることを定められた女に過ぎず、ほかの女たちと比べて貴くもなく、卑しくもない、何のちがいもない女であることを意識させられたのだ。彼女は床板に伏せて、さめざめと泣いた。彼女がこれまで願ってきた夫の胸の乳房のことを呆然と考えると、言いようもない悲しみにおそわれてさらに激しく啜り泣き、自分がずっと夢の中にいたのであり、例の茫漠として透明でわけのわからぬものの迷夢を見続けてきたのだと思った。そして彼女にはそんな夢を組み合わせることもできず、その方法も知らないことはわかっており、以前試みてしかも成功したかのようだが、彼女にはどうにもならない、永遠に夢を組み合わせることはできないと、わかっていたのだ。

泣くのを止めると、腑抜けのように床から後ろ髪を引かれることもなく這い上がり、ゆっくりと、目的もなく、だが義務的に自分の服を着始めた。

二

彼女は寝姿のままで、片手を横向きに寝ている夫の首の下に通すと、軽々と夫の顔を抱いた。周囲の暗闇からはすでに大小いかなるものも消え、甘く、無限の、底なしにして暗い闇のみが残されているので、彼女は安心していた。彼女は夫の楽しげな目元を見つめると、思わず微笑みを浮かべた。彼女はその楽しさを知っており、自らのためにまもなく再びそれを手に入れて安堵を覚えるのだ。自分が流浪の果てに再び母の暖かい懐に戻ってきた子供であるかのように、そして再び家に戻った子供は再び母の乳房を得られるはずだ、と彼女は確信していた。彼女は自分と夫が得られた結果に満足し、なおも微笑んでいた。

すでにどれほどのあいだ微笑みを続けているのか、彼女は自分でもはっきりと思い出せず、すでにとても長い時間が過ぎたかのようである。荒れ果てた夢の世界から抜け出して以来、彼女は補償にも似た並大抵ではない情熱を持って夫の平らで堅い胸を愛しており、自らがその胸を楽しみ、やさしく撫でるに任せていたのは、二度と一身の汚れと罪とを負いたくはなかったからである。夫は彼女が明らかに変わったことを理解してからは、彼女に対してさらにやさしくなった。彼女は夫に対し自らの貞節と新生を保証するために、子供を産みたいと願い始めていた。

彼女の心の中に存在する子供のイメージが曖昧だったのは、彼女が子供について考えるのを避けてきたからであり、子供は常に彼女に幼年期を思い出させては、波のような苦痛を次々と彼女に向かって送り出し、彼女を埋めてしまうのだった。だが自分も母となる能力があり、もはや母の乳房は必要ないことを証明するためには、彼女には子供を一人産む必要があり、それは子供であることだけが必要とされる子供であり、特別な才能や容貌は不要で、彼女の乳房を吸うことのできる小さな口、彼女の乳房を握る小さな手さえあればそれで十分だった。彼女は子供であるだけの子供が必要だったのだ。

彼女は自分の願いを夫に話すことに決めたが、脇で寝そべっていた夫はこれを聞いてフッと笑い出した。

「まったく君はよく変なことを考えるね」

彼女が突然、夫の言葉を異様に可笑しく思ったのは、自分は子供を産むことができるし、またそうすべきであり、それならば、変なのは夫自身であるはずだからだ。初めて彼女は夫にも不合理な点があり、彼も常識では理解できない考え方をすることを察したのだ。これまで彼女の心の中で完全無欠だった夫はしだいに崩れ落ち、彼女がかつて作りだし到達した夫と同様の理念的平衡をまったく忘れてしまって構わないのだと彼女は思い始め、今必要なのは子供の誕生を祈ることだけなのだ、と悟ったのである。

夫は彼女ほどに熱心ではなく、あからさまに冷たいそぶりも見せたが、彼女は気にすることなく、完全に母親としての歓びに酔いしれていた。服を脱ぎ、裸足で浴室の氷のように冷たい床に立つ時、彼女が常に好んで自分の両手を胸の前で交差し、代わる代わる豊満な乳房を撫で回したのは、それが子供の手であって、母の絶対なる安心感を代表する乳房を楽しんでいるのだと想像していたからである。それは彼女に過大なまでの楽しみを与え、その子供の左右の小さな手とは彼女自身であり、あの未知にして神秘だが偉大なる母とは平坦にして無限に続く大地であり、胸の乳房とは隆起した二つの山であり、彼女はこれに頰を寄せ永遠の休みを享受できるのだ。

彼女はたしかにひどく休息を欲しており、これほど疲れていたために、横になったら永遠に眠り続けたいとひたすら願ったが、あの悪夢は二度と姿を変えて彼女を襲うことはなかったものの、なおも間接的に姿を見せることがある。深夜に、彼女は泣きわめいているところを夫に起こされ、自分の顔が涙で濡れているのに気づいたこともあり、夫がそっと彼女を胸に抱き、小声で慰めてくれた時、彼女が突然ある種の感動に突き動かされて自分の一切の思いを夫に話そうと決めたのは、それほどまでに何の心配ごともない平安を望んでいたからだった。そこで彼女は夫に向かって静かに泥人形のことから話し始め、彼女がどうやってそれを作ったか、その象徴的な乳房をいかにして撫でたかを語った。夫は聞き終えるとしばらく彼女をいつになく静かに見つめ、温かい手を伸ばして彼女の汗ばんだ震える冷たい手をギュッと握った。

深い倦怠がしだいに彼女の局部局部に広がり、彼女は疲れて目を閉じた。夫の態度は彼女にとって実に意外なもので、想像していた夫の反応とは前回と同様に皮肉な大笑いであったのだが、そんな笑いは起こらず、彼は冷たい嫌悪の奇妙な眼光を彼女に浴びせるばかりで、あたかも身体の一部が欠けてしまった動物を見ているかのようだった。彼女は声を上げて泣きたかったが、泣けないこともわかっており、自分が阿呆で、わけのわからぬことをしてしまった、と思うばかりだった。

彼女がひそかに願っていた夫の反応とは前回のような皮肉な大笑いであったのかもしれず、なおも布人形のことを夫に話した後の、夫の狡《ずる》そうな笑いを覚えており、その後、布人形は二度と彼女の夢には登場しなくなり、それは完全に彼女から遠ざかったので、彼女は初めて平安なる幸せを味わったのだ。今、前回と同じように夫が大笑いすることを期待していたのは、それにより、不要な手足を一本切り取るかのように、彼女も泥人形を彼女の身体から遠ざけて、新たに健康を回復できるからなのだ。

彼女はゆっくり身を横たえて眠ろうとすると、夫の顔は見苦しいほどに強ばっていたが、疲れて目を閉じた彼女は、そのまま眠りを待った。

曖昧な眠りの中で、彼女は自分が広大な平原を走っており、周囲には木がなく、低い灌木《かんぼく》さえもなく、無限に青い草原が広がっているだけだと感じていた。彼女は草原を走りながら、遠くの安らぎを探し求め、やがて、遠くに浮かび上がる丘が見えると、それは遠くの彼方に豊満な半円形でそびえ立ち、彼女がこれに向かって走っていたのは、丘まで行けば慰めを得られることを知っていたからで、時折、自分が丘にとても近づいたと思い、さらに走るのだが、結局はあの双子の半円形の山にはたどり着けない。

彼女が一連の空しい走りから目覚めると、真っ白な月光がお乳をこぼしたかのようにベッドの前に広がっていたので、異様な感動が彼女の心に湧き出し、あの双子山のような乳房が激しく思い出され、目に涙が溢れたので、掛け布団を被り、彼女は激しくすすり泣きを始めた。

彼女の目は涙で溢れ、突然、闇の中でうごめく何ものかを発見したものの、涙のためにそれは揺れ続けていたが、しだいに明確になり、瞬く黄緑の光となった。彼女はベッドからふしぎそうに起きあがり、力いっぱい目を閉じると、目から涙が溢れ両頬を伝わって流れたので、氷のように冷たく感じられ、まるで自分はたった今、水底から浮かび上がってきたかのよう。彼女が再び目を開けると、闇の中に潜んでいるのは左右の目であり、黄緑色で狡そうに細長く、微笑と何やら自信ありげなせせら笑いとを浮かべているのだ。キャッ、やめて。彼女はこう言おうと思ったが、自分の手足はまったく動かなかった。両者は互いに見つめ合い、距離感がまったくない闇の中で、彼女にはあの左右の目がジリジリと近づいてくるのがわかった。黄緑はさらに残忍な色となり、巨大な圧力となって彼女に君臨したので、彼女は退くこともできず、また退く余地もなく、抵抗のための武器もなかった。だが夫はすぐわきで静かに熟睡しているのだ。

向かい合ってからどれほどの時間が経ったことだろうか。黄緑色の目はいっさい引くようすを見せず、彼女の番を続け、時にはグルリと彼女の回りをひと歩きした。お乳のような月光はいっそう色濃くなり、ゆっくりと寝室に忍び込んできた。黄緑色の目が歩き回るうちにうっかりとその一部を月光の下に曝《さら》すと、それは長く柔らかな黒い毛に覆われた動物の尻尾であり、身軽く音もなく床に垂れていた。こうすればいい、と思いついた彼女は、ベッドの前の電気スタンドに手を伸ばした。黄緑色の目は静止し、落ち着き払って彼女を眺めるその目は嘲笑に満ち溢れており、どうやら顔を斜めにして彼女を見ているものと想像できた。彼女の指先がスイッチを押そうとしたが、自分にそんな勇気がないことは彼女にもわかっていた。

黄緑色の目はすべてを了解した上で、大胆にも静止し続け、冷静だが半ばからかうようにあくどい視線を彼女に送っていた。自分がこのスイッチを押しさえすれば、この戦いで勝利を収められるのだ、と彼女は自分に言い聞かせたが、自分には押せない、自分にはできないこともわかっていた。黄緑色の目はこんなペテンはとっくにお見通しと思っているかのように、何度か瞬いたのち、ゆっくりと後方に消えていった。その最後の一瞥を浴びた時、彼女はその目の色をはっきりと読み取り、理解した——この目が再び戻ってくること、そして逃げようがないこと、逃げられないことを。

その後、真夜中に、彼女が恐ろしい夢から目醒めると、しばしばあの黄緑色の両眼が、時には遠くから静かに彼女を見つめ、時には宙を漂い歩いており、この黄緑色の目は彼女の罪を重くする使命を負うかのようで、現れるたびに、昔の暮らしが鋭い痛みのように彼女の胸の内に広がった。彼女は脱出のための新たな力を必要とし、そのためいっそう自分の子供を欲するのだった。

彼女は乳を欲しがる子供の口を必要とし、それが自分の乳房にピタリと吸いつく時だけ、あの黄緑色の目が消え去ることを知っていた。彼女の乳首に噛みつく子供がもたらす新たな平安を必要とし、その感覚は愛撫する夫がこまめに舌と唇で彼女の乳首を吸うのとは大きな違いがある。彼女は子供が欲しかった、黄緑色の目に彼女がすでに母となれたことを思い知らせるために——そして子供を手に入れるには、ある種の超自然的な力の助けを借りねばならず、彼女は木偶《でく》人形を思い出すのだ。

夫の身体と彼女が想像した高くそびえる乳房とを撫でながら、彼女はもはや自分がいかなる感激も得られぬことに気づいた。かつては彼女に多くの願望を呼び起こした夫の胸は、今では単に人間の筋肉に過ぎない——平凡で変わり映えのしない筋肉に。かつて自分が夫の胸に乳房を望んだことを思い出すと、そんな役立たずのものがと可笑しく思えるのだ。誰も彼女に有効な助けは与えられず、ただ彼女だけが自らに出口を指し示してやれることを、彼女にはわかっていた。

彼女は熱狂的な確信を抱きつつ、常に彼女のものである乳房を必要とし、探し求めたが、それはおとなりのお母さんの乳房のように遠く手に届かぬものであってはならない。戦争の遺物である隠蔽された防空壕で、彼女がついに見つけた木彫の人形は、全裸の女で、胸の左右には高くそびえ立つ乳房が、見事に二つの半円の曲線を描き、豊満な上半身を際立たせているのだ。その時に初めて彼女は熱愛する乳房の形について明確なイメージを得たのであり、彼女の泥人形の胸は、雑然と不器用に突き出ているにすぎなかった。彼女は木偶人形のキリッとして美しい曲線を撫でながら、さらに深い美感と愛情を味わっていた。

大鏡の前に立つと、彼女は自らの露わとなった上半身の豊かな乳房を見つめていたが、突然、誘惑されたかのようにそれが欲しくなった。彼女は両手を交差すると乳房を痛くなるまで愛撫し、彼女はそれを求めた、その弾力に富んで美しく影を作り出している姿を求めた、自分の顔をその上に載せて、自分の歯でその幸福の乳首を嚙みたかった。彼女は自らの乳房に向かい首を伸ばしてみたが、永遠に届きようのないことを思い知らされた。

初めて木偶人形の乳首に唇を触れた時に感じた歓びを彼女は忘れられない——あの小さな乳首は吸うだけのためのものであるかのよう、彼女は口ですっぽり吸い込み、これを自分のものとした。彼女は木偶人形に向かい、吸いつくことのできる乳房をお与えください、さもなくば自分の替わりに胸の乳房を吸ってくれる子供の小さな口が欲しい、と祈った。

彼女は情欲を伴わぬ口を欲していたのだが、夫のやり方はそうではなかった。そこで黄緑色の目が再び現れた真夜中に、彼女はスッとベッドの上に起き直ると、慣れた手つきでパジャマの胸のボタンを外したので、黄緑色の目は初めて困惑した表情を浮かべて彼女をジッと眺めた。彼女は続けてブラジャーを外すと、両手で自分の乳房を愛撫したので、黄緑色の目はこれに誘われて、少しずつ彼女の方へと移動して、二本の長くて青白い動物の牙を闇の中から現わした。彼女は満足げに勝利の歓びを味わっていた。

黄緑色の目がしだいに近づくと、青白い牙もいよいよ反り上がっていった。彼女は胸の前で組んでいた両手を放し、露わな乳房をあの左右の目に向かって突き立て、二本の牙が彼女の乳首を嚙めば、必ずや子供の小さな口が吸いつくのと同様の快楽となるだろうと考えた。幸せの絶頂に満ち足りて、彼女は小さなうめき声を立て始めた。

黄緑色の目は驚くと同時に、たちまち覚醒し、さらに軽蔑の態度をも持ち直し、長くそして愛欲さえも帯びた凝視ののち、再び軽々と退いた。

原始的な情欲を持つ凶悪な黄緑色の目であれば彼女に快楽とある種の解脱をもたらすことだろう、自分がそれを欲し、そしてそれを得るために自分はその方法に従わねばならない、と彼女は信じた。故郷のどこまでも続く広大なサトウキビ畑はこうして彼女の周囲に次々に広がり、暗く謎に満ちていた。

彼女にはわかっていた——あのサトウキビ畑の中では、数千数万の黄緑色の目が彼女の肉体を見つめ、数千数万の尻尾が彼女の肉体に触れ、鳥類の白い羽毛が彼女の下半身を満たし、白い牙が彼女の乳房を噛んでいるが、そこは蜜のように甘くして暗黒、空も陽も望めぬ尽きせぬ暗黒であり、安らかにして彼女に憩いを与え、彼女はわが身を隠し通せるのだ。彼女はそれを欲し、それさえあれば何もいらなかった。彼女は故郷とそのサトウキビの林が欲しくてたまらず、かたわらで熟睡している夫をグイッと揺さぶり起こし、異様に興奮して語り出した。

「帰りたい、故郷に帰りたい」

夫の寝ぼけた目はたちまち醒めて冷静になった。

「なぜだい？」

「なぜでも何でも」

「そのわけを話してごらんよ」

「あなたにはわからない」

「あのわけのわからぬ人形たちのためかね」と夫は意地悪く言った。

「わかってるんじゃない、その通りよ」

夫は彼女の冷たくなおざりな態度に怒り出した。

「まだ懲りないのか。帰ってはいけない」と彼は怒鳴った。

「わたしが本当に帰りたい、とでも思う？　よく聞いて、わたしにはどうしようもないの、そうするしかないの。どうしようもない、だから帰らなくっちゃならないの」

彼女はゆっくりと目を閉じ、何も話さなければよかったのにと思った。ぼんやりと、幻想と遥か夢の世界の中の少女のお母さんの胸の乳房がなぜか爆発して、ドロリと白い液体が爪を広げた手のように伸び、ゆっくりと蛇のように彼女に迫ってくるので、驚いた彼女はさっと駆け出そうとするのだが、あのドロリと白い液体が彼女に強い吸引力を持ち、やがて彼女の四肢を解体して真っ白なその大口に吸い込もうとしていることにたちまち気づき、どうにも足を動かせなくなった。ドロリとした液体が少しずつ地を這って近づき、ついには彼女の足下に達し、さらには彼女の身体に沿って這うように昇り始めるので、氷のように冷たく蛇のようにベトベトして弾性に富む円形が肌の上で震動し、死んでしまった左右の乳房が身体をさすっているように彼女は感じていた。液体はさらに上へと向かい、彼女の口元に達し、今にも口に流れ込もうとする時、突然クネクネ伸びた液体が蛇のように彼女を緊縛するのだ。彼女は窒息するほどの痛みを覚えているのだが、さらに大きな歓喜をも味わっている。

花嫁の死化粧

彼らはようやくあれが起きたところでの供養がかなった。

あの事件発生から、すでに五十年近くが過ぎている。

彼らは一連の活動を午後から始めることにした。あの半世紀近く前の夕方、麗しき首都の河辺の通りで、あの事件が始まり、やがて数万人にのぼる大虐殺、さらには半世紀近くに及ぶ戒厳令と白色テロへと拡大した。

（第二次世界大戦収束後、台湾は五十年の日本統治から離脱し、台湾人民は歓喜して祖国中国の胸の内へと復帰したことを祝った。

しかし、接収にやって来た祖国の軍隊はボロを纏い、草鞋《わらじ》履きで、台湾人民の予想とは遠くかけ離れていた。軍隊も軍紀も腐敗し、横暴にふるまい、掠奪行為にまで及んだ）

午後、近くの公園で大勢が結集、彼らは麗しき首都をデモ行進し、今ではすでに旧市街でも重要ないくつかの大通りにさしかかっており、夕方頃にはあの事件の発生現場にやって来るのだ。

季節はなおも冬で、天気予報によれば、雨雲が島の北部上空を覆って、停滞しており、全日雨模様であったが、幸いにも本降りにはならず、冬によく降る長い小雨であった。

参加者は数百人もいないだろうと彼らが予想していたのは、雨天で冷え込む平日という事情もあったが、さらに重要なことは、当局からは遺族による供養のための活動は認められているにしても、数十年にもわたる逮捕と投獄の恐怖のため、デモに参加する者は、やはり「デモ慣れ」した人に限られる、と予測していたからだ。

（接収に来た祖国の政府は汚職で腐敗し、中国から来た大陸人の公私混同、職権乱用により、台湾全島の生産力は大幅に低下、食料不足となり、物価は暴騰、失業者が激増した。新たにやって来た祖国の政府は、「征服者」の態度で台湾人民に接したため、「祖国復帰」から一年四か月後には、ついに「二・二八事件」が勃発したのだ）

彼らはついに公開集会を開いてあの事件の受難者を弔うことができた――申請が許可されたのは一家族の追悼会だけだったが、それでも約五十年来、初めての公開の儀式であった。乱れ飛ぶニュースによれば、この日に公開される資料には、かつて表に出たことのない極めて珍しいものがあるという。

ヒソヒソと囁かれていたのは、それは死者の像であった。

今でもどの受難者の妻かは不明なのだが、亡くなった夫の遺体を事件後に秘かに持ち帰り、自ら夫の身を清めて服を着せ、その後の手配をしたのだが、やはり拷問され銃殺刑にあった夫の顔をできる限り修復し、その際に用いたのは、他でもない、自室に備えた針と糸に鋏《はさみ》であったという。

彼女はさらにカメラで、さまざまなアングルから亡くなった夫の各々の細部を撮影し、それには拷問でメチャメチャにされた顔と身体、そして彼女が修復した後の最後の姿が含まれているのだ。

写真は、大事に保管されてきただけでなく、最新の科学技術により処理され、しかも大量の枚数で、公開されれば、ほとんどの一次資料がすべて破棄されたあの事件の最上の証拠の一部となり、さらには最も悲しい血の涙による告訴となるに違いない。

しかし噂が飛び交っている——果たしてこのような写真が実在し、確かに当日に公開されるのだろうか、と。

前日

彼らはこの初めての公開追悼活動をビデオ撮影して記録に残す準備をしていた。ビデオは当日の活動を記録するほか、受難家族へのインタビューも収録し、さらに各方面の研究者や専門家、著名人に事件に対する意見を求め、多方面にわたる資料を残して歴史の証言とすることも望んでいた。

例の反体制派に近い女性作家は、当時は知名度があり、しかもこの事件を公開の場で語ろうとする数少ない作家であったので、自然に招聘者リストに入っていた。女性作家も喜んでこれに応じ、事前にビデオ製作班および監督と打ち合わせて、追悼会前日に、一同でスタイリストの仕事場に出かけることになった。

麗しき首都新興地帯の東部では高層建築が建ち並んでおり、エレベーターで昇ると、一般に長い廊下に四、五戸から十数戸が並び、どの家も固く閉めたドアに表札を掲げており、その表記は以下の通りである――

××路×段××号×階××号之×。

（ドアの奥は何だろう？）

女性作家はエレベーターを降りると、行き先の部屋番号を見ても左右どちらに行ったらよいかわからず、少し迷ったが、やはり左に進むことにした。彼女にはなおもこんな発想が残っていたのだ――右といえば右派で、統治者で、保守、強権で……。

あの日を前にして、彼女は左に進むことに決めたのだ。

しかしそれは間違いで、左に進むにつれ番号は次第に若くなったので、彼女はすぐに戻ることにして、エレベーターを通り過ぎ、長い廊下の端まで行き着くと、何とその先では再び廊下が交差していたが、今回は彼女は迷うことなく右折した。

しかしまたもや間違っており、再び戻ることにして、廊下の端まで進むと、ようやくお目当ての部屋番号を探し当てたのだ。

ドアが開くと、たくさんの見知らぬ人たちがいて、誰もがとても若かったので、またもや部屋を間違えたかと思ったが、その中のひとりが――それが誰だかは覚えていないが、ともかく男の声であった――彼女の名前を呼んで挨拶して、監督もまもなく来ますと言った。

女性作家が小さなメイク室に入ると、椅子は三台のみで、各席の前には床にまでとどく全身鏡があり、黒を基調とする壁を背景にほの暗い光を放っていた。二台の椅子には二人の女性が座って、頭はカーラーだらけなので、ちょうどパーマを掛けているようすで、その脇に立つスタイリストも、全身黒づくめである。

監督がなかなか来ないので、女性作家は若い人たちとおしゃべりするうちに、彼らが例の実験劇団のメンバーで、明日の追悼デモ活動でのパフォーマンスのためのスタイリングに来ていたとわかったのだ。

「明日の出し物は何なの？」と女性作家が訊ねた。

「別に」とひとりの若者が答えた。「二・二八事件ですから！」

彼は二十歳前後で、四十数年前に起きた事件には何の関心もなさそうで、「二・二八」の言い方は「ハンバーガー・セット」と言うのと変わりなかった。

「ずいぶん気軽に言うのね、二・二八は大事件だったのに」女性作家は不愉快そうに言った。

「明日いらっしゃるんでしょ。見ればわかるから」

若者が言った。

その後は彼らは新製品の電子ゲームの話を再開した。女性作家が聞くともなく聞いていると、人が近づいて来る気配を感じたので、見ると先ほど客の髪をセットしていたスタイリストだった。彼女も同様に若く、二十五歳前後、島の経済がテイクオフしてからようやく養えるようになった世代で、中南部の出身らしく見えた。島全体が豊かになったので、天真爛漫な軽いノリの、お気楽な態度をしている。

彼女は上にスエード、その下にレーヨンの黒いロングガウンを着て、さらに長い髪だったので、全身黒々としている。顔にはまったく化粧っ気がなく、口紅も、アイシャドウ、チークもすべて無し、ファンデーションもまったく塗っていない。

女性作家が思うに、彼女はこれまで見たこともないようなスタイリストらしからぬスタイリストであった。スタイリストというのは職業柄お手本替わりに自らお化粧し、少し濃くメイクするものだ。シミ・ソバカスを隠すからこそ化粧品の効果をアピールできるのであり、少し濃くメイクをしてこそ、ほら、これが私の技よ、と言えるのだ。

彼女たちは腕前を顔に応用できる職業なのだ。

しかしファンデーションも塗らないこのスタイリストの顔は、色白とはいえ、頬にはソバカスが広がり、並みの目鼻立ちでどうということなく、さらにストレートのロングヘアなので、全身「スタイリスト」らしからぬ、フツウの中南部から都会に出て来て暮らしを立てている女の子に見えた。

女性作家は訪問前に、ビデオ製作を引き受けている監督から聞いた話を思い出した——このスタイリストの祖父の世代の親戚にも、五十年近く前に起きたあの事件の受難者がいて、彼は獄中で死刑判決を受けたので、家族は大金を払って遺体を取り戻したところ、両眼が飛び出して眼窩にぶら下がり、片方の耳は削ぎ落とされ、鼻も欠け、睾丸は潰され、十本の指は縫い針の山であり……。

「あの写真集は、明日の活動が盛り上がった時に、公開されるそうです。あなたはほかに何か聞いていませんか」

周りを見渡したところ、例の劇団員数人は、相変わらず片隅で談笑していたが、女性作家はそれでも声を低めて言った。

「写真って何です？」

「聞いてないの？」女性作家は意外だった。「例の『死の写真』よ！　私はもともとあの写真集はあなたの親戚が撮ったものとは限らないと思っていたけど。監督の話では、あなたの親戚で二・二八事件でひどい死に方をした方がいらしたそうだけど？」

スタイリストは関心ないというように軽く肩をそびやかした。

「あの写真集はあまりにもショッキングなので、関係機関ではどんな代償を払っても公開を差し止めようとしていて、今になってもどの受難者の妻が撮ったのか、写真はいったいどこにあるのか誰も知らないの」そう言って、女性作家はしばし沈黙したが、諦めることなく質問を続けた。「ご親戚に、亡くなった夫のために自宅の縫い針と糸で、グチャグチャにされた顔をひと針ひと針、縫いあわせて、傷口にお化粧して、そのうえ、すべてのプロセスをカメラで撮った、という方がいるって、聞いたことはないですか？」

スタイリストはまったく関心ないというようすで首を振った。

「明日メイクが終わったら一緒にデモに行きましょうよ！」気づまりを覚えながら女性作家は話題を変えた。

「私はそういうことには関心ないんです」ようやくスタイリストが口を開いた。「監督は友だちだから、何度も協力していて、今回もそういうことなんで、ペイは良くないけど、友だちだし、滅多にないことだし」

待ちかねていた監督からようやく電話が入り、彼とスタッフは別のインタビューに手間取り、到着はしばらく先のことになる。明日のカメラ映りが良くなるように、スタイリストには先に女性作家をスタイリングしておいてほしいという。

　そして麗しき首都の河辺の旧市街にある、今から五十年近く前に生じた事件の現場から一〇〇メートルしか離れていない古いビルの下で、製作担当の監督が、地上に設置したベータカム・カメラから、壁に貼られたウェディング・ドレスの写真を見つめている――それは反体制派陣営の人たちから敬意をこめて「王媽媽《ワンマーマ》〔王の母さん〕」と呼ばれている女性の若き日の結婚写真だ。

　古い写真は拡大処理により、当時流行の頭を覆って腰まで届く白いレースのベールは、不鮮明な現像で、細部はすべて消えて帯状の白い影となっていた。一見すると白い麻の服を着て親の喪に服しているようだった〔白い麻服は台湾の伝統的な喪服である〕。白黒のコントラストにより、高く広い額、大きな目に薄い唇、細いあごが目立ち、疑いもなくきれいな顔立ちではあるが、決して当時の人が考える「福相」ではなかった。

　もとより大稲埕《トアテウテア》〔十九世紀半ばに淡水河沿いに形成された河港の商業地区〕の美人であり、家柄も良く、日本の「東京女子文化学院」〔住田美容専門学校の前身。一九四九年設立。また一九二三年創立の文化裁縫女学校（一九三六年文化服装学院に改称）には台湾からの留学生が多く、同学院は一九六四年に文化女子大学を設立し、二〇一一年に文化学園大学に校名を変更〕での勉学に送り出されており、この種の俗称「花嫁学校」では、服装に化粧、生け花、家政、作法など「花嫁」必修の教科を学んだ。

　彼女は東京で人の紹介により大稲埕から来た王という姓の名医のひとり息子と知り合った。縁談がある程度まで進むと、新婦側の家長は結婚準備を名目に卒業前の娘を呼び戻し、結婚まで待機させている。だが新郎側は医学部卒業を待って、ようやく帰台して結婚したのである。

　新婚の夜、夜明け前に、関係機関が出動させた大量の武装人員に、新郎が連れ去られた。その後に銃殺刑が下された理由は以下の通りであった――家族の一員が二・二八事件で死亡したため、恨みを抱き、日本で秘密反乱組織に加入し、帰台して政府顛覆活動の内応者となった。
（あの事件は四七年に発生してすぐに終わったのではなく、五〇年代の大規模検挙と白色テロに繋がったのである）

妻は夫の収監中に、ようやく妊娠していることに気づき、それは本来は「入門喜（ハネムーン・ベイビー）」として最もおめでたいことである。しかし新婚の夜に結ばれ、息子が誕生した時には、父親はすでにこの世を去っていたのだ。

王一族は二代続いて（大伯父は二・二八事件に加わり、一族の診療所がある街角で発生したあの事件で惨死した。彼の遺体は河辺で見つかったものの、顔はグチャグチャに殴打されており確認できなかったが、幸いにもポケットに薬局の処方箋が残っていたので、家族は腐敗してから幾日も経った遺体を、やっとのことでこっそりと持ち帰った）、二度の恐ろしき政治事件に遭遇したため、ほとんどの財産を失い、代々続いた薬局も客が寄りつかないため店じまいした。

花嫁の実家は白色テロ大逮捕に巻き込まれることを恐れて、兄弟でも直接助けようとはせず、しばらくしてからようやく、美しい娘に再婚を勧めるのが関の山であった。

もともとは誰もが羨む大稲埕でも評判のあの美人が、生まれたばかりの幼子を抱えて、ひとりで生きていこうとして思いついたのが、日本の「花嫁学校」で学んだお化粧とおもてなしの技芸であったのだ。

当時の習慣では、嫁入り前の女子は「顔脱毛」できれいにうぶ毛を抜いてお嫁に行くのであった。「顔脱毛」はふつう一族でも福禄寿三拍子揃った、福運の年輩女性によって行われ、長い糸を両手の指に巻きつけ、三角形の線の力で、顔のうぶ毛を縛って引き抜くもので、ツヤツヤした顔に白粉を塗ろうというものであり、さらに三重の福運の女性に脱毛してもらえれば生涯おめでたいという意味である。

良家の出身で、大稲埕の名家に嫁いだ娘は、結婚前から手先の器用さで有名で、母となったばかりの女性が悲しみを堪えて父の死後に生まれた赤ちゃんを抱え、「顔脱毛」と日本で学んだ化粧とを結び合わせ、なんとかお祝儀を集めて家計の助けにしようとしたのだが、なんと無情にも面と向かって拒否されてしまう。

「あんたは若くして夫をなくした死に損ないの女、悪い星の下に生まれているんで、悪運をもたらすんじゃないよ。こんな夫を克する女が、花嫁の顔脱毛をして化粧をするなんてとんでもないこと!」

母となりたて、父の死後に生まれた赤ちゃんを抱えた女は、かつてのお嬢様、若奥さまと誰もが羨んだ地位を突然失ったばかりでなく、悪運を背負う者と非難されたのだ。彼女がさらに深く思い知らされたことは、この表面的な理由の裏には、人々の厄介払いしたいという意識、あの政治的迫害と白色テロへの恐怖が隠されており、実際には疫病と同様であり、彼女が言う「夫や息子の命を害する運命」の何十倍も深刻であった。

それでも賢い人であり「世間が広い」と皆から言われていたように、彼女は住み慣れた大稲埕を出て、あの都会の新興市街区へと転居し、裏通りにやっと寝起きができる程度の場所を借りて、縫製の仕事を始めた。

嫁入り道具の「勝家《シンガー》」ミシンを頼りに、日本の「花嫁学校」で学んだ知識を生かして、彼女は朝から晩まで服を縫い続け、ひとりで遺児を育て上げ、年老いて病に苦しむ舅姑を介護し続けた。

やがて島は対外輸出で次第に富を蓄積し、伝統的な嫁入り前の「顔脱毛」はもはや流行らなくなった。ベテランのスタイリストにスタイリングしてもらい花嫁の地位と財産を誇りたい、この特別な日には最も美しい姿となりたい、という思いが、生涯の幸運を求める顔脱毛への思いに勝った。

こうして日本で学んだ技芸により、彼女は一帯にその名を知られる有名な花嫁スタイリストとなったのである。

女性作家は縦長の鏡の前の椅子に腰掛けた。

全身黒衣で、ロングのストレートヘアの若いスタイリストが無言で脇に立った。

プロは必ずスポンジでお化粧すべしと言っていた前の世代のスタイリストとは、彼女は異なっていた。乳液とファンデーションを左手の甲にのせると、右手の人差し指と中指で女性作家の顔の部分部分に少しずつ塗っていく。

スポンジを使わないスタイリストの手には職業的な荒れが感じられ、この職業は指を酷使するため（たとえばフェイシャル・マッサージ）、手の平は刺激の連続で硬くなっており、微かに粗さと硬さを感じさせる指先で、顔を上下左右に押されると、異物が侵入したような不快感を覚えた。

（自分でも指先で化粧をするが、異物に顔を引っかかれるような嫌悪感を感じないのはなぜかと言えば、顔の肌もまたこれほどプライベートで排外的だからだろうか？）

とても明るいとは言えない灯光の下で、女性作家は短時間だけ、自分の顔を見たところ、まんべんなく顔全体に色つやがよくなり、新しく肌を一枚張り替えたような気がした。

「あなたのファンデーションは本当にきれいに伸びるのね」女性作家は感嘆の声をあげた。

続けて女性作家はさらにこのスタイリストの技術の高さを知ることになる——とても素速く正確に、一筆一画きれいに、適確に眉を描いたのだ。すると、本来平凡な目が、生き生きと自然の輝きを発しているにもかかわらず、まぶたに多くのカラーを使い、ラインを引いたことはあまり目立たないことにも気づいた。

「以前お化粧しているところを見たことがあるけど、知ってるでしょ、例の花嫁さんのお化粧って、どうしてもどぎつい紅白を使ってしまうの。こんな自然なお化粧ができるなんて、考えてもみなかったわ」

女性作家は大いに褒めたついでに、スタイリスト自身はなぜお化粧しないのか尋ねた。

「お化粧はお仕事、他人にしてあげることで、自分がどうかとは関係ないんです」若いスタイリストは何気なく言いながら、首を振り、ロングヘアを揺らした。

女性作家は同感して深く頷いてみせた。

「これはお仕事ですが、いろいろな遊びもしてみて、うまく決まれば気分がいいです」

スタイリストはこう言いながら、女性作家の顔をよくよく見つめていたが、やがて大げさな、秘密を打ち明けるような口調で言った。

「左右の眉の高さが不揃いです」

「ウソッ」女性作家はばつが悪かった——眉の高さが不揃いだとなにか人間的に問題があるかのように。「作家っていうのは顔で売ってるわけじゃないんだから、こんなことしてもつまらないってこれまで思ってたの」

「ちょっとお手入れしましょうか、あとで眉を描くといい形になりますよ」

「いいわね。そうして、面白そうだから！」女性作家はわけもなく取りつくろって応じた。

スタイリストが極めて鋭利なプラチナの刃を取り出すと、右手の親指と人指し指の指先でつまんだので、キラリとする刃は目の前で冷たい光を放ち、その後はまた例のザラッとした生理的な嫌悪感を引き起こす皮膚接触となったが、今回は左手の同じ肉感の指先は、眉と目を押さえたまま動かなかった。刃が眉に当たると、女性作家は鳥肌が立ち、固く両目を閉じた。しかしスタイリストも彼女にそうしていてほしいということだったようすで、刃が眉と目の間を移動し、眉を中心として何度か下向きに剃ると、ようやく刃とザラザラした指先が離れるのを感じた。

（おそらく本当にたくさんの眉毛を剃るのだろう！）

アイブロウペンシルと眉ブラシとで、スタイリストはきれいに起伏した眉を描いたので、すでに手入れ済みの目元とともに立体感が出た顔立ちは、精彩を放っていた。

「強いライトとカメラに負けないよう、口紅はもっと赤いものにしましょう」

スタイリストはそう言いながら、真紅の口紅を塗った。女性作家は嫌とは言わなかったが、先ほどと同様に鏡の中のリップペンシルで描かれてゆく赤い唇を見ていると、秘かに似合わないと感じていた。

続くチークは、細いブラシで頬に陰翳を創り出す。これまでプロの美容師にスタイリングされたことのない女性作家は、自分の顔がこれまで見たこともない濃厚な花嫁化粧であることはわかっていても、むしろかなり自然ではあるのだが、顔全体にはやはり不慣れな「整然」さが残っているように感じた——適切な弧を描く眉、輪郭のキリッとした赤い唇、立体感のある輪郭。確かにかつてないほど美しい。しかしこのように顔に引かれた線が、輪郭を強調した花嫁化粧であることを明示しており、彼女の顔全体が切り裂かれ、再び色彩でつくり直したかのよう、明らかに自分でありながら、そうではないようにも見えた。

あの黒を基調とする仕事部屋で、小さなスポットライトが大きな長い鏡の中でキラキラと光り輝く前で、女性作家は自分の二つの顔を見たかのよう——一つは化粧前、一つは化粧後。揺れ動きながら合体の可能性を探していた。

「こんな花嫁化粧して、二・二八事件追悼活動に行っていいのかな?」

女性作家はためらいがちに言った。

例のビデオ製作担当の監督は、長年来限られた資金と借り物の機器で、各地のプロテスト活動の現場に出かけ、実際の情景を撮影してきた。

資料として保存される以外に、彼が撮影した画面を当局コントロール下のテレビが放送することは永遠にあり得なかった。個人がテレビ局や新聞社、ラジオ放送局を開設することが許されない時代には、彼が撮るものは、絶対多数の人々の目には届かないことを意味する〔台湾最初の民間テレビ局、民視が開局されたのは、戒厳令解除後の一九九七年〕。唯一のルートが、ビデオテープとしてコピーされ、個人的つてか政治闘争、選挙の政見発表会の時に売られて流通することである。

まさに例の受難家族が発起人となったことにより、当局が初めて黙認した「二・二八記念」活動の前日、一名の撮影助手を伴った監督は、五十年近く前に発生したあの事件の現場から百メートルと離れていない古い建物の下で、二階に上がって王媽媽を撮影できはしないかと待ち続けていた。

　彼は昔からの「王媽媽」の知り合いだった。知り合った時にはまだ四十代の女性で、暮らしに疲れてはいたものの、彼女の美貌は損なわれることはなく、むしろ経験を積み重ねてきたことによる、重厚感を備えていた。彼女の政治犯の未亡人という身分が、彼女を慕う人々との間に壁をつくっていたが、求婚する人はいくらでもいた。しかしこの美女は、新婚の夜に夫を失って以後、再婚しないばかりか、色恋の噂も避けており、まさに完璧なる純潔を生涯誠実に守り通そうとしていた。

　息子も母の期待に背くことなく、身長がそれほど高くはない点を除けば、顔立ちは母に良く似た眉目秀麗の青年に育っていた。さらに一族代々の家業の医者となり、一流の医学部を卒業し、抜群の内科医となっていた。

　経済的負担から解放された母は、息子が大稲埕に戻って実家で病院を開業したのちは、反体制運動の陣営に全力を注いだ。彼女はあの抗議運動の中で常に先頭を歩み、機動隊に殴られて顔中血だらけとなり、一度は危うく失明するところで、前歯を二本折ったが、それでも引き下がろうとはせず、相撲取りのような婦警が四人がかりでようやく彼女を現場から引きずり出したのだった。

　彼女は勇敢で、頑張り屋で、私心がなく、反体制派陣営のあらゆる人々が彼女を尊敬し、愛情をこめて彼女に喝采を送るのだった――

　王媽媽。

次々と逮捕者が出る中、彼女は各種の受難者家族に付き添い、ハンガーストライキを行った。海外の「ブラックリスト」〔旧国民党統治期に海外で民主化運動を行い、帰台時に逮捕される危険性のあった人々を指す〕帰郷を勝ち取るために、一か月間の街頭徹夜座り込み抗議も行った。息子が医業で稼いだお金をすべて支援を必要とする反体制派に与えて使い切った。彼女はあらゆる受難者が頼りとする母であり、抵抗運動の心の支えであり、彼女がいるところには愛と寛容、支持と慰めとがあった。

王媽媽。

夫の遺体を補修し最後の写真を撮った妻とは、王媽媽なのだろうか。一つの思いが突然ビデオ製作担当の監督の胸にひらめいた。（きっと勇気と知恵とに溢れ、意志強靭な女性なのだろう）。

その写真集は、極めて冷静なアングルから撮られ、頭から爪先までを撮っており、全身を包括しているという。さらに全身の各箇所を全景、中景、近景から撮影しており、死者が全身に十数の銃弾を浴びて絶命した（他人を巻き添えにしないため頑として供述を拒否したことへの懲罰だ）ことを明晰に示すほか、人体に与えうるこの世のものとも思われぬリンチと傷害とを細大漏らさず撮影しているのだ。

さらに聞くところによれば、死者の全身の骨がブツブツに折られていることを明示するため、若い妻のほっそりとした片手に支えられた腕や足の両端が、骨折のためダラリと垂れ下がっている写真もあるという。

これを教えてくれた人はさらにこう言った——その妻という人は、撮影時にはほとんど狂気に近い冷静さを保っていたに違いない、全身十数の銃創、切り刻まれた臀部《でんぶ》、ほとんど目鼻口のあとを残さぬ顔を明示するために、遺体の下にわざわざ薄い色の布を敷き、白黒写真でも血痕と傷口が判明するように気配りしているのだから。

写真がなおも一般的ではなく、カメラは特殊な人しか持ち得なかった時代にあって、家にカメラがあり、特に恵まれた家庭環境と最新の考え方という条件が備わっていたため、女性でありながら撮影方法を理解していたのであろう。

あるいは、妻として、何らかの方法により、写真館の人に協力してもらったとすれば、その後の現像の問題も解決する。さもなければ、彼女はどうやってフィルムを現像したのか（当時、連坐の危険が高いこのような介助を誰がしただろうか？）

王媽媽なのか？　しかし彼女は実は二・二八の直接の受難者ではない（確実に二・二八受難者と言えるのか？　白色テロの犠牲者ではないのか）。ビデオ製作担当の監督は驚嘆しつつ考え込んでしまった。

長いこと待った末、二階から憂い顔の中年女性が降りて来て、監督とカメラを担いだ助手に、彼女の後について昔風の中庭つきの家の狭い階段を昇るようにと手招きした。

そしてビデオ製作担当の監督は予想通り例の棺桶を目にすることとなる。

しかし想像していたような中国式の伝統的な、蓋に大きな「福」の字を描いた木製ではなく、洋式の箱形の銅製棺桶で、スーッと長いものだった。この棺桶は葬儀場から家に回送される間、中に目一杯ドライアイスを詰め込み、遺体の腐敗を防いだと噂で聞いたことを彼は思い出していた。

（この銅棺の内側には木製品が使われているが、釘が打たれてもおらず、密封されてもいない）

次に、首では支えられないかのように、顔全体を銅棺の凹部に寄せている王媽媽の姿が見えた。

事前に心の準備がなければ、それが王媽媽であるとはまったくわからなかったであろう。彼女の髪の毛はこれまでどおりきれいにセットされていたが、しかし完全に白髪になって、その絹糸のような髪には、まったく生気がなく、絹製の鬘《かつら》のようだった。彼女の顔は、突然げっそり痩せて、たるんだ皮膚は層をなし溝をつくり、縦横に交差する皺と溝ができたため、顔立ちは原型を留めぬほどに変わっていた。

「王媽媽」

そう呼びかける人がいたが、王媽媽は微動だにせず、まったく聞こえぬようすだった。呼びかけた人が、彼女の前にしゃがむと、それは中年の女性で、両手でプラスチックの洗面器を持ち、洗面器からはモウモウと白い湯気が上がっている。

「王媽媽、足を揉んであげましょう」中年女性が小声で、やさしく声をかけた。「お医者さんが、これ以上ひざまずいていると、両足とも動かなくなってしまう、と言ってましたよ」

王媽媽はやはり身動きもせず、眉一つ動かさない。

中年女性は熱湯からタオルを取り出すと両手で絞ったので、手が真っ赤になったが、その熱々のタオルをひざまずいている王媽媽の足の上に置き、何度も拭いてはマッサージした。

しばらくすると、その血の気を失いむくんでいた足に、ようやく生気が現れた。

一晩中、二、三の女性――みな中年である――が順番に熱湯を運んできては、王媽媽の両足を拭いていたのだが、ひざまずいたままの王媽媽は、視線を棺桶に注ぎ、唇をわずかに振るわせ、つぶやき続けていた。

ビデオ製作担当の監督がよくよく耳を傾けると、彼女が繰り返しつぶやいているのは、このひと言であった。

「南無阿弥陀仏」

窓の外が夕闇に覆われると、女たちはようやく熱湯を運び込むのを止めた。最初に熱いお絞りで拭いてあげた女性が再び近づいて来ると、今度はお盆を持ち、その上にはお粥のお碗といくつかの小皿のおかずが載っていた。

「少しは食べないと。もう丸々五日間飲まず食わずなんだから」中年女性はそう言いながら、片手で目の縁からこぼれてくる涙を拭った。「明日は二・二八なんですよ、記念行事が開かれるんだから、この活動にはいらっしゃならくっちゃ！」

なおも王媽媽の耳には入らぬようすだったが、それでも念仏は止まった。

「少しは食べておかないと」中年女性は続けて言った。「デモに行くんだし、灯籠流しもするんでしょ」

最初に眼球がゆっくりと回り道を始め、その後、緩慢に身体の向きが変わり、震える手が伸びてお盆の上のちりれんげを取ると、口を開いて、お粥をひと口ずつ流し込み始めた。

ビデオ製作担当の監督は、カメラ越しに、仮面のように硬直した顔が、口の上下に開くに従い、機械的に動くようすを見守っていた。涙が涸れはて窪んで乾涸《ひか》らびた目だけが、黄緑の白眼に囲まれた瞳に、ぼんやりと光が差し始めた。しかし咀嚼の際に顔の筋肉が動くに従い、目尻には裂け目ができて、幾筋もの血がにじみ出ていた。

しかし王媽媽は続けて口を開き、お粥をひと口ずつ流し込み、咀嚼後に呑み込もうと努めた。だが喉も食道も、すでに塞がっているようすで、口からの指令にはまったく従おうとせず、首の筋肉全体が痙攣してひきつけを起こし、首から顔まですべてが膨張して赤黒くなり、喉を詰まらせて一旦縮むと、飲み込みかけたお粥を留めることができず、ガバッと吐き出してしまった。

さらに気管に入って咽《む》せてしまったのだろう、続けて王媽媽は天をも驚かさんばかりに咳こむと、突然気を失いバタリと倒れ込んでしまった。

そばにいた女性たちは驚いて回りを取り囲み、背中を叩く者もいれば、王媽媽の口を開いて残っているお粥を指で取り出す者もいた。しばらく苦しそうにしていたが、王媽媽は息を吹き返すと、サッと周囲の人々を払って、再びちりれんげを取ると、なおもご飯粒を口に流し込んだ。巨大な意志の力により、彼女は口の中の食物を咀嚼し呑み込むことに成功した。その後は、一心不乱に、あたかも命よりも大事なことのように、ひと碗のお粥を食べ続け、ひと口ひと口と食べ切ったのである。見たところ自分が何を食べているのかはまったくわからぬようすではあったが。

しばしの休息後、王媽媽は両腕を支えにしてひざまずいた姿の身体を起こすと、棺桶に真っ直ぐに向き直り、目は棺桶の蓋を凝視し続け、口ではブツブツお経を唱えている。

彼女が繰り返し唱えるのは、やはりあの一句である。

「南無阿弥陀仏」

三十分以上も、数千回の「南無阿弥陀仏」を唱えた後、もはやいかなる意志の力も支え切れぬというようすで、王媽媽は全身崩れ落ちて伸びてしまった。

ちょうどその時に二階に上がってきた三十代の男性がいて、ビデオ製作担当の監督は、それが王媽媽の息子の医学部時代の親友だと気づいていた。医師は近づくと、黒い往診箱から用意したアンプル入り注射剤を取り出し、王媽媽の針の跡だらけの腕に刺した。

数人で力を合わせて王媽媽を隅の小型ベッドに載せると、医師は彼女に点滴を処置する。例の数人の中年女性は、王媽媽の手足を伸ばすと、両手で脇目もふらずに彼女の全身をマッサージする。

「私が見ていますから、皆さんはまずはお休みください」と医師が言った。

ビデオ製作担当の監督が、例の旧式の中庭に繋がる階段を下りていくと、屋外は、真っ暗になっていた。

当日

彼らは二月二十八日午後二時二十八分、五十年近く前に発生したあの事件の現場から遠くない公園に集合した。その数は数百人で、老若男女すべており、全員が深緑色の服を着ていた。多くの人があの事件で殺されたり、失踪（それは死体さえ見つからなかったという意味だ）した家族の遺影を捧げ持っていた。拡大された白黒写真の大多数は男性で、その中には女性も混ざっていたが、誰もが老人ではなく、中年・青年の世代であった。

しかし歳数は多くはない肖像でも、至る所で死の影が漂っており、彼（彼女）らは必ずやすでにして死人であり、彼らの着衣が、あの一九四〇年代特有の装い、男性はワイシャツにネクタイ、ゆったりとしたスーツで、女性はウェスト絞りのない長い旗袍《チーパオ》に、前襟が開いている単色のカーディガン、という同じような普段着であることから、彼らの死が遥か遠い時代の出来事だったことがしのばれる。

彼（彼女）らは必ずや死人であり、しかも逝去したのは昔のことである。（最近亡くなった人は現代風の服を着ているか、あるいは最近の飾りを身に付けている）彼（彼女）らの顔が明らかにあの「過去」の表情を浮かべているのは、スターやプロのモデルを別として、カメラの前で伸び伸びとした表情をつくれる人が少なかったからだ。

彼（彼女）らの多くは鈍い顔つきで、目はぼんやりと前方に向けられ、怒ったような硬さを表わしている——このような一群が五十年近く後の現在、周囲を高層ビルに囲まれた市街区の小公園に出現したのだ。

彼（彼女）らは必ずや死人であり、しかも逝去したのは昔のことであり、彼（彼女）らの古い写真にはこのように無器用な表情が残されているだけである。しかしこのような表情だからこそ、限りない無念さを自然に漂わせていた。

その白黒のぼんやりとした顔写真は、多くが暮らしの中のある時間を記念するために撮られたもので、のちに死者として祀るための遺影とするつもりはなかっただけでなく、のちに重大な歴史的事件の証人になろうとは思いもよらなかった。しかし危険を冒して、家族や友人が大切に守った写真は、満面悲壮なる烈士の表情というものではなく、打算的なようすも見られず、彼（彼女）らが大虐殺において罪なき無実の犠牲者であったことをよくよく表している。彼らは本来、死ぬはずなかったのだが、理由もなく連坐して、命を代価として払わされたのである。

一枚一枚の古い写真の日常化した昔ふうの装いと、「過去」の人に特有の表情から、尽きせぬ悲哀がはっきりと伝わり、確乎として語っているのだ——虐殺は確かに生じ、彼（彼女）らは罪なき受難者である、と。

そしてこれらの平常の遺影からは、このような巨大な悲しみと無言の訴えが滲み出ており、小さな公園で広がる囁きの中で、誰もが確かに感じていたのだ——

あの「死の写真」集ともなれば、どれほど恐ろしいものだろうか。

囁きにより「死の写真」のこの世のものとも思われぬ残酷な拷問と銃殺による恐るべき傷痕が次々と伝えられ、伝えられるたびに、異なる臆測と細部の描写とが加わり、最後には、あの「死の写真」集にあり得たであろう恐怖、驚愕、戦慄すべての画像が凝集し、デモ現場の粛然とした悲しみの奥深くから狂暴なる恐怖と怨念が激しく吹き出さんとしていた。

式典は二時二十八分、予定通りに開始され、新たに設けられた祭壇前に道士〔道教の修行者〕が横並びになって読経し、やや高くなっているセメントタイルの一帯はもともと公園の子供用ローラースケート場なのだが、今はたくさんの葬儀用対聯《ついれん》〔左右一対の哀悼の句を記したもの〕が掲げられており、そこにはさまざまな書体で白布に墨痕淋漓「二・二八無実の死霊」と書かれており、墨は滲んでタラーと流れ、滴り落ちて凝固した黒い血がなおもジワジワと湧き出しているかのよう。

天気予報の通り、小雨がシトシト降り続き、身に降り始めた時には気にならなかったが、しばらくすると、髪の毛の先から雫が垂れ始めた。両手で抱えた写真が濡れないようにと、傘をさす人もいる。

誰かの啜り泣きが聞こえると、もはや抑え難く、慟哭と啜り泣きが、道士の死霊の往生を祈る読経に加わり、続けて教会の儀式が行われ、午後の間、追悼は絶えることがなかった。

（これほど深い悲しみの中でも、両手で抱えられた遺影の間を無遠慮に往き来して、例の「死の写真」集を探し求める視線があった。いつになったら公開されるのか？　今日こそ公開されるのか？　五十年近くのちの最初の公開追悼会の行事において？）

そして教会を代表して追悼の言葉を述べたのは数十年来、反体制派とともに闘ってきた長老教会の、神学校の校長の職も務めた人で、荘重に説き始めた。

「宇宙万物を創造されし神、主よ、その昔、国民党政権がはるばる台湾に到るをお許しになり、二・二八という正義にあらざる事件の発生をお許しになったのは、私どもに対する試練であり、私どもが苦難に耐えうる堅き信仰を抱いているや否やを試すものでありました。

本日、私どもがようやくこの事件の受難者を初めて公開で追悼するにあたり、私が『聖書』の言葉を引用いたしますのは、あなた方が押し寄せるすべての苦難の中にあって、なおも忍耐と信心を持ち得たことこそ、神の公正なる審判の証であるからなのです。神は公正であり、あなた方に艱難《かんなん》を加えた人に必ずや艱難を以て報い、あなた方、艱難を受けた人に、必ずや私どもとともに平安を分かち合わせてくださるのです。

主よ、私どもに罪を犯した人を私どもが許すがごとく、私どもの罪をお許しくださることをお祈り申しあげますのは、本日の初めての公開追悼会において、私は新しき天地を見て、二度と死者もなく、二度と涙の流れることも痛切な悲しみもなきことを願っておるからでして、過去のことがすべて過ぎ去ったことであるからなのです」

「天にまします父なる神よ、我らが祈りをお聞き届け下さり、我らが社会と同胞に真の平和と和解をお恵みください。『聖書』でも仰有っておりますまいか――それぞれの肢体が互にいたわり合うためなのである。もし一つの肢体が悩めば、ほかの肢体もみなともに悩み、一つの肢体が

尊ばれると、ほかの肢体もみなともに喜ぶ……」（「コリント人への第一の手紙」第一二章）

女性作家が牧師の話に耳を傾けていると、公園外に停車中のワンボックスカーまで呼び出されたが、それはビデオ製作担当の監督が機材を運んできた車であった。後部座席では、劇団のメンバーが押しあい圧《へ》し合いしながら衣裳や鬘を試しているところで、仮装舞踏会のような賑やかさであった。

着付けの仕方を指示していたスタイリストは女性作家を見かけると、再び例によってどうでもよいというように何気なく笑った後、しかし熱心に言った。

「あなたが最後で、それから私は急いで戻って決めの花嫁化粧をしなくてはならないんです」

「本当はお化粧なんかしなくてもいいんだけど」女性作家は手で目尻の涙を拭った。

「ダメです、監督はあなたに場つなぎの司会役をしてもらうと言ってるんです」と若いスタイリストは肩をそびやかした。「あなたを美しくするのが私の仕事なんです。お化粧なしでカメラの前に出ると公園の人たちみたいになりますよ」

女性作家にはわからなかった。

「もう！　ニブいんだから、あの写真の人たちみたいに見えちゃうの！」若いスタイリストはドラマチックに声を低めて言った。「そうなったら、どうなりますか？」

不吉な予感がして、女性作家は首や腕に鳥肌が立つのを感じた。

スタイリストがまずファンデーションを塗るよう指示すると、アシスタントはスポンジを使ったので、指先で顔を触られる、あのどうにも嫌な感じはほとんどなかった――肌と肌との肉感、さらに体温も伴う接触には、奇妙な侵される感覚を覚えるのだ。

（顔ってこんなにプライベートで排他的なの？　でも同じく粗い質感のスポンジは、異物がかすめる程度の感触で、払い除けたくなるほどの不快感を覚えないのはなぜ？）

ファンデーションを塗り終え、顔がすっぽり厚い層に覆われたように女性作家が感じていると、後を受けたスタイリストが笑いながら説明した。

「だいじょうぶ、これはプロ用のファンデーションなので、こうしてようやく遮光の効果が出るんです」

そして慣れた手つきで素早く眉を描きアイメイクをほどこし、チークと口紅も塗って、すべて仕上がった。

女性作家が鏡の中の顔を見ていると、今回は本当にまったく別人のように思えた。公園に戻ってから、やはりあぶらとり紙で真紅の口紅を拭った。その口紅の持ちの良さは抜群で、幾重にも層を成しており、外側の明るく発色の良いしっとり感のある一層を拭っても、表面の色に変わりはなく、ただずっと落ち着いただけである。

女性作家は何度も口を拭いて、ようやく口紅を落とせたが、唇全体は汚くなり、まるで血を吸った後、唇に乾いた血痕が付着しているかのようだった。

その間にも公園に集まった人々は続々と隊列を組み、デモ隊は今にも出発しようとしており、事件発生の地点を巡る今回のデモは、夕暮れ時に旧市街のメイン・ストリートに進み、例の昔風の中庭付きの家の前を通過する予定なのだ。

王媽媽は二階の窓から、デモ隊がすべて門の前を通過するのを見届けたのち、ゆっくりと身体の向きを変えた。

丸一日の間、チームワークの良い食事、休息、点滴、歩行の介助を受けて、やや血の気が戻ったようすで、杖を突きながら歩けるようになっていた。何日も彼女に付き添っていた数人の女性は、王媽媽の強い意向により、デモ行進に参加して、ひとりだけが一階で留守番となって万が一の事態に備えていた。

王媽媽は二・二八の灯籠流しが終わったら、葬儀場の人たちが棺を持ち帰ることに同意する代わりに、この最後の夜を、この小さな建物でひとり過ごすことを認めてもらったのだ。

冷たい冬の雨がなおも降り続き、午後五時前だというのに、空はすでに宵闇に覆われていた。王媽媽は杖を突きながら、窓から部屋の中央に置かれた棺桶へと向かった。ふた筋の涙が、乾ききった目から染み出てきたが、顔を縦横に走る皺の中に染み込み、たちまち消えうせ、湿り気を帯びた微かな極細の光を残すだけであった。

棺桶に向かい両膝を揃えてひざまずくと、王媽媽は両手を胸の前で合わせ、棺桶を見つめ、あらゆる精神力を集中させて、口を開いてお経を唱え始めた――やはり例の一句だ。

「南無阿弥陀仏」

南無阿弥陀仏、素早く繰り返される一句は、単純ではあったが明確であり、声は続いて波となるかのごとく、堅牢な銅棺を突き抜けて、木棺の隙間に浸透し、とてつもなく巨大な精神力で読経するにつれ、棺桶の中の死者の周りを巡っているかのようだ。

南無阿弥陀仏……

集中治療室でも、彼女がこの一句のみを唱え続けていたのは、これが彼女の知る唯一の宗教的な言葉だったからであり、南無阿弥陀仏、それは彼女が成長してきた環境で自ずと知り得た言葉だったのだ——南無阿弥陀仏。

しかし息子は意識不明の状態が続き、二週間というもの、生命維持装置の助けにより、特に憔悴したようすは見えなかったものの、頬から血の気が失せて、顔面蒼白、あの聡明そうな顔は時折身体の痙攣に伴いギクッとひきつけていた。

彼は極度の苦痛を受けているに違いなく、明確に苦痛を知覚してはいなくても、身体全体が極度の不安の中にあることには違いなかった。彼の長い眉毛の上の額全体に皺が寄り、まつげが長く密集している両眼は固く閉じられ、何があろうと二度と開きたくないかのようだった。

彼は病と死と闘っているのではなく、自らの生命力を消耗し、全力を尽くして覚醒から逃れようとしているのだ。

彼はなおも何かを恐れているに違いなく、まったく血の気の失せた愛らしい唇を絶えず開閉して、何か叫んでいるのだが、その声が、唇の間を抜けて、漏れ伝わることはなかった。両腕が毛布からはみ出し、間歇的に強く手を握り締めては、痩せ細った腕に青筋を立てた。両足は痙攣性のひきつけを起こし、リズミカルに全力で前に歩もうとするのだが、やはり逃げようがなかった。

……南無阿弥陀仏……王媽媽は読経を続ける。……南無阿弥陀仏……。

寝ながらこんなふうに痙攣性の全身ひきつけを起こしたのは、あの年のこと、まだ小三だった！　息子は周期的に夢の中で悲惨な声を上げていた。借りものの狭い空間で、二人は昼間は御膳を広げて勉強机と食卓としていた畳の上で寝るしかなかった。彼女が二人の間に掛けたカーテンをめくりさえすれば、息子のひきつけをおこしている身体が見えた——特に下半身は、全力で逃げようとするのだが、一歩も踏み出せないのだ。

彼女が彼を呼び覚ますと、息子は目覚めた直後に驚いて彼女の身体にしがみつくので、彼女の腕にはいつも青あざができていたが、完全に目が覚めると、息子は何もなかったかのように装い、むしろ彼女を慰めるのだった。

彼はきっと何かを恐れていたのに、決して言わなかったのは、母に心配させたくなかったからだ。そして母の方は彼が何を恐れているのか知っているつもりであったが、力になれなかった。

当時、母子を「担当」していたのは、いかにも軍人らしい見た目の良い情報調査員で、中年太りしていなければ、ハンサムな男性であったろう。かなり如才なく、前任者たちのように、何かといえば逮捕監禁、銃殺するぞと脅迫して、海外からどんな秘密のニュースが伝わったか、どこで騒ぎを起こせと指令されたか自白せよ、と強要することはなかった。

ただ男は毎日来る必要はまったくないのにもかかわらず、夜になり、夕食を済ませてまもなく外で礼儀正しくドアを叩く音がするのであった。服の注文に来るお客さんのために、母子は夜更けまでドアに鍵を掛けなかったのだ。

最初は母である彼女が自分の容色が目当てかと思ったのは、以前にもこれを好機にとばかり彼女の身体を求める情報調査員もいなかったわけではなく、彼らは図々しくも彼女に向かってこう言った。

「寝ようぜ、俺様と寝ようぜ、お前たちのような女には誰も手が出せんから、夜は男が欲しくて寝られんじゃろ」

彼女が顔色一つ変えずに、裁縫用のつくえの前で鋏を握り締めて見せると、大声で怒鳴り出す男もいた。

「こん畜生め、お前のような女は、罪滅ぼしに慰安所に行ってやらせてこい。こん畜生、非国民め、テメエのことを何様だと思ってるんだ？」

息子との間には早くから黙契ができており、こうなると聡明な息子は、調査員にタバコを勧めて接待し、部屋中を歩き回り、室内に第三者がいることを身を以て示し、その存在が、事態がエスカレートするのをなんとか押さえていた。

ところが毎晩やって来る目の前の中年男は、手出しせぬだけでなく、冗談さえ言わないのだ。（男の狙いは何？）小さい時から美しい母をひとりにしてはいけないとわかっていた息子だったが、今では夜になると母から一歩も離れようともしないのだ。三人がいる小さな部屋では、母はミシンを踏んで客から注文された服をつくり、息子は宿題と復習をして、そして中年の軍人は、勝手に隅に座り、タバコを吸い続けていた。

女性の直感で、母はまもなく毎晩ここに居すわる軍人の目的が、彼女の美貌ではないことを悟った。

それでは男の狙いは何？

南無阿弥陀仏……南無阿弥陀仏……王媽媽は読経を続ける。集中治療室の夜以来、彼女はあの中年軍人の姿を思い出していた――あの顔が、彼女の目の前に絶え間なく現れる。南無阿弥陀仏……南無阿弥陀仏……。

彼らは予定通り夕暮れ時にあの五十年近く前に事件が発生した場所に到着した。

（一九四七年二月二十七日の夕刻、専売局台北支局の闇商売取締り係の傅学通《フーシュエトン》ら六人は、台北市太平町一帯で闇タバコの取締りを行った。天馬茶房の前でタバコ売りの中年未亡人の林江邁《リムカンマイ》を取り締まった際、彼女のタバコと手持ちの売り上げ金を没収しようとすると、林江邁は暮らしが苦しいので見逃してほしいと哀願した。取締り係は許さないばかりか、逆にピストルの台尻で頭を殴りつけたので、彼女は血を流して倒れた。

まわりで見ていた群衆は激昂し、みなで攻めかかったので、取締り係は逃げながら発砲、不幸にも傍観していた民衆のひとり陳文溪《タンブンコエ》に命中し、彼はその場で死亡した。民衆の怒りは増して、警察署と憲兵隊を包囲し、事件を引き起こした犯人を差し出し処分にするよう要求したが、回答は得られなかった。

デモ隊が五十年近く前の事件発生地点を通過する時、速度を緩めて、誰もが横を向いて見ていたが、立ち止まる人は少なかった。

女性作家はわけがわからなくなり立ち止まった。

例のビデオ製作担当の監督は言うまでもなくブレヒトの、有名な「叙事的演劇」の崇拝者であった。（彼はドイツの演劇学校で学んだ）。昔の「天馬茶房」に関する追跡調査に基づき、今では細長い市街に昔風の建物が続くばかりで、「茶房」の跡はまったく消えていたが、監督もそれを昔の姿にセットし直すことはしなかった。そのかわり市街地の通りに、地面に尻もちをついて手足をバタバタ動かす女を配したのだ。

明らかに二十代の若い女性が、いかにも「昔」の服で全身を包み、人々が想像するような斜め襟でウェストが絞られた上衣を着て踝《くるぶし》までは届かない幅広のズボンを穿いていて、生地はかなり派手な紅花緑葉の綿布で、かつて農村で掛け布団に使われていた柄である。女性は頭にも笠を被っており、足には日本式の下駄を履いていたが、片方は遠くに蹴飛ばされ、半ば裏返しになっている。

彼女は手に数箱のタバコを抱えている。

(タバコ売りの中年未亡人の林江邁なのか?)

歳を表現するため、二十代の女性の顔には、黒い直線の皺が描かれ、額の皺を数えると三本で、目尻からは魚の尾のような放射状の皺が描かれて、さらに鼻から口にかけての八の字の皺も見えた。さらに彼女が女性であることを印象づけるための化粧として、頰には二つの円形の紅白粉《べにおしろい》が塗られ、それは当時有名な「日の丸」式の頰紅である。

彼女はすでに殴られてもいるのだろう、それというのも彼女の額に掛けられたものは、どうやら血の痕跡を示す赤い汁であったが、明らかにトマトケチャップのように見えた。

(大陸人の取締り係が銃床で女性タバコ販売人の頭部を殴ったのだろうか?)

そして路傍に倒れた女性は、ひっくり返されて、甲羅を地面に付けた亀が尻を地面に押し付け、両手両足を動かし続けるかのように、機械的にもがく動作を繰り返している。二つの「日の丸」が描かれた顔には、口を大きく開閉することで、誇張された恐怖の表情が現れるのだ。

デモ隊は彼女の前を通り過ぎ、彼女に注目するものの、留まることはなく、ただ行進の速度が遅くなるだけだった。

「ここだ、ここだ!」群衆の中には叫ぶ人が絶えない。

(翌日午前、群衆は専売局に抗議に押し寄せ、台北支局内に突入し、支局長と職員三人を殴りつけた。午後、民衆は行政長官公署の前の広場に集結して抗議し、政治の改革を要求したところ、なんと公署の屋上の憲兵が機関銃で群衆を掃射し、死傷者数十名を出したのだった。ことここに至り、事態は収拾不可能となり、全市は騒然となった。商店は同盟罷業、工場は生産停止、学校は授業ボイコットとなり、万余の市民がすでに激流に合流したので、警備総司令部は戒厳令を宣告した。

民衆により占拠されたラジオ放送局は、台湾全土に向かって放送した。三月一日より、事件は急速に全島に波及し、全省各大都市と多くの村や町でも騒乱が発生、怒りに燃えた民衆が官庁や警察署を攻撃し、大陸人を殴り、一年余りの外来新政府に対する恨みを晴らしたのだ。軍隊警察は発砲してこれを鎮圧した）

「ここだ、ここだ！」

あの誇張した姿勢の、ひっくり返されて腹を突き出し四肢を動かしている亀のような若い女優は、デモ隊に向かい、絶えず機械的に明らかに演技と見える恐怖ともがきの仕種を繰り返した。彼女は全身「昔風」の装いで、このように全身全霊で、想像の中の（隔てられた時間は長くはないが、なおも想像で満たされた記憶があった）、あの時代に属するものすべてを丸ごと自らの身体で表そうとしていた。

斜め襟の布ボタン付きでウェストが絞られた短い上衣（通称は大裲衫《トアトオサア》（台湾の伝統的仕事着））

笠

日本式の高歯のある棕櫚製の下駄

「日の丸」の丸い頬紅

しかし彼女は決して林江邁ではない。

五十年近くのちに、デモの隊伍があの年の事件発生の地を通過すると（彼女の面前を通過すると）、一人一人の心の内には一人の林江邁がいるのだ——あの事件の発端に立つタバコ売りの婦人が。一人一人の心の内の林江邁は多少異なるかもしれないが、おおよそは灰色の質素な服を着て、痩せて弱々しく困窮し、厳しい現実のため物思いに沈む中年婦人であり、顔は侵略された台湾人の悲しみに覆われている。

一人一人の心の内には五十年近く前のあの夕暮れ時に、タバコ売りの婦人の林江邁が、中国から来た大陸人の取締り係に銃床で殴られ頭を割られるようすが見えていた。

彼女の額からは激烈な真紅の血液がほとばしっている。

（絶対にトマトジュースではない）

彼女は一撃を受けたのち、崩れるように地面に倒れ、血を流して意識を失った。

（絶対にひっくり返された亀のように腹を平らにして地面に尻餅をつき、両手両足でもがいていたのではない）

（数日来の、全島各大都市の騒乱は止まず、大きな町の青年や学生、退役軍人らは臨時の部隊を組織し、軍隊警察機関の武器弾薬を押さえようとしたため、次々と衝突が生じた。しかしほとんどが急に思いついた烏合の衆であった。

八日夜、中国中央が派遣した劉雨卿《リウユイチン》が率いる陸軍第二十一師団が基隆《キールン》と高雄《ガオション》に上陸し、南北両面から大規模な鎮圧と虐殺とを開始した。一週間にも及ぶ鎮圧と虐殺の間に、当局は暴動に直接参加した多くの人々を逮捕殺害したが、いかなる暴動にも参加しなかった多くの社会的リーダーとエリートも殺されていった。
三月二十日、台湾省行政長官公署はさらに台湾全省で「清郷〔匪賊根絶の軍事行動〕」工作を行い、いっそう徹底した粛清と虐殺を行い、各地ではなおも多くの人が次々と芋づる式に捕まった。
二・二八事件前後の死亡者数はどれほどだろうか？　今に至るまで正確な数は不明で、数千から十数万の異なる説がある。しかし投獄された人々を含めれば、一般に数十万に達するものと考えられている）

「ここだ、ここだ！」

例の二十代の林江邁を演じる女優は、まったく林江邁とは思えない扮装と仕種で、五十年近く前に事件が発生した「あの」地点で倒れたまま、彼女の明らかな異色の役づくりで注目を集め指標となっている。

しかし通過して行くデモ隊には絶えず驚き自問自答する人がいた。

「あのタバコ売りの婦人とはこんな風だったろうか？」

林江邁には似ていないこの女優も自分自身には戻れず、顔の花嫁化粧と全身の古めかしい装いは、昔でもなく今でもない時間の大きな流れの中を駆け巡っているのだ。そして彼女の昔にあらずして今にもあらざる、彼女の特異な誇張は、逆に歴史の切り口で身の置き所を見つけたのである――

今はなきあの「天馬茶坊」では、五十年近くがすでに過ぎ去ったことは明らかで、当時の林江邁が再び現れることはあり得ず、この女優が古めかしい林江邁と一目でわかる模倣をし、不実を誇張して「あの」場に倒れなおもがいているのだ。

足をとめた女性作家は女優の「日の丸」化粧を凝視しながら、もう一つの対照して、修正、補足された揺れ動く林江邁の顔を見た。

デモ隊は前進し、街頭劇は順次展開しつつある。取締り係が林江邁を殴り倒した後、まわりでこれを目撃し激昂した群衆に取り囲まれ攻めかかられ、慌てて逃げ出しながら発砲した。不幸にも傍観していて銃弾に当たった民衆の陳文溪は、再び登場しては繰り返し射殺されることだろう。

さらに前進すれば、行政長官公署の屋上の憲兵が、機関銃で群衆を掃射し、死傷者数十名を出すことだろう。

屋上の憲兵たちは目の前の機動隊のような服装をして、本物そっくりのモデルガンを手にし、銃口から飛び出すのは細長い赤い紙テープ、一群の蛇のように次々と威勢よく吐き出されるその真紅の火焔は、薄暗い宵闇の中で怪しく翻ることだろう。

(デモ隊の中では、劇団による公演がここですべて終わるとは誰も考えておらず、盗視の瞼にはなおもあの「死の写真」にまつわるイメージが尽きることなく浮かんでいた。

タバコ売りの女性の林江邁が銃床で殴られ血を流して昏倒した「あの場所」よりも、ここに集うあらゆる人々が驚き、恐れる「死の写真」が出現するにふさわしい場所があるだろうか? 盗視の瞼にまず映じるのは、「天馬茶坊」の正面全体であり、そこは最も残酷な拷問を受け、切り刻まれてパックリ開いた無残な傷口の無言の口で埋め尽くされている。強打を受けて飛び出し眼窩から垂れ下がったままの眼球も、前を通り過ぎていく長いデモの隊列を見ている。

未だ終わりを迎えてはいないのだろう！　民衆の陳文渓が不運にも銃撃されて死亡した「あの場所」では、手足の骨がグチャグチャに打ち砕かれて横たわる死体の白黒写真が貼られ、ねじ曲がった奇妙な姿勢の、人体構造上不可能なやり方で縛られた遺体が「死の写真」の中で横たわっている。

そうだ、ほかにもまだ場所はあるのだ！　銃撃地点を通り過ぎ、街角を曲がると、正面にずらりと一列十数個所の銃創が並んでいる——どの傷口も巨大な白黒写真の上にあり、異なる画像で、思いきり汚らしく、形が崩れた血肉と四肢の骨。白黒写真では血の色は見えず、傷口と流血とが容易には判別できない暗い色の痕跡は、延々と一街区、道路一段を覆っている。

この事件が生じた場所よりもあの「死の写真」を公開するにふさわしい場があるだろうか？

そして五十年近く後に通り過ぎるデモ隊の、盗視の瞼には「死の写真」の伝説と想像の最極致の驚異と恐怖とが重なり合っているのだ。

あの事件は今に至るも終わってはいない！）

五十年近く前の事件発生現場から百メートルほどしか離れていないあの昔風の中庭つきの家、その二階ではすべての蛍光灯が煌々と点灯され、部屋中を照らし出す凄惨なる白光のもと、王媽媽が苦しそうに冷えきった銅棺にすがりつき、ブルブルと身体を震わせながら、何度も力をふるい起こした後にようやく立ち上がった。

窓の外から歌のリフレインが聞こえて来るのは、デモ隊がすでに淡水河の岸の水門に到着したからだろう——あの当時の大虐殺の現場に。マイクの話し声を通じて、「赤い夕陽の故郷

〔原題：黄昏的故郷〕」が、都会の喧噪と風の音の中で時に大きく時に小さくうねるように聞こえてくるのだ。

呼んでいる　呼んでいる
赤い夕陽の故郷《ふるさと》が
うらぶれの旅をゆく
渡り鳥を呼んでいる

〔横井弘作詞、中野忠晴作曲、三橋美智也歌、一九五八年〕

しばらく立ち尽くしたのち、王媽媽は棺桶の後方に供えられたひと碗の「脚尾飯《カアベエプン》」〔遺体の足元に供える食物で、ひと碗のご飯にアヒルの卵、乾燥豆腐、野菜、鶏の足を載せ、一脚の箸を垂直に突き立てる〕のありかまで歩み寄ると、震える手で三本の線香をともし、両手で固く握りしめて通りに面した窓に身体を向け、たいそう敬虔に窓外の天を遥拝したのち、再び身体の向きを変えて、棺桶に礼拝し、ようやく線香を「脚尾飯」のご飯に挿した。

それから、彼女は前に進み出ると、全力を振り絞り、何度も試したのちに、ようやく銅棺の蓋を開いた。

お棺の中は白煙が立ち込め、絶えず追加されるドライアイスからは大量の霧が立ち昇ってくるわけではなかったが、二層目の木棺の板のまわりに滞留している。王媽媽は合掌し口の中でお経を黙唱したのち、手を薄い木の板のお棺の蓋に伸ばしたが、今回は、軽々と向かい側に開けることができた。

もうもうと白煙がたなびく中、仰向けに横たわった息子は五日前に葬儀館で着せた服装に変わりなく、サファイアブルーのスーツに白いワイシャツ、赤いネクタイであった。葬儀館で化粧をほどこされた顔は、とても安らかで、弛んでいるように見えるほどにリラックスした表情を浮かべており、彼はついに棺桶の中に安息な場を得て、全身の重みを安心して小さな木棺の内に預けて横たえ、二度と目は開くまい、ニッコリと笑うまいと決めているかのようだった。

王媽媽は腰を曲げると、力を振り絞って手許に移動した手提げ式の化粧箱を開いたが、先ほどお棺の蓋を開く際に全力を使い尽くしたかのように、今度は両手の震えを止められない。幸いにも化粧箱の蓋は一度開くと、各トレーが自動的に展開し、トレーには数十種類の口紅、チーク、アイシャドウがすべて揃っていて、未使用のカラーさえもあった。

王媽媽は化粧箱からミネラルウォーターの霧吹きを取り出すと、木棺の中の息子の顔に向かい、丹念に吹き掛けた。次に化粧を落とす白い乳液を取り出し指先に絞り出すと、息子の額と左右の頬、あごの四個所に均等に塗り、両手で軽くマッサージした。

手に触れる肌はヒンヤリと冷たいばかりでなく、弾力性もすべて失っている。ドライアイスによる冷却は明らかに不十分で、死体を凍らせることはできず、冷蔵するだけだったので、顔の柔らかな肌のきめが感じられ、手で撫でると肌は微かに陥没し、しばらくは回復せず、指先があたかも落ち込んだ顔の皮膚に吸い込まれ、ベタッとまとわりつかれたまま元には戻らないかのようだった。

厚く塗られたファンデーションはすでに乾燥して硬くなり、こうしてパフでたたくと、細い亀裂が生じ、顔中にたちまち縦横の細かい皺が絡みついたので、王媽媽がさらに多めに霧を吹き掛けると、水分が隙間に浸透し、溶けたファンデーションの塊が、容易に顔の皮膚からブツブツと浮かび上がってきたので、顔全体が新たに浮かび上がってきたかのようだった――グチャグチャにされた顔が。

ピンクのファンデーションを落とすと、息子の顔はサッと落ち込み、血の気の失せた青白い肌は黒みがかってもおり、尋常でない怒りを浮かべて、無実の罪に不服のようすだった。幸いにも唇には本来の濃い口紅を留めており、ひどく妖しげに見えるものの、少なくとも人間らしい色つやを保っている。

王媽媽はすこしためらい、唇の口紅を落とさず、息子の鬱屈した死に顔をしげしげと眺めながら、小声で慰めた。

「もう大丈夫、これからは振りすることなんかないんだよ」

そして王媽媽は化粧水と乳液の一式を取り出すと、ゆっくりと軽く息子の顔に塗った――眠りを邪魔してはならないとでもいうように。

化粧水と乳液が乾くのを待って、王媽媽はリキッドファンデーションの瓶を取り出した。スポンジに浸し、少しずつ、少しずつ念入りにきめ細かく塗っていくのだ。しかしリキッドファンデーションでも、ノリが悪く感じられたのは、この肌はすでに完全に弛緩し、皮膚として機能していないからで、どうしてもファンデーションがのらないのだ。

何度もスポンジで擦すると、薄い層が残るだけとなり、その他はスポンジで拭き取れた。スポンジに浸すリキッドが足りないのかと思い、追加すると、この硬くなった顔に、少量のリキッドが、不均等に一枚の層となってフワフワと浮きあがり、腐った死体に出始めた白い斑のようであった。

スポンジだけが、大量のリキッドファンデーションを吸い込み、雫が垂れそうなほどグッショリ濡れて、生命の息吹を強欲に吸い取り過ぎたかのよう。

王媽媽は愛しそうに首を左右に振り、小声で、つぶやいた。

「お前がお腹にできた時、しばらくは、顔にお化粧がまったくのらなかったよ。まったく浮いてしまうんだ」

スポンジを置くと、王媽媽は指先にクリームファンデーションを付け、しっかり濃いめのファンデーションを、指で一点一点、一滴一滴、軽く顔に塗っていった。

ようやく、このファンデーションもぶ厚い層を成すと、隠し効果が発揮され、もとの青黒い色は消えて、女性のきめ細かいアイボリー・ホワイトになった。王媽媽が使っているのは、日本の化粧品会社が新しく開発した夏の美白シリーズである。

効果が今一つだったのはあごのところだけで、これまで気づかなかった、ファンデーションでは隠しきれない黒い髭が生えているのだ。王媽媽は髭剃りで剃ろうかと思ったが、いざ剃ろうとすると、縁起でもないし切り傷も心配になる。王媽媽は最後にスポッツカバーを綿棒につけて、髭の上に塗り、もとからあった黒い点を隠した。

もがくようにして身体を起こし少し休もうとすると、長時間屈めていた上半身に激痛が走り、王媽媽は身体を傾けた勢いで倒れてしまった。彼女は少しでも力を無駄にしてはならない——新しく塗ったファンデーションも乾くまでに時間を要するからだ。ドライアイスから噴きあがる霧も、湿気をもたらしているのだ。

結局あの中年の恰幅のいい、軍人出身の情報調査員が帰って行くと、息子はしばしば夢のために大声でうなされるようになった——やはり彼が毎日家で留守番をしている時も、こんな具合だったのだろうか。

王媽媽は自らに向かい首を振った。

あの男はいったいいつ、息子に手を出したのか、どうやってものにしたのか？　集中治療室でこのことに気づいてから、この問いが一日中、頭から離れない。

責められるべきはこのことを想像もしなかった母たるものであり、当時はまわりでこのようなことはまったく耳にせず、考えもしなかったのであるが、最も悪いのは、自らの美貌を過信し、好色漢の狙いは自分だと思い込み、深く考えることなく時機を見誤ってしまったことだ。

（この顔が、実に禍のもとだったのね！）

王媽媽は手で自分の顔を引っかいたのは、かつて皆の羨望の的であった白い肌のことをなおも意識していたからであるが、そのとき手に触れたのはザラザラとした深い皺とギュッと摑めるほどの弛んだ肌であり、王媽媽はギョッとした。

モゾモゾと身体を動かし両手に力を入れて上半身を起こした王媽媽は、化粧箱からパフを取り出すと、タップリとパウダーをつけた。本来は息子の顔にのせたファンデーションの上にパウダーをたたくと、お化粧が安定するのだが、ようやくのことでのせたファンデーションが、パフでたたかれると、パフにくっついて引っ張られ、今ではすでに弛み始めている顔の皮膚全体が浮き上がってしまうことが心配になった。しばしためらった後、王媽媽はやはり別に眉ブラシを取った。

葬儀館の人が描いた左右の濃い眉を消したのは、息子の眉は本来は太くはなかったからで、王媽媽は左右に長く細い眉をサッと描き、艶やかに両方の鬢《びん》の際まで真っ直ぐ斜線を引いた。続けて閉じられた両眼にアイラインを入れたが、本来は難しいことではなかった。王媽媽が使ったのは黒いリキッドアイライナーだが、手が震えっぱなしだったので、一筆では描けず、それでも気合いを入れてなんとか均等に描いた。アイシャドウには紅紫に淡い金を配したので、深く落ち込んだ両眼は、五色に輝いた。

（開かれているべき目は、アイラインが両眼の瞼にのみこまれてどうにか見えるだけで、このお化粧は高め、あるいは瞼周辺の角度に合わせて修整すべきである）

「目を開けて前を見ておくれ、さもなきゃアイラインが瞼に隠れちまうかどうか、わからないんだよ」

王媽媽はお棺の中の息子に向かい、囁いた。

口紅はやさしかった。王媽媽はリップペンシルを取り出すと、息子のもともと口紅が塗られている唇を、まずはきれいな形に整えた。息子の唇は小さくて薄いので、王媽媽はできる限り唇の輪郭を外側にして、その後に口紅を塗り、肉感な豊かな紅い唇とした。

息子はドアが開く音を聞くと、鏡から顔を向けたものの、手には口紅を握っていて、唇は半分描いただけ、口紅も上唇の外側を塗っただけで、下唇にも塗ろうとしているようすだった――そうなればお色気たっぷりの唇で、色もやはり艶めかしい真紅であろう。

その夜は本来は南部に行き戒厳令解除後も最後まで残っていた悪法――刑法第百条――廃止の応援に行くはずだった。講演会はいつもは十一時か十二時に終わり、その日のうちには帰らず、息子にも翌日帰宅すると電話をしていた。

ちょうど夜のうちに北へ帰る人がおり、王媽媽は高速道路も夜はあまり渋滞しないだろうと思ってその車に便乗し、台北に戻ったのは夜中の三時近かった。

習慣的に息子の顔を見る、というのがこの三十年の習慣だった。息子の誕生以来、どこに出かけようが、何をしようが、帰宅すれば早い遅いに構わず、何をおいてもすることが息子の安否の確認だった。息子の姿が見当たらないと、それっきり会えなくなるのではないかと心配になり、姿を見れば、少なくとも安心の種となった。

ソッと息子の鍵の掛かっていないドアを開けると、部屋中に広がる心地良いピンクの明かりの下で、振り向いた息子は顔中に化粧をして、手には口紅を持ち、上唇を塗り終えたところだった。彼がつけていたのは純白のファンデーション、しかも塗っているのは顔だけなので、首や露わにされた胸の黒さがいっそう目立った。この仮面のような白い顔には、すでに左右の長い柳眉が描かれており、濃厚な紅紫と金色のアイシャドウが使われ、たいそう大げさに引かれたアイラインは正確ではなく、眼窩の外にはみ出し、左右のまぶたを見開いた瞳はいつも大きく開かれて、永遠に驚きの表情を浮かべているかのようだった。

頬に伸ばしていないチークは艶やかなピンクで、すべて顴骨《かんこつ》に向かい集中して大きな丸となり、初期に村の女性たちが化粧するとつい描いてしまう〝日の丸〟風のチークだった。

しかし上唇にだけ塗られた口紅は、外側の塗り方は明らかに稚拙で、ギザギザと上唇の外にはみ出している。未だ口紅が塗られていない下唇は、口を開いて、もう半分の口唇を探し続け、描き終わらぬ言葉、発せられぬ声をやっとのことで言おうとしているかのよう。

王媽媽はリップペンシルで唇の線をできる限り外側に描いて、上下の厚ぼったい唇に描き、さらにリップブラシに真紅のリップクリームをのせると、たっぷりと塗りつけた。葬儀館で塗られていた濃い色の口紅はなおも残っていて、さらに一層被せるのはとても簡単で、まもなく肉感的な赤い唇が、新たに添えられた真紅の蛍光カラーで輝きながら、瑞々しい光を放っていた。

「わかってるよ、こんな口元がいいんだろ」王媽媽は満足げに言った。「誰でもひと目見たらキスしたくなるよ」

息子の鼻筋はもともと高かったので、鼻翼にシャドーを付ける必要はなく、むしろ高すぎる鼻は苦心してメイクしている顔の柔らかい感じをぶち壊してしまうのだ。王媽媽が続けてピンクのチークを取り出し、頬の端に軽くひと捌《は》け塗ると、うっすら赤味が差して、息子の顔にサッと生気が蘇った。

「あの『日の丸』式のチークは、とても不細工、今でもあんなメイクがお望みですか?」

王媽媽は仕事中のような口調で言った。

しばらくジッと観察したのち、王媽媽はやはり顴骨に多めにピンクを補ったが、できる限り左右二つの頬の赤丸をぼかすようにした。

「これなら上できー」

ドライアイスから立ちのぼるモクモクとした白煙が、銅製のお棺の内側をユラユラと流れ、木棺の中に横たわる死者はサファイアブルーのスーツを着て、白いワイシャツに赤いネクタイとすべて揃っており、さらに七三分けの髪型だったが、顔は色鮮やかな完全に女性の顔であった。

ひどく怪しげで不調和に、頭、顔、身体と一つずつ異なる人体を繋ぎ合わせたアンバランスの中で、あの顔には花嫁化粧をした人の皮が一枚残され、空しく立ち込める白い煙の中で浮かんでいるかのよう、なおも絶世の妖怪美女のごとくセクシーである。

そして王媽媽は茫然として凝視しながら、囁くのであった。

「気づかなかったよ——お前のお化粧した顔が、私の顔にそっくりだとは。横たわっているのは私みたい、お前は私なんだね！」

どうやって息子の部屋から出たのか、王媽媽はまったく覚えておらず、ただ息子の花嫁化粧をした顔に馴染みがあるのはなぜか、どこかで見たことがある、ということだけがいつまでも気になっていた。そして彼女はドアをきちんと閉め、ドアの鍵がカチャンと掛かり、木製のドアの内の鍵穴に差し込まれる音をハッキリと聞いたことも覚えていた。

夏の終わりの深夜、すでに肌寒ささえ感じる時に、王媽媽は朝日が昇るまで通りを歩き続け、大都会がゴーゴーと動き始めても、なおも次から次へと通り沿いに歩き続けていた。

彼女はそれ以来、家に帰ったことがない。

その後、半年以上、息子は母を探し続け、会おうとしたが、王媽媽は電話にも出ようとしなかった。やがてこんな噂が聞こえて来た——深夜の新公園〔一八九九年に建設が開始され、一九〇八年に落成した台湾最初の欧風近代都市公園で、東京における日比谷公園に相当する。九六年、台湾人による反国民党政権蜂起の二・二八事件（四七年）事件を記念して、二・二八和平紀念公園と改称された。〕で、息子に似た男性が太った老年男性に寄り添っているのを見た。秘密のクラブ方式で運営されているバーで、酔っ払った息子が逞しい中高年の男性にしがみついているのを見た、と。

若い肉体を追い求める人々の間では、ハンサムな医師が専ら中高年の男性を求めるというのは、異例のことであり、公然として隠し立てしないということで、彼の名声は瞬く間に広く知れ渡った。

しかし噂しながらも皆はこう言っていた。

「似ているだけで、王媽媽の息子のはずがない」

王媽媽の息子とは五〇年代の白色テロの遺児であり、王家再興、一族繁栄の希望の星であったのだ。（頭角を現したばかりの内科医がこんなことをして前途を台なしにするはずがない。）

噂が飛び交う中でも、王媽媽の前でこれを話題にする者はいなかった。反体制派陣営の勇気と根気、無私の精神を代表する王媽媽、どこにいようとも愛と寛容、助けと慰めを与えてくれる王媽媽なのだ。（こんな不名誉な事と関わりあうはずがない。）

その半年の間、王媽媽はまさに命掛けで海外ブラックリスト人士の台湾帰還闘争に取り組んでいた。秘密ルートで帰台した数名のブラックリスト人士とともに、丸々一か月間、ゲリラ戦方式で繁華街で路上生活を送り、警察に追い出されると、他所に移動し、抗議の横断幕を各地で張り出し、ビーチパラソルひと張で風雨をしのぎ路上で暮らすのだ。

王媽媽がいなければ、六十過ぎの王媽媽が丸々ひと月、不特定の路上で眠らなければ、各種の抗議運動が頻発しているこの時期に、ブラックリスト人士帰還闘争が、これほど大きな関心を呼び起こして関係当局が新しい海外戸籍政策検討の同意に至ることはなかったであろう――これはほぼすべての人に共通する認識である。

しかし王媽媽はこの闘争の過程で健康を損ねていった。彼女がついにこの現場から去ったのは、昏倒して救急車で病院に運ばれたためであり、病室で半月以上も安静にしていなくてはならなかった。

退院後まもなく、王媽媽は再び病院に行くこととなったが、治療室に横たわっていたのは半年以上も会うことのなかった息子であり、見るからに痩せ細った身体を絶えず痙攣させてよじり、額に深い皺が寄るほどに固く閉じられた両眼は、二度と開かれなかった。

ベッドの表示板に書かれていたのは――

劇症肝炎

医師も看護師もものものしい警戒ぶりで小心翼々として、すべての人が口には出せない事情を察し、母親たる彼女にも胸の内では察していた。

しかし誰も言い出せなかった。

治療室での二週間、さらには臨終に至る最後の一瞬でも、息子が目ざめることはなかった。母親が息子の顔を最後に見たのは、深夜にドアを開いた後のこと、部屋中がピンクの官能的なライトに照らされる中、こちらを振り向いた息子の満面白粉を塗った顔であり、手には口紅も持ち、上唇を描き終えたところだった。

あのドアは悔やんでも悔やみ切れない母親の胸の内で、繰り返し開くのだった。あのドアは絶えず開かれては、彼女にすべてを見せるのだ――最も微小な細部も漏らすことなく。

彼女には彼の目の前の化粧台に、黒い鬘《かつら》が置かれているのが見えた――大きくカールした長い髪が、蛇の群のように化粧台からユラユラと垂れて、クネクネと這うかのよう。さらに彼の身体は、ピンクのオフショルダーのハイウエスト・パジャマ（あるいはドレス？）を纏っており、それもキラキラ輝く人工サテン、煌めくイミテーション・ジュエリーをはめこみ、開いた胸元には同じくピンクに染めた鶏の羽が一面にあしらわれ、男性の太く浮き上がった胸骨と喉仏を取り巻いているのだ。

朦朧とした両眼に涙が溢れたので、王媽媽は慌てて手で拭った。父母の涙がお棺の死者の身にかかると、子供は血の池地獄に落ちて、永劫転生できぬ、と言うではないか？

王媽媽は両手で銅棺の縁に触れながら、長いこと曲げていた腰を伸ばそうとすると、引き裂かれるような激痛が背中に走った。王媽媽は立ち上がるのを諦めて、四つん這いになって、客間の奥の部屋へと這って行った。

三十数年前と変わらぬ新婚の寝室であったが、すべてが傷んでいた。彫刻入りの紅木《マホガニー》製のベッドの色は褪せて、当時は最新モードに違いないと思っていたソファの布張りは破れ、あちこちからスプリングが飛び出しており、箪笥《たんす》に貼り付けられた高価な木製の模様は浮き上がり、多くのところが欠け落ちていた。それでもこの傷んでいる部屋は、なぜか晴れやかな風情を留めており、彼女は明らかに昔の嫁入り道具とわかる家具の間を彷徨った。

王媽媽が寝室の一角にある楠の木箱まで這って行き、苦労して箱の蓋を開けると、ぎっしりと服が入っていた――一番上にはピンクの日本の浴衣（俗にYukataと称する）で、その浴衣の素材は純絹で、古びた絹糸のピンクはもはや軽やかさを失い、ピンク自体も褪せて、死者を思わせる古びた白色となっていた。

王媽媽が用心深く両手で浴衣を持ち上げると、その下からは几帳面に畳んだ昔風のスーツの背広があらわれ、スーツの内側には黄ばんだワイシャツが入っており、襟には花柄のネクタイが結ばれている。

王媽媽は軽く手をスーツの上に置いた――少しでも力を入れるとそれが粉々になってしまうかのように。

楠の木箱の蓋をしっかり閉めた王媽媽が浴衣を広げると、かろうじてピンクといえる色の長い浴衣の裾側には、一群の鶴が描かれており、一羽また一羽と連なって飛び、あるいは首をよじって羽をついばみ、画工の巧みな線描は生きているかのようだが、色褪せた今となっては、生きているかのような鶴でも、やはり枯れた赤色の布の上で年老いて死んでいた。

王媽媽は浴衣を抱きしめると、頬を冷たい真絹に擦り寄せ、しばらくしてからこの服を肩に掛け、客間の木棺へと這い戻って行った。

「これはお母さまが結婚した夜に着ていたものだよ……今ではお前たちは寝巻きと呼んでいる。あの夜ひと晩しか着なかった……実はひと晩も着ちゃいない、夜明け前にお前のお父様は連行されて、その替わりに来たのが……」

王媽媽は息子に向かって話し続けながら、浴衣を開き、片方の袖を息子の脇に置かれた右手に通した。身体はすでに硬直していたが、幸い日本の浴衣の袖はとても広く、肩の繋ぎの部分が開いてもいるので、王媽媽は楽に腕を通してあげることができたし、さらにこの服を少しずつ仰向きになった息子の身体の下を通していった。

息子が着ていたのは生前愛用していたスーツで、痩せたようすを見せなかったが、手で触って見ると、仰臥している息子の身体の下にとても大きな隙間があり、この薄い絹はスルスルと通っていった。

「こんなに痩せちゃって」王媽媽はブツブツと息子に向かい恨み言を言った。

お棺の反対側まで這っていった王媽媽は、難無く浴衣を息子の身体の下から引っぱり出せた。難しいのはすでに硬直した左手に袖を通すことで、何度も失敗した後、化粧箱から薄刃ナイフを取り出して、肩と袖の縫い合わせ部分を少し切り裂いて、この隙間から息子の左腕を通すしかなかった。

浴衣全体を着せると、襟を伸ばし、切り裂いたところを縫い直し、帯を結ぶと、長い浴衣は息子の膝下までを覆うことができ、サファイアブルーのスーツのズボンの一部と革靴が見えるだけ、そして斜めの襟元からは、赤いネクタイを締めたワイシャツがのぞいている。

「安心して着ていくといいよ。これは……とても軽いから、着てたって邪魔にはならない、安心して着ていくといいよ」

お棺のそばに座り、七三分けの髪型に顔は花嫁化粧、スーツの上にピンクの浴衣を着た息子を眺めている王媽媽のようすは、静かで落ち着き払い、目には限りない慈愛の情を浮かべていた。

窓の外からは風とともに、河辺の講演会のスピーカーから流れる演説や歌声が時々聞こえてくる。「赤い夕陽の故郷」が講師交替時の間奏曲だった――時折冒頭の数句の歌声がリフレインされる。

呼んでいる　呼んでいる
赤い夕陽の故郷《ふるさと》が
うらぶれの旅をゆく
渡り鳥を呼んでいる

微笑を浮かべて、息子を見つめていると、緊張が解けるにつれて疲労がぼんやりと消えてゆくので、王媽媽は目を閉じたが、それもどれほどの時間だろうか、一瞬のようでもあったが、ハッと気づくと、恐ろしそうに目を見開いた。

「大事なことを忘れてた!」

化粧箱の二段目を開けると、中には黒い鬘《かつら》が入っているのだ。

「お気に入りの長い髪じゃあないけど、カールも好きなんだし、ないよりあった方がいいだろう、ね、どう?」

鬘を息子に被せると、短いカールが元の七三分けの髪を隠したので、これまでの怪しさは消えて、顔の紅白の濃い化粧は瞬時になじんで、それぞれがめいめいの落ち着き先を見つけていた。しかしこうして見ると息子はまったく見知らぬ人のようである。

「それでもあなたなの?」王媽媽はためらいがちに訊ねた。「あなたはまだいるの?」

ドライアイスのモウモウとした煙がユラユラと流れて、スースーとお棺の中を漂う中、王媽媽は顔を近づけ、あのカールに隠されたもとの七三分けの髪、濃いお化粧に隠されたもとの顔、ワイシャツのカラーに隠された喉仏、赤い浴衣に覆われたスーツ・ズボンの体形を間近で見つめていたが、やがて満足したようすで微かな笑みを浮かべた。

時間の経過とともに、窓の外から断続的に聞こえていた講演も終わり、読経の声が流れてきたので、階下で留守番をしていた中年女性が大きい声で訊ねた。

「王媽媽、そろそろ灯籠流しの時間ですよ、準備はできましたか?」

「もう少し待って」

王媽媽は手を伸ばし、息子の全身をそっと撫でながら、尽きせぬ慈愛の思いをこめて語りかけた。

「安心してお行き。もう偽らなくてもいいんだから、気をつけて行っといで。これからは偽らなくてもいいんだから」

薄い木棺の蓋を閉めると、王媽媽はそばに置かれた金槌と釘を取り、木棺の縁を目がけて、重々しく槌を振り下ろした。

この音は大勢が階段を駆け上がってくる足音を呼び寄せたが、王媽媽は顔を上げることもなく、金槌で打ち続けるいっぽう、小声で繰り返し言っていた。

「……これからは偽らなくてもいいんだから、安心してお行き！……」

慣れないことなので、金槌は釘の小さな頭になかなか当たらず、何度も釘に添えられた指先に当たった。

王媽媽はまったく痛みを感じないようすで、金槌を振っては、次々と釘を打ち込んでいった。やがて、真っ赤な血が、指先から滲み出て、ポタポタと木棺の蓋の上に滴り落ちた。

その夜

テレビが夕方頃に起きた東区のビル火災のニュースを番組の間に放送し続けているのは、死亡者数が次第に増加し、すでに六十人以上に達していたからであり、夜から河辺のあの事件の平和記念会に参加した人たちによって、会場の群衆の間にもニュースが広がった。

出火はデモと同じ時と考えられ、独立したビル火災としては死亡者数は最大で、出火原因は不明、火勢も特に激しいものではなく、三、四階がくすぶっているだけだった。しかしビル全体がガラスのカーテン・ウォールで密閉されているため、大量の煙が中央空調設備を通じて各階に拡散し、死亡者の多くが多量の煙を吸い込んで亡くなったのである。

女性作家は灯籠流しの前の政治家たち（反体制派陣営の各級議員たち）による冗長な挨拶の間に、売店に行き飲み物を購入して、テレビがちょうど放送中の火事の最新ニュースを見た。まず驚いたことは、出火の現場が、昨日ビデオ製作担当の監督と面会の約束をしたスタイリストのメイク室が入っているビルだったことである。その後彼女は新たに報道された死亡者リストの中から、打ち出されるテロップに従いアナウンサーがあの女性スタイリストの名前と職業、年齢、出身を読みあげるのを聞くことになった。

女性作家は口を開き、恐怖の極致のため顔中を歪めて、呻き声とも叫び声ともつかぬ甲高い声を上げた。

アナウンサーはニュースを続けた――女性スタイリストは五階の窓から転落し、額を地面に打ちつけ出血多量により意識不明、救急病院に送られたがその甲斐もなく、三十分ほど前に死亡。アナウンサーはさらに繰り返した――先ほど火災現場で、出火時にスタイリストに化粧をされていた花嫁一名が、全身白いレースのウェディング・ドレスを着て、ベールも被ったまま、メイク室で煙に巻かれて中毒死しました。

小ぶりのテレビ画面では白いスカートを乱した女性が、水びたしの散乱した部屋の中で倒れている。メディアの報道規制により正面から撮影しないため、花嫁の顔をはっきり見ることはできないものの、彼女の全身はよく見えており、火炎で焼かれることなく、ただ上半身を片方に完全に折り曲げて倒れているという、とても不思議な姿勢で、何かを待っているかのようだった。

アナウンサーは続けた——現場の消防隊員の話では、この花嫁はすでに華やかなお化粧を終えて、全身きれいに着付けており、なぜスタイリストとともに非常口から避難しようとせず、メイク室に留まり煙による中毒死を遂げたのかは不明です、死亡時の顔は平安で、苦しんだようすは見られません。

女性作家は両手で顔を覆ったが、今回は鋭い叫び声は喉もとで詰まってしまい呻き声となっていた。

すぐに浮かんできたのは、あのスタイリストが化粧をする際に、やや太くて固い指先で顔に残した異物侵入のような不快感だった。スタイリストがすでに死亡したことをはっきりと思い知るにつれ、あのややゴツゴツした指先に擦られる感覚が、たとえようもないほどはっきり甦ってきた——顔全体のあちらこちらに。

あたかも顔に触れていたスタイリストの指先がたった今、離れたかのよう。

女性作家は顔全体のあらゆる細部がいっせいに震え出すのを感じた。死はこうしてスタイリストの手が顔に残した跡として感じられた——これほどまでに真にリアルに。

「こんな死に方するなんて、まだ若いのに、こんな死に方するなんて、この昼、人生初めて買った家、ローン返済もまだ始まってないの、って言ってたのに」

女性作家は取り乱して売店の主人に言った。

見たところ五十代の女性が「そう、そう」と同情して相づちを打っていたが、続けて心配そうに暗い表情で話し出した。

「今日はきっと厄日なのよ、だから邪気がこんなに重いの、ほら、一度に六十何人も亡くなってるでしょ。私が子供の頃には、二・二八のことを聞かされたけど、ここがその現場よ、大勢殺されて河が赤く染まって、死体は河に捨てられて、浮かび上がった時には、顔は三、四倍に膨れあがって、黒く血が固まり、顔中あざだらけ。目玉や鼻、口が魚に食べられちゃって、鼻なし、口なしだらけで、河中が臭くて総督府まで臭ってたって」

そして女性は声を低めた。

「たくさん亡くなって、たくさんの亡霊が、五十年近く経っても成仏できず、どこにも行かず町中に留まり、あちらこちらで身代わりを探しているんだから、一度に六十何人も亡くなるのも当然のこと、みな一斉に押し寄せたから……」〔台湾には、不慮の死を遂げたものは、身替わりの人を死に至らせて自らが転生する、という信仰がある〕

女性作家は急いで代金を払うと、身を翻して急ぎ足で立ち去ったが、なおもその女性がまわりの人に語り続ける声が聞こえた。

「厄日、今日は厄日だから、邪気がこんなに強いの、嫁入り前の花嫁さんさえ、皆して連れて行ってしまったとは、亡霊の嫁取りじゃないの、きれいに身仕度を終えたところで連れて行ってしまうんだから……」

女性作家は急ぎ足で集会場所に戻って行ったが、その河岸はもともと照明が不十分なところに、寒々として時折小雨が舞う夜で星も月もなく、向かい風には河の流れの生臭い臭いが混ざっていた。この河は長年の環境汚染により、夏にはとても近寄れず、今日のような寒い日でも、悶々とした腐臭が漂い、あたかも半世紀近い悪臭が、なおも残っているかのようだった。

女性作家の胸の内で思いは千々に乱れていた。時間から推すと、この日の午後、最後にお化粧をしてもらったのが彼女で、スタイリストは化粧が終わると、花嫁さんのメイクがあるからすぐに戻らなくっちゃ、と言って急いで帰って行ったのだが、実はそれはあの大火事、あの逃れられぬ死の招きであったのだ。

彼女はなぜそれほど必死で働いていたのか（ローン返済も始まっていない家のためか）――次から次へと仕事を入れていたとは。本来ならここに残って彼女がスタイリングした街頭劇を見てもよかったはずで、そうすれば、彼女が製作した額の傷を負った林江邁役の女優が、血のように赤いトマトケチャップを頭から浴びるようすも見られたはずだ（しかも彼女は五階から墜落して、額を地面に打ちつけ出血による意識不明で死亡した）。

女性作家は手で自分の顔のお化粧を触ってみた。

「あのスタイリストは私にお化粧をしてくれてから一、二時間で亡くなったんだ」

全面的にお化粧された顔は、密封されて気を通さず、窒息しそうで、肌はファンデーションによって外の空気と隔絶されて呼吸し、顔全体が覆われて悶々としている。

「彼女の生前最後にお化粧したのがあの花嫁だけど、花嫁は亡くなったから、私が彼女の生前にお化粧をしてもらった最後の人となる……生きている最後の人」

「私の顔のお化粧は亡くなったスタイリストがセットしてくれたもの。彼女は亡くなったけど、私のお化粧はまだ残っている」

身の毛がよだつような驚愕が湧き上がり、女性作家は手で顔を擦り、濃い化粧を取ろうと思った。もしもあの亡くなったスタイリストに化粧された人が死者となったのならば――花嫁が化粧を終えて待つうちに死者となったように、さらには林江邁と射殺された見物人の陳文溪とのメイクをされた者もいる――、それならば自分のこの濃い化粧をほどこされた顔も、死が求めているイメージではないのか？

焦りながらも女性作家は顔にしっかり貼りついたファンデーションは手では落とせぬと思い、あぶらとり紙を取り出すと、力いっぱい擦ったが、暗いので、一体何があぶらとり紙で拭き取れたのかわけもわからず、たっぷり均等に塗られたファンデーションが、もう一枚の気を通さない皮を形成してなおも顔に貼りつき、拭き取れたのは上辺のファンデーションだけのような気がした。

化粧はこのように貼りついてもう一つの顔となったかのようで、身の毛がよだつ恐怖をもたらし、女性作家は全身が鳥肌立ち、顔さえも鳥肌が立った。

直ちに頭をよぎったのは数日来、聞いてきた「死の写真」に関することだった。

ヒソヒソと広がっていた囁きは転がる雪玉のように、夜の間に大きく膨れ上がっていた――受難者の妻は、女性部屋に常備されている縫い針と糸と鋏を使っただけでなく、布靴の底を縫う太い針と弾力性に富む麻糸で開いた傷口を縫合しただけでなく、彼女の日用の化粧品で、ギザギザの縫合のあとを、ひと針ひと針ずつ塗り潰し、ファンデーションで糸の痕跡を覆ったのだ。

さらにこんな噂もある――遺体には身体中に拷問による欠損があったので、器用な賢夫人は、台所のお鍋の白米ご飯を握って、眼球の大きさの玉をつくり、ナイフで抉《えぐ》り取られて無くなった夫の左眼に埋め込み、眼窩が空洞化して生じる凹みを目立たぬようにした。

噂は細部にまで及んでいる——お握りでつくった眼球を本物に見せるため、妻はさらにアイブロウペンシルでお握りの真ん中に瞳孔の大きさの点を描いて、夫があの世に行っても目が見えるようにしてあげた。

そして銃弾が貫通して開いた穴には縫い合わせるべき皮膚がないため、器用な妻は深夜に臼でもち米を粉にして白玉をつくり、これにお祭りの際につくる紅湯圓《アンイーアー》〔食紅で染めた白玉、祭事に食す〕の紅糟〔米こうじを原料につくった調味料〕を加え、ピンクの肌色を調合した。

妻は柔かくて粘弾性に富む白玉を薄く延ばし、これで縫合できない傷口を覆ったので、新たに形成された皮膚のようになった。

さらに夫が「宮刑」に処せられ生殖器を切り取られていたので、妻はこの材料を捏ねてつくった、という噂さえある。

このように、妻たる者は夫に対するとことん深い愛情により、夫の遺体をきちんと修復し、真に迫った、完全無欠で平常の姿の最後のひと組の「死の写真」を撮ったのだ。

女性作家は思い切り首を振って、あのご飯を握ってつくった眼球ともち米製の睾丸陽物を払い落とそうとした。すると風に吹かれて途切れ途切れにマイクの音が聞こえてきた——それは女性のすすり泣く声である。

この「死の写真」を今、公開するのだろうか。一日の活動はすでに灯籠流しまで進行し、最後の盛り上がりを見せているのだが。

（本当にこのような方法で、夫の遺体のようすを残した妻がいたのだろうか？

写真だけで罪名をでっち上げ、写っている顔を手掛かりに一人一人逮捕していたあの時、理由もなく巻き添えになることを避けようと大量の写真が焼かれていたあの時に、あらん限りの知恵を絞り、夫の死の肖像を残すことだけを求めたという妻が、本当にいたのだろうか？）

そしてこの肖像、特にこの顔が、何かしらの一体感を形成し得るのか？　個人あるいは集団のある種の記憶を？

驚愕した女性作家は新しいあぶらとり紙を取り出して拭き続けていたが、一瞬左右の眉に触れ、スタイリストが剃刀で剃ってくれたことを思い出した。

女性作家は茫然として手を放した。

たとえ化粧を落とせたとしても、スタイリストが剃って整えてくれた眉はなおも残り、それはさらにスタイリストが自分の考えで整えた眉であり、持続する印であり、深く刻み込まれ忘れられぬ刻印であり、まさに死者との間をつなぐものではあるまいか！

一時の間、女性作家は五十年近く前に河辺で殺害され、それを恨んで今なおさまよう亡霊たちが、先ほど亡くなったスタイリストにより整えられて目印とされた左右の眉に引き寄せられ、次々と彼女に向かって押し寄せて来るような感覚を抱いていた。

星もなく月もなく肌を切るように冷たい向かい風がヒューヒューと吹き寄せる暗い河辺で、女性作家は全身に冷や汗をかきながら、すぐ前の明るい灯りがともる講演台に向かって走りつつ、心の内で叫んでいた――

亡霊の成仏を祈る読経と灯籠流し、どうしてすぐに始めないの。

王媽媽が籐の椅子に座ったまま、見るからに都会の労働者階級の逞しい四人の中年男性に抱えられて会場に入った時、台上の演説や挨拶はほぼ終わりかけていた。

　司会者がマイクで民衆に向かい現場に到着した王媽媽を紹介したので、たちまち熱烈な拍手と歓声が沸き起こった。司会者が説明した――本来は王媽媽にスピーチしていただく予定だったが、ご子息が亡くなり、体調がすぐれぬため演台には上がれない、それでも受難者の遺族の一人として、長年民主化運動に貢献し、このたびの記念活動の準備にも参加して下さったことに感謝するため、灯籠流しは王媽媽に先導していただきたい。

　場内にはさらに熱烈な拍手と歓声が長く続いた。

　王媽媽は籐の椅子にグッタリと座っていたが、全身が痩せ細り、座面の片隅で縮みこんでいたので、籐の椅子には大きな空間が残されている。しかも彼女はすでにすべての力を使い果たしたかのようで、座っていることさえ難しく、籐の椅子からずり落ちてしまうので、両側のお付きの中年女性が、脇の下から支えていた。

　彼女は肩から重荷を下ろしたかのような虚ろな表情を浮かべ、しかも悲しみもなく、拍手の音が響き渡る際にも、何の反応も見せていなかった。傍らの二人の女性のすすめと介助により、やっとのことで手を挙げて挨拶したが、彼女の左手の指には包帯が巻かれていて、真っ赤な血が止めどもなく滲み出て、白い包帯を赤く染め、鮮血をたっぷり含んだ五本の指は、倍にも膨らんだように見えた。

　すでに十一時になろうとしているため、壇上の司会者は「赤い夕陽の故郷」の曲の伴奏で、記念の夕べの閉幕を告げようとしていた。自らも受難者の遺族である司会者は、彼女の温かみのある声で、締めくくりのスピーチを行い、涙声で、こう語った。

「この五十年近くの間で初めて、二・二八受難者追悼会を公開で開催することができまして、幾千幾万の無念の死を遂げた人々の霊は、もはやさまざまな不当な罪名を負うことなく、本来の面目で歴史に向き合い、無実の罪を洗い流し、外来者により統治される台湾の宿命的悲劇の証人となったのです。私たち、受難者の家族は、この五十年近く隠し続けてきた苦しみを、ついに公開の場で、公式に語れるようになり、この事は発生せず、私たちの家族は殺されもせず、捕まりもしていない、とこれ以上隠し、これ以上偽る必要はなくなりました。私の心は砕けておらず、恨んでもおらず、苦しくもないと嘘をつく必要はなくなりました。今宵、私たちはついに大声で自らの悲しみを語り、泣くことができ、今宵は嘘が終わり、正義が始まる日なのですが、私たちはなおも力を尽くさねばなりません——新時代、台湾人が中心となり、二度と圧制を受けることのない新時代は、ようやく始まったばかりなのですから……」

壇の下の民衆は、引率に従い整然と河岸を下流方向に向かって移動した。最先頭を歩くのは二列の僧侶たちで、彼らは新興仏教集団に属し、これまでも街頭運動に熱心に参加してきた。ツルツルに頭を剃った和尚さんたちは黄色の僧服を纏い、朱色の袈裟を羽織って、胸の前で合掌し仏の名を唱えている。一行の炎のような影は、星もなく月もない闇夜の下で、演台から届く微かな光を受けるばかり、暗闇の中の紅い影は、特に血の臭いを帯びて、重い罪悪因業を隠し持っているかのようだった。

それに続くのが、籐の椅子に座り逞しい四人の男性に抱えられた王媽媽で、彼女がしっかり座って滑り落ちぬよう、男たちは椅子の前側を高目に掲げている。王媽媽が腕に抱えているのは、蓮花灯籠であった。

王媽媽の後には、二人担ぎの大型灯籠が続く。竹と紙でつくったお屋敷で、高さは一メートル五〇ほど、白い紙製だが、軒反りの屋根瓦はエメラルドグリーン、正面は大門に大窓、柱には美しい彫刻がほどこされ、装飾にきらびやかな色紙が貼られて、賑やかさを演出している。ただしこのお屋敷には門の扉がなく、門の場所は大きく開いているので、内側には飾りつけは一切なく、中央に大きな白い蠟燭が立ち、床には分厚く冥紙〔死者や幽霊、神を祀るときに焼く金箔を張った紙〕が敷き詰められているのが見えた。白色を主とするこのお屋敷灯籠は、暗闇の中で、薄暗い白い影を呈している。門の上の横木に掲げられた扁額に、墨痕淋漓と書かれた文字は――

「二・二八事件受難者の霊」

長い行進の隊列はこの大型灯籠の後に続き、受難した親友の遺影を抱く者、灯籠を捧げ持つ者がいる――蓮花タイプあり、お屋敷タイプありだが、いずれも三十センチから六十センチの大きさだった。灯籠はまだ点灯されておらず、もともとぼやけていた遺影は人影さえもほとんど判別できず、長い隊列の人々は、悲しみに押し黙り粛々と進んでいた。

河辺の下流の水門のところで、道士たちはすでに祭壇を設けて成仏を祈る読経をしており、松《たい》明《まつ》に加えてバッテリー式の大型投光機も設置され、道士たちが身に纏う艶やかな立体刺繡の道服がキラキラと輝いている。祭壇全体は暗闇の河辺にあって、まことに極楽浄土へ引導するかのよう、遠方からでも見える美しい光である。

十一時ちょうどに、灯籠流しが始まり、灯籠を持つ家族たちが、河辺を埋め尽くす中、最初に流されたのが「二・二八事件受難者の霊」と書かれた大型灯籠で、紙製の白いお屋敷が木の板の上に載せられると、屋内の蠟燭はすでに点灯されており、数人の男性がこれを担いで水の中に入り、ソッと水面に置き、河の流れの中央に向かい押し出した。

あのお屋敷風の灯籠は、内側に温かそうな燭光をともしながら、すべて闇に閉ざされた水面をゆっくりと流れてゆき、灯りがともる家のように、未だ帰らざる人々にお帰りと呼びかけており、静謐幽玄にして安寧なるさまは、あたかもほぼ五十年来周囲を徘徊し続けてきた二・二八事件の寄る辺なき亡霊たちを引き寄せ、光明に導かれた彼らは成仏を受諾し、恨みの苦海から早々と解脱できるかのようだった。

民衆はみな漆黒の河面に浮かぶ不思議な美しい光を見つめて、次々と低い呻き声を上げて泣き始めた。

大型お屋敷灯籠が河の中ほどへと流れて行く時、王媽媽は手の内の蓮花灯籠を放した。高さ三十センチほどの小さな蓮花は、白とピンクの紙製の八重咲きの花びらを開いて、中心の燭光に照らされてピンクの明かりとなって、尽きせぬ思い、はてしなき包容、花びら一枚一枚が血の涙の集合であった。

受難者の家族たちも灯籠を一つ一つ河の中に浮かべたので、しばし、岸辺の水面には百を越す蓮花やお屋敷灯籠が浮かんでいた。小さな灯がともされた各々のお屋敷は、門を大きく開いた人家であり、帰らざる家族を待ち迎えている。救済と引導の象徴である蓮花は、水上至るところで花開き、暗黒の地獄の水上を覆う輝かしき蓮花のごとく、この一つ一つの心蓮を踏んで行きさえすれば、一歩一歩と帰宅の道を歩めるのであり、光明と救済の在りかへと進めるのである。

読経の声と器物を撃つ音とが続く中、受難者家族の叫び声が響いている。

「×××、さあおいで、迷わず成仏するんだよ、お前は潔白になったんだよ、早くあの世に行きな、×××、さあおいで！　迷わず成仏……」

しかし岸辺では流れは遅くほとんど止まっており、小さな蓮花灯籠やお屋敷灯籠は、岸の近くで浮き沈みするばかり、下流に向かって流れることはなかった。二・二八事件全体の亡霊を供養する大型灯籠だけが、水に浮かべられた時に人の手で岸辺から離れた河流の中央部に押し出されていたため、河の流れに従い、下流へと去ってゆく。

岸から離れれば離れるほど、あの大型灯籠はゆっくり進むように感じられ、すでに屋敷中が明かりを頼りにやってきた亡霊で溢れており、次第に重くなっているかのようだった。やがて、蠟燭の火が紙の家の中にぶ厚く敷き詰められた冥紙に燃え移ったのだろう、天から火がともされたかのごとく、あっという間に炎が燃え上がると、お屋敷全体が一面の火の海となり、噴き出す火の粉火柱で、付近の河面が煌々と照らし出され、功徳により昇華する勢いを見せてくれた。

二・二八事件全体の亡霊を召喚した大型灯籠が、花火のごとく燃え上がる姿を人々が凝視していたとき、王媽媽がいかに身体全体を水面に投じたのか、これに気づいた者はいなかった。

身体の重みが水面に接してボトンと大きな水音とともに大量の飛沫が上がって初めて、周囲の人が驚いて視線をめぐらしたが、そのときには王媽媽の顔も上半身も水中に没していた。数人の者が急いで河に入り彼女を助け起こし、息を確かめた者が、大声で叫んだ。

「呼吸停止、呼吸停止だ……早く人工呼吸を」

王媽媽を岸辺に寝かせ、大混乱の中、医者の助けを呼び求め、民衆に道を開けるように求める叫びの中で、全身ずぶ濡れの王媽媽の顔の、縦横に走る深い皺に溜まった水滴が流れると、涙が止めどもなく流れるようでもあったが、彼女は安らかに両眼を閉じ、口元には微かな笑みさえ浮かんでいた。

「ほら、水を飲んでいないし、咽《む》せたわけでもない。先に気絶してから河に落ちたんだ、さもなければ、先に息が止まって、それから水に落ちたんだ」皆が口々に話している。

突然、激しく泣き叫ぶ声を上げたのは、数日来、王媽媽に付き添っていたあの中年女性だった。

「見て、王媽媽の蓮花灯……あの灯籠には四人の名前が書いてある――王媽媽の大伯父と夫と息子、そして王媽媽自身の名前……不吉な予感がしてたんだ、悪いことが……きっと悪いことが起きるって……」

駆け寄って、この泣き叫ぶ女性を荒々しく押し退け、王媽媽に人工呼吸をする人がいた。ビデオテープ製作担当の監督が機材を担いでさっと路を開けた。

ところが無意識に顔を上げたビデオ製作担当の監督が見たものは、先ほど王媽媽が流したものの、岸辺に留まっていたあの蓮花の灯籠であり、それは王媽媽が河の中に倒れ込んだことで生じた水流により、岸辺の水溜まりから脱して、水が流れる深水部まで跳ねるように移動していたのである。小さな蓮花灯籠は、王媽媽の生命の力を得て、新たに水流を見出し、これに軽やかに乗って、かなりの速さで、スーッと下流へと向かって行った。

先ほどの大型豪華灯籠はすでに燃え尽きて、暗い河面には、ポツンと浮かぶこの小さな蓮花灯籠が見えるだけ――夢幻《ゆめまぼろし》のような穏やかな光を放ちつつ、独り静かに、しかしかくも神秘幽玄に先導して、闇の中、奥深くの未知の世界へと流れてゆくのだ。

涙で目が霞むにもかかわらず、ビデオ製作担当の監督は機材の照準をこの灯籠に合わせて、この霊験あらたかなる光景を撮ろうとしたものの、即座に気づいたのは、小さな蓮花灯籠の微かな光は、ファインダーの中では一面の暗闇にすぎないことだった。

谷の幽霊《おに》

彼女は入山口《にゅうざんぐち》の谷に住む一匹の幽鬼《おに》であり、しかも女の鬼で鹿城《ロッシア》が海運業で隆盛する前から、「頂番婆」一帯に出没していた。

鹿城東部付近には島を縦に貫く中央山脈があり、その主峰は四千メートルの高さに達し、東西両側に延びる脇尾根はひと山ごとに低くなり、長々と伸びて、鹿城付近に到達する頃にはすでに低山なのだが、突然平地となるため、鹿城東部の入山口の谷は、すぐれた防御の地となっているのだ。

漢人〔中国の主要民族である漢族の人。台湾には古くからオーストロネシア語系の先住民が住んでおり、十六世紀以後になって中国大陸の福建・広東両省から漢族が移民してきた〕がこの地を開墾する前には、平埔族《へいほぞく》〔台湾の平野部に住む先住民の総称として用いられたが、現在では平埔族群と称されている〕のバブザ族（Babuza）がここに村をつくり、馬芝遴社《ベイチイリンシャ》と称した。この平原は肥沃で、大群の梅花鹿《ニホンジカ》が入江の草原に集まるため、バブザ人は鹿狩をして鹿皮や干し肉をつくり、渡来して支配者となったオランダ人との交換必需品とした。

かつてこの地にやって来た漢人は次のような詩を残している。

山環海口水中流
番女番婆夜盪舟
打得鹿來歸去好
歌喧絶頂月當頭

山は海口を環りて　水　中を流れ
番女番婆は　夜　舟を盪《こ》ぐ
鹿を打ち得て来たりて　帰り去るも好し
歌は絶頂に喧しく　月は頭に當たる

山は海の入り口を囲んで迫り、水はその中を流れ
バブザの女は、老いも若きも夜の船漕ぎに精を出し
鹿を仕留めて、うきうきと村へと帰り去れば
歌声にぎやかに山頂に木霊し、月が真上より照らしている

漁猟をなりわいとしていたバブザ人は、漢人がこの地に入植した後は、たちまち海辺の平原を失い、一歩一歩と山間区に後退し、移動の際に年老いた者や動けない女と子供を残していったので、これらの居住地は漢人より「番婆荘」、「下番婆」と呼ばれた〔「番」は「蕃」に通じ、異民族、蛮族の意味〕。「番婆荘」、「下番婆」も消え去ると、彼らは入山口の谷まで後退したので、漢人はこの谷を「頂番婆」と呼んだ。

それはここまで来ると「頂」、すなわち最後の場所となったという意味である。

一

その当時は彼女はなおもバブザ族の名前を持っており、漢字で書くと伊拉《イラ》・伊凡蓮《イーファンリエン》・娃那《ワーナ》であった……

しかし、人々が覚えていたのは月珍《ゲェチン》／月珠《ゲェツウ》という名前である。

月珍／月珠は漢人たちからこの名前をもらった。その漢人とはやはり普通の入植してきた女ではなく、「万春楼」の阿芳官〔妓楼のやり手ばばの名前〕であった。

万春「楼」と言っても、実は河岸に柱を立てて高床を支えているに過ぎず、その上に木の板で家を建てたのだ。狭い空間を太い木を組み合わせて仕切っているので、隙間から涼風が流れ込み、客が多くなると、ギシギシと揺れ、いくつものベッドがともに揺れ、これに風の勢いが加わり、ある時にはこの「楼」が本当に倒れたことがあるという。

つまりどの部屋の男女も、軟らかい砂の上に落ちたので、たいした怪我などしなかった。女たちがみな身体を強く打ったのは、ふつう彼女たちは下にいるので、男の重い身体が落ちる時には、彼女たちが肉布団の役割を果たしたのだ。

悲鳴を上げた各組男女の、その悲鳴は「楼」上の時とは異なっていた。腹あてを半分まで解いた女性もいれば、ズボンを膝下まで下ろした男性もいて、両人素っ裸もありだった。さらには河岸に落ちても、引っ付き合ったままの者もおり、男性のアレが中に入ったままだったが、運良く切れたり捩《ね》じれたりはしなかった、という噂がその後に流れた。

月珍はこの事故で、足を骨折している。

彼女は落ちた時に遠くまで投げ出され、砂浜の湿地から離れたところに落ちたので、岸辺の岩にぶつかった。彼女が腕の力で身体を起こすと、近くで同輩たちが、糞尿の湿地の中に座り込んでおり、互いに指差しあいながら、キャーキャー大笑いしたので、涙と鼻水を同時に流して笑ったものだった。

河床に高床式で建てた「万春楼」では、事を終えた後、窓を開けて盥《たらい》の水を直かに外に撒くことができたのは、なおもサラサラと小河が流れており、汚物を運んでいってくれたからだ。その後、ある女がこれは便利と、忙しくて時間がない時に、おまるの糞尿まで窓から河岸に捨てたので、夏でなくとも、澱んだ臭気が鼻を突くようになった。

この糞尿の湿地に落ちた者は、大した怪我などなく、相手の頭に屋根を葺《ふ》く長い茅草がのっており、大便もついているのを見て、息がつけないほどゲラゲラ大笑いをして、苦しくなっても、なおも笑い続けていた。

ただ乾いた岩の上に落ちた月珍だけが、足を骨折したのだ。

「万春楼」は山の入り口の岸辺に位置し、もはや鹿城の農村部とは言えず、「頂番婆」にあると言うべきであり、それは最辺境の地であった。ここでは、月珍のような明らかに漢人と先住民との混血の女子が多かった。

彼女は混血であってもきれいではなかった。漢人のペチャンコな鼻、バブザ人の眼窩が深く落ち込んだ大きな両眼をしていたが、平べったい頬に厚い唇で、まったく漢人好みではなかった。

肉づきの良い胴体は太く短く、漢人好みの風にも耐えられぬ細腰とはほど遠く、左右の胸は布で締めつけられることがないため巨乳となり、ナニの時には飛び跳ねるものだから、目が散って困るとの噂であった。

月珍にはもう一つ最も致命的な弱点があり、鹿城市内は「五福路《ゴオホッロオ》」裏の「半掩門《ポアイアムン》」〔鹿城市繁華街にある高級妓楼〕には永遠に昇格できなかった。それは大足だったからだ。

足の甲が厚いのは、彼女の肉付きの良い胴体と同様で、足の指はすべて外側に開いていた。沼地で泥土を踏んできた二本の足は、纏足《てんそく》〔中国で女児が四～五歳になった頃、足指に長い布帛を巻き、第一指（親指）以外の指を足裏に折り込むように固く縛って、大きくしないようにした風俗（『広辞苑』第六版より）〕などとはまったく無関係であり、「三寸金蓮」〔纏足をした小さな足の美称〕を男性の肩に掛けることの面白味などさらさらわかりようがなかった。

一方の月珠であれば、きっとオランダ人が残した種なのだろう、長い髪は褐色でカールしているから、「紅毛番《アンモウホアン》」と呼ばれて然《しか》るべきだった。オランダ人は「紅毛番」と呼ばれていたが、「番」の字は月珠のもう一つの血統――生番〔清朝統治外の先住民〕・熟番〔清朝統治下の先住民〕――を指すものでもあった。（さらには漢人の血も混じっていたかもしれない。）

月珠は大きな眼に高い鼻と目鼻立ちのはっきりした顔で、背が高く均整のとれた身体をしており、いくつもの混血を重ねた肌は、黒砂糖を混ぜたミルクのようであり、絹織物のような光沢であった。

彼女の背丈と大足も、同様に当時の人々の好みではなかった。彼女にも鹿城の港の波止場付近の低湿地にある「半掩門」に行く機会はなかったが、そこには遠路やって来た、同じく「紅毛番」の船乗りがいたので、彼女を気に入ったことだろう。

それでも月珠は月珍よりもましで、少なくとも足を骨折することはなかった。彼女の「万春楼」は「番婆荘」の村の入り口にあった。この近くには「大学」という場所がある——鹿城三十数個所の公衆便所の糞便の集散地だ。

鹿城の公衆便所はこの地に人が集まるにつれ、西部の初期の海辺の集落から、東部の山寄りの地区へと次第に発展した。これらの公衆便所には糞便が盗まれないように鍵が掛けられ、多くが特定の遊民により経営され、雇い人により天秤棒と桶で鹿城郊外の集散地「大学」まで運ばれ、そこで牛車に移されて肥料として売られたのである。

月珠がいた「万春楼」にも、専用の便所があり、やり手ばばは当然のことながらこのような金儲けの機会を見逃すはずもなく、当時の掟に従い、糞尿も売っていた。一般に家庭の便所の場合、家にいる女性の数で代金が支払われていたのは、女性は外出することが少なく、大小便は家でするもので、男性のようにあちこち出かけて排便しないからである。「万春楼」で働いているのはすべて女性であり、することと言えば日長、横になっている商売なので、やり手ばばは便所をもとに結構儲けており、当時はこのように言われていた。

「鹿城人はクソ度胸、クソして米を手に入れる」

月珠がいた「万春楼」は「番婆荘」の村の入り口にあり、ここもやはり鹿城の「大学」で、匂いは良くないものの、糞尿を移し替える人、運ぶ人と毎日人が往来し、賑やかな場所ではあった。

月珍／月珠がどうして「漢人」から奪われた土地を取り戻そうとしたのか、鹿城の人が言う「図々しいにもほどがある」のほかにも、さまざまな噂がある。

広く信じられていることは、月珍は例の漢人の番語通事に煽動されたのであり、たとえ本当に土地を取り戻せたにせよ、このアヘンと酒に溺れていた通事に再び奪われていただろう、というものである。しかしほかにもこのような説もある――あの通事は完全に月珍に「惑わされ」ており、巨乳と大足の間に居座り続けていた。蕃人の女の魔術にかかれば、並みの男など敵ではないのだ。

骨折して働けなくなった月珍が帰ろうとしたのは「頂番婆」の山の小さな畑であった。漢人の祖父が祖母の入り婿となると、おじいちゃんの遠い親戚たちがおじいちゃんを頼って引っ越して来て、土地はおじいちゃんのものだとして、奪い取り、彼女たちを追い出しただけでなく、中風にかかったおばあちゃんに、月珍を「万春楼」に売らせてしまったのだ。

一族の者たちは東へと移動し、山々を越えて「埔社《ポオシア》」という場所まで行ったと言い、歳を取って中風にかかっていたおばあちゃんは残された。「番婆荘」、「下番婆」にはこのような老人は少なくなく、その世話のために残った幼い孫娘たちの末路も月珍と似たり寄ったりであった。たとえ月珠であっても、土地取り戻しの要求は難しかっただろう。

以前、漢人は部族のタブーを知ると、わざと犬の死体を彼女の先祖の田に放置し、その後、さらに漢人は近くに墓を造ったので、部族の人々は不吉にして不潔と思い、この土地を離れたのである。

月珠が望んだことは、この土地を返してもらえないだろうか、土地を借りて耕すということでも良いから、というものであった。

鹿城の人たちは、月珠には「人も飢えれば面子を棄てる」ようなところがあり、夢のようなことを考えるところは、「紅毛番」の宣教師の影響を受けたからだと思っていた。

ほとんど泉州〔台湾海峡西側にある福建省南東部の港湾都市〕人の集まりである鹿城には、唐山《おくに》からもたらされた土地神や媽祖《マアソオ》〔まそ、航海の安全や安産の女性神〕、観世音菩薩、各姓の王爺〔流行病などを鎮める男性神〕の廟が各地で見られる。その後、貿易港として栄えると、鹿城の人々も見識の広さを誇り、外来の神の進駐を歓迎した。

鹿城の人々は、紅毛番がいかなる邪教を伝えるかについてはあまり関心がなく、当地の者で蛮人の教えを信じる者をバカにしただけで、それを「教え食い」と称したのは、教会が食べ物をくれるので、その教えを信じている、という意味である。生番やその老婆たちがこの蛮教を信じるに至っては、鹿城の人は蛮に蛮を重ねるものとして、さらに相手にしなかった。そのため鹿城の人も生番が紅毛番の宣教師を殺して、彼らが夜間秘かに布教することを余儀なくされるのを快しとしていた。

月珍／月珠が奪われた土地を取り戻そうと思い始めると、たちまち生番／漢人／紅毛番の三者関係を挑発するものとして騒がれた。鹿城の駐防水師署も驚いたに違いなく、海防長官の大老爺《おおだんなさま》は県知事の手を借りて審理することなく、事を謀反と関わりありと拡大し、裁判を行って自白を強要し、「蛮族平定」の業績を上げようとした。

大老爺は、遠く唐山の上司に、彼の業績を見てもらおうというのだ。

拷問にかけられ無実の罪の自白を強制された月珍／月珠は、市中晒し首／公開斬首刑を待つまでもなく、監獄で死亡した。「鶏を殺して猿を戒める」ため、月珍／月珠の死体は「頂番婆」近くの入山口の谷に捨てられ、山区を出入りする番人に対する戒めとされた。

月珍／月珠には基本的に親族はいなかったので、深夜強風の中をこっそり遺体を埋葬する者もなく、このためにお役所の怒りに触れることを敢えてする者もなく、月珍／月珠の死体は要害の細い山道の傍らに放置されていた。

明らかに戒めのため、この死体の上下の衣服はすべて剝がされていた。死体廃棄にやって来た小役人は大老爺に代わって宣告した――もとより千人がまたがり、万人が乗った汚れた身体、死後は素っ裸にて、生前の食扶持《くいぶち》かせぎのありかがいかに異常かを、皆の者にとくと見せて、戒めとする。

通り掛かりの度胸の良い者が、本当に熟視したところ、その場で吐き続けることとなった。

早くも月珍／月珠が捕らわれた時から、鹿城ではこのような噂が立っていた――大老爺は鞭打ちも指挟みの拷問もせず、もっぱら番女が食扶持としてきたところを責めた。本来左右の乳房であったものが、いかに踏まれ押し潰されたかはわからぬものの、皮一枚を剝ぎ取られ、上側に少しだけ残された筋肉が乳房全体を引っ張り上げていなかったら、おそらく二個の血まみれの肉球となって臍《へそ》まで垂れていた。下半身の前後には無数の穴が開いており、どのように焼き、焦がし、抉《えぐ》り、刺して懲らしめたのか、腫れ上がって形を成さず、四個所の傷口からはなおも熱い血がダラダラと流れ出し、下半身には無数の食扶持となる穴が開いているようすだった。

局部は重傷、その他の場所はきれいな肌の全裸死体は、何日も日にさらされ風に吹かれていたが、真冬の季節で、谷は寒風が吹くため、腐爛するようすもなく、ただプーンと悪臭を漂わせるだけであり、事情通が言うには、内側の臓器が駄目になり始めていたのだ。

こうしてある日突然、早朝通り過ぎた者が発見したのは、その女性の死体がうっすらと粗塩《あらしお》で覆われており、しかし塩は明らかに不十分で、曲がった両足が露出している姿だった。

さらに別の日、通行人が発見したのは、さらに多くの塩で足も見えなくなっていたことだった。

この死体、本来皆の者は視線を避けて、通り過ぎる際にサッと一瞥していたものだが、今や薄く粗塩で覆われて直かに死体は見えなくなったので、皆の者は正視するようになり、そこでわかったのは、少し黒みがかった粗塩により、彎曲《わんきょく》した体形が形づくられていることだった。

女性は死ぬ前に巨大な苦痛を味わったに違いなく、そのため身体をこのようにねじ曲げているのであり、上下の半身が別方向を向いて、もがいて前に差し出された両腕は、腰からひねり出された麻花《マーホワ》〔小麦粉をこねて長さ二十センチほどの縄状により合わせたものをかりん糖のように油で揚げた食品（愛知大学編『中日大辞典』より）〕のよう。

その後、さらに多くの塩が被され、しかもそれは明らかに異なる地区の塩田でつくられた粗塩であり、今回の塩はやや白っぽい純度の高いもので、女性の死体に白い死化粧をほどこしていた。人々にはよくわかっていた――この幾晩かに撒かれた粗塩は別々の人が持って来たものである。おそらく麻袋で一つ一つと各塩田から運んだものなので、ひと袋の塩をかけたところ、足を隠すには不足していたために、次の夜には、別の人がもうひと袋を運んで来たのだ。

しかし余計なことを言う者はいなかった。

目の前に海が広がる鹿城では、塩はとても安く、麻袋数個分でも大したことはないのだが、海辺からこの入山口の谷まで運ぶとなれば、少なくとも十数キロはあり、容易なことではない。

この鹿城では昔から粗塩や糠《ぬか》で死体を覆う習俗があった。初期の泉・漳械闘《かいとう》〔出身地の泉州と漳州とにわかれて行われる武力抗争〕では、街中で殺されて運び出せなかった人が出ると、事後のお役所の追究を恐れて、家族が死体を引き取って埋葬することは叶わず、死体を街頭に放置して腐爛するに任せてはその悪臭は耐え難く、また土の中で安らかに眠らせてあげることもできないため、家族は深夜に荷車で塩や糠などを運んで、その場で覆ってあげるのだ。

要害に死体を遺棄された惨死の女性は、先住民ではあるが、死後に塩をかけて死体を隠してくれる人がいれば、少しは恨みも慰められることであろう。鹿城の人々はこのように考えた。

こうして続けてかけられる塩は、しだいに遺体の細部や形、ねじれた女性の身体を覆い、最後には小さな塩塚となった。

時が経過し、その上に砂塵や土石が飛来し、雑草も生え始め、外から見ると、入山口の谷にある一個の土饅頭となったのである。

人々もしだいにこのことを忘れていった。特にこの恨み死《じに》した番婆は、予想されたように先住民固有の魔術を使い、悪鬼となって要害に出没するわけでもなく、また彼女を惨死させた大老爺や獄卒に祟りをするわけでもなかった。自らの恨みをはらせない番婆は、すでに輪廻により、再び転生したものと人々は考えていた。

ただ因果が巡り、すべては来世で報いを受けることばかりを祈ったのだ。

二

死後に悪鬼となった女鬼は、自分が塩塚の中に閉じ込められているのに気づいた。

この塩塚は最初は小山のようで、すっぽり彼女を覆っており、しかもびっしりと、隙間を埋め尽くしていて、彼女は身動き一つできなかった。惨死の身体に深手を負い、腰のところで麻花《ねじりんぼう》のようにねじれてしまった女性は、この奇妙な姿勢による極度な苦痛に耐えつつ閉じ込められていたのだ。

もう一つ気づいたことは、キラキラと輝く塩が全身の皮膚を覆い、肉の中に染み込む、そのいっぽうで本来の体液が排出されていたことである。筋肉中の水分と脈を流れる血が減少したので、彼女の身体はしだいに縮み始めた。

こうして彼女は腐敗することなく、緊縮するだけで、自分が細く小さくなったと実感した。身体の緊縮により彼女の魂が動けなかったのか、それとも骨髄まで染み込んだ塩により彼女の活動が制約されていたのか？　女性幽鬼《ゆうき》は魂魄《こんぱく》が自らの体内に拘束されたまま、外に出られなかった。

たとえこの塩で封じ込められた身体から抜け出したとしても、さらに身体を覆う塩塚があるのだ。この塩塚はしばらく時間が経過した後は、結晶の顆粒が互いに固く結合して、ひと固まりの覆いとなり、一体成型のように頑丈であるため、破れ目がなければ決して抜け出せないのである。

魔術に長けていなくとも、女性幽鬼は生前にこの塩の作用について聴いていた。高僧の手から撒かれた米や塩は、「瑜伽焔口《ユガエンク》〔施食《せじき》して餓鬼を得度させること〕」を読経するうちに、千億の身体と化して餓鬼道から救うのだ。高名な法術家の風水師の指先から弾き出されるこの塩は、億万の魂魄を封じ込め、本分を越えさせないのだ。

激しい怨みを抱き、一心に即時報復に行かんとする女性幽鬼は、因縁で際会した鹿城の人々の憐れみが、拘禁という彼女にとって最大の懲罰となっていることに気づいたのである。

一切は果たして因果は巡り、冥冥中《しらぬまに》定められているのだ！

女性幽鬼はもがくのをやめ、いかに塩塚の中で長い日々を送るべきかを考えた。

まずはこの麻花のように首と足とが反対を向いた身体をもとに戻さねばならず、別方向を向いたままでは仰向けに横たわることができず、首と足とが反対向きでは、自分の足も見えないのだ。生きていた時には、彼女はほとんどの時間を寝そべって過ごしており、男性が特殊な嗜好を持つ場合にのみ別の姿勢を取るよう要求されたが、さもなければ、彼女はほとんど仰向けになっていた。

首を平らにすると、自分の身体はよく見えないので、一定の時間ごとに、彼女は木の板のベッドに置かれた足を見ることにしていた。この両足だけが、仰向けになっている時でも全体がはっきり見える自分の身体であって、ほかはすべて上にのしかかっている男性であった。

彼女は普段、男性が上で移動する隙を狙って、自分の両足を眺めた。股を広げられると、足の指の間も大きく広がり、大きな足は、手の平二つ分ほどの大きさで、足の指はどれも外に向かって開いているため、大きな面積を占めるのだ。畑には出ないので、爪の隙間には汚れが入ることもなく、貝殻のような足の指先の爪は、キラキラ輝いている。

彼女はほかに自分の足の小指も見た。爪も欠けたところは一つもなく、彼女がこれまでに見た大多数の足先の小指の爪が大小二片に割れていて、裂け目に黒い垢が溜まっているのとは異なっていた。

仰向けで自分の左右の足先が見えると、下半身は男性にやられて無感覚になっていても、自分の身体がなおも存在することを自覚できるのだ。

視界を基準として、女性幽鬼は塩塚の中で回転してねじ曲げられた身体を調節した。ひどく緩慢ではあったが、身体が縮小するにつれ、小柄になった分だけ、わずかだが隙間が生じ、幽鬼は少しずつ身体を回転させては、次には見馴れた足先を見たいと願っていた。

女性幽鬼がこの身体縮小によりつくりだされた空間をめぐり、なおも塩塚と奪い合いの闘いを続けていたのは、塩塚のこれ以上の進入封鎖を防いでこそ、最小限の移動自由を確保できるからである。再び自分の足先を見たいという尽きせぬ熱い思いを抱いて、幽鬼は観想に努めたので、全面に現れるのは、すべて自分の足先であった。

自分の足先しかない。

そして光陰は矢のごとし。

極めて長い時間が過ぎたに違いない――仰向けになっている女性幽鬼の眼前に、まずは自分の片方の足先が見え、やがて両足の足先が変幻し、倍に増加し、たちまち目の前で視線を遮り、数えきれないほどの数となった。

あの見慣れた自分の足先が、なぜ見れば見るほど別ものに変わっていくのかわからず、形も足先には見えず、時により大小変化し、一本の足指がすべての視界を占めてしまうかと思えば、足先全体で塩粒ほどの大きさしかなく、一生懸命探してようやく見つけられるというありさまだった。

この見れば見るほど足先らしくないものも見え方は変化していて、まずは二個の薩摩芋《さつまいも》となり、次に大根、番麦《とうもろこし》、糸瓜《へちま》、冬瓜《とうがん》、さらには瓢箪《ひょうたん》製の葫蘆瓢《ころひょう》や胡瓜《きゅうり》、茄《なす》にもなった。

彼女がこの野菜を引きずりながら歩くまねをしてその感覚を楽しんだ――二個の薩摩芋に大根に糸瓜に茄……の足先が、ほかの薩摩芋に大根に糸瓜に茄……と大小一連のものを生み出して、身体の下方に形成された無数の足先が自分を支えてくれるという感覚には、とても安心できたからだった。

もちろんそれが粟《あわ》の穂や稲穂に変化すると、たいてい彼女をやや不安にさせた――粟の穂や稲穂はあまりに軟らかすぎて、これを足先として歩き出すと、パタパタとお米や粟粒がそこら中に散乱するからだ。

彼女にはほかにも平たく伸ばした足先が縦になり、葡萄や龍眼、蓮霧《レンブ》、鳳梨《パイナップル》、香蕉《バナナ》……となるのが見えた。まだ生きながらえていた時には、まず食べられない果物であり、自分が首を垂れて自分の足先を食べてしまうのではないかと心配するのだった。

女性幽鬼も生きていた時に聞いたことがあった――人には死後、光が見える、それは太くて強い光で、善行を積んだ人にはさらに五色に染まった天空が見え、金色の菩薩様が雲の上に端座なさってお迎えくださり、西方の極楽浄土にお導きくださる、そこでは生死もなく苦しみもなく尽きせぬ楽しみだけがあるのだ。

だが、塩塚に漬けこまれた女性幽鬼には、それは見えない。彼女は五色の光彩のお迎えを受けていない――まずは透明で、キラキラ光輝く紺色の光、続けて明るい白光、目映い黄光、煌めく赤光、そして最後は輝かしき緑光で、どの光も、恐怖や脅威、飢渇に憤怒等々から救ってくれる……

彼女には自分の左右の足先が、薩摩芋に大根、粟や稲の穂、香蕉に龍眼、糸瓜……に変じるのが見えるだけ。

彼女には足先から見えるものはこれだけではなく、二つの直立した足先（開いた手の平二つ分の長さだ！）が男性の例のものに変わるのも見えた。一本一本、一丁一丁、太いの細いの長いの短いの、紫、赤、黒。この男性のチンボコを足先にして歩くのか？　それは筋肉質の豚の腸を踏むようなもの、ブチュッとベットリ白い液が飛び出すのだ。

彼女にはこのチンボコが大便に変わるのも見えた――「万春楼」のそばの大便で、一本一本、一丁一丁の大便だ。両者はともに彼女の身体を出入りし、まずはチンボコが一本また一本と陰門から入ると、大便が一丁また一丁と腟腸から排出され、やがてすべてが入り乱れ、陰門に入るのが大便で、肛門が排泄するのがチンボコとなった。

このため彼女は続けて噂に聞いていた悪霊の出番を見ることになると思った――彼女を火焔燃え盛る地獄に閉じ込め、首を切り、心臓を抉り出し、胃腸を引きずり出し、脳髄を舐め、鮮血を飲み、肉をくらい、骨をかじると同時に、なおもチンボコと大便とが彼女の下半身を出入りするのだ。

とは言え、彼女が下の方を見ると、目に映るのは、またもや自分の二本の足先である。ただし今回は薩摩芋や大根、粟の穂に稲穂、香蕉に糸瓜……に変じているのを再び見たいと望んでも……チンボコ大便でなければ、それで十分だった。

自分の足先だけしかないのだ。

こうして歳月は飛び過ぎて行った。

この島には必ずや台風と地震が繰り返し襲いかかり、案の定、幾度もの台風豪雨により、濁水《だくすい》渓《けい》〔台湾中部を流れる、台湾で最長の河〕とその支流が氾濫しては水害を起こすと、狂風暴雨が上流から押し寄せる土石流を伴い、何度もこの山道脇の小さな塩塚にぶち当たった。

あるいは、しばらく時を挟んで生じる大小の地震で、ひとしきり山も谷も叫び、天が揺らぎ地が動き、あらゆる樹木、岩、黄土はすべて移動し、強い力で押され、塩塚は打ち続く激動で絶えず衝撃を受けていた。

岩のように硬かった塩塚もついに打ち砕かれたのである。

再び自由を得た女性幽鬼は閉じ込められていた塩塚から飛び出ると、あれこれ考えることもなく、およその方位がわかり、いざ復讐せんと疾風のごとく鹿城をめざした。

ところが鹿城市街に着くと方位所在を見失ってしまったのだ。

彼女はもともと、鹿城の人ではなかった。鹿城とは元宵節や廟の祭の日にのみやってきて、提灯を見物し、中元の供養をする賑やかな街であった。鹿城の人が秋から冬にかけての九降風〔旧暦九月九日重陽節前後から吹き始める強い季節風〕対策に建てた「九曲巷《カウキエッハン》」〔曲がり角の多い路地〕は、彼女のような外地の「番婆」にとってはまさに迷宮であった。日を避け雨を防ぐ「不見天《ブッキエンテエン》」〔鹿港にあった伝統的アーケード街〕は、夜には通りの出入口門を固く閉めてしまうので、誠に難攻不落の城のように進入困難であった。

なおも「番婆」意識から抜け出せないため、驚いた幽鬼は用心深く鹿城内を往き来して探し、白日には急いで塩塚まで戻って身を寄せ、こうして、しばらく時間をかけて、ようやく水師署、鹿城の海防長官役所の所在地を探し当てた。

幽鬼は自分のこの目で見たことが信じられなかった。

その昔、厳めしかった役所の門には、もともとそこに立っていた旗竿もなくなり、図柄が刺繍されていた旗も消えていたばかりか、役所の門そのものが倒れており、もちろん門番もいなかった。

左右の両隣は、今では小さな無縁墓地となり、そこに出没する幽鬼たちは身なりがそれぞれ異なり、これまで見たことのない服を着ているものもいる。彼らは廃屋となり、雑草が生い茂る役所の広間を飛び交い、何の遠慮もなかった。

女性幽鬼は最初はこれも心の内の悪魔による幻影か、あるいは念入りに張られた目眩まし法術で、自分をはめる落とし穴かと恐れた。しかし幾晩も見張ったところ、遠くから静観していただけではあるが、何の変化も見られなかった。

ただある夜のこと、明らかに「土公仔《はかもり》」と見える者が来て、「地基主《テイキイツウ》」〔屋敷の守護霊〕を祀ったのである。彼はこっそりと簡単なお供えを持って来ており、それは豚の三枚肉が一切れと、卵と豆腐干〔豆腐を布にきつく包んで香料を加えて一度煮た後に布を取り去ってかわかすか、または燻製にしたもの（愛知大学編『中日大辞典』より）〕一つずつに過ぎず、お辞儀をしたのち、焼いた金色の紙銭〔死者や幽霊、神を祀るときに焼く金箔を張った紙〕とともに芒草《すすき》の枝葉で覆いかくしていた。

翌晩には女性幽鬼は枯草色の軍服を着て帽子に太陽の徽章をつけた軍人の姿を見つけたが、彼らはまったくわけのわからぬ言葉を話し、通訳を通じて、数名の「土公仔」を指揮してこちらの墓地を掘り続けさせた。そして役所の前には、いつの間にか一本の足が折れた太師椅《ひじかけいす》が置かれ、足の一本は木片で何とか支えられていた。

さらに次の夜には、女性幽鬼はなんと墓地から掘り出された不朽体《ふきゅうたい》を発見したのであり、生きている人のように、役所入り口の例の足が折れて傾いた太師椅の上に座らされ、死体はグニャリともたれかかっていた。

この不朽体は全身の血肉を備えているだけではなく、死に装束さえも腐爛しておらず、濃い色をしており、藍色あるいは黒の長い上っ張りは、前のみぞおちのあたりと背中、そして胸と背中に兵・勇の二字が刺繍されており、鹿城の人はこれを「前補後補」と称し、これはお役人しか着られないものだった。

　女性幽鬼はそのようすを遠くから見るだけで、遠く離れたところを徘徊していたのは、この官服がなおも彼女の昔の恐怖と怨念とを激しく掻き立てたからである。女性幽鬼は実は腐爛していない死体を恐れていて、彼女が塩塚に監禁されたと同様に、その魂魄は死体の中に幽閉されており、この不朽体が腐敗し始めるまでは、魂魄が解き放たれることはないのだ。

　その魂魄とはその昔、彼女を拷問して死に至らしめた大老爺ではないだろうか。

　生前、こういった官位や職名について知る機会もなかったので、死後も女性幽鬼はこの不朽体が誰なのかわからず、注意深く警戒するほかなかった。

　幸いにも「土公仔」がこの掘り出した不朽体を太師椅の上に置いたが、それは昼間の太陽に照らし、腐蝕を早めるためだった。一夜また一夜と、女性幽鬼は落ち込んだ皮膚が骨を包む不朽体の緑青色《ろくしょう》をした顔と、官服の外に露出した緑の毛を生やした両手を眺めていたが、確かに委縮しており、崩れつつあったが、それはとてもゆっくりであった。そして長く垂れ下がる雑色の乱れた髪を残す頭部だけが、支えきれぬようすでうつむいている。彎曲して螺旋状になった長い爪が抜けたのは、腐って落ちたのかそれとも縮小した指先から、抜け落ちたのか。

　しかし眼窩に落ち込んだ眼球は、なおもそこに吊り下がっているようすで、怨恨に満ちた緑の光をギラギラと放っていた。

　しかし魂魄が出て来るようすはない。

　おそらく不朽体の腐敗が遅すぎるためだろう、例の軍服を着て、太陽の旗を持つ人（彼女にもようやく、彼らは「日本人」と呼ばれ、世間を管理していることがわかった）が、「土公仔」を叱責した。「土公仔」は常套手段を用いたのだろう、不朽体の上に生石灰を撒き、その上から水をかけて、肉を分離し、さらに骨から残りの肉を削ぎとった。

翌日の夜になると、彼女には空っぽの太師椅が見えるだけ、折れた足に添えられた木片は取り去られ、椅子は傾いていた。

この官服の不朽体の他には、大老爺も小役人、召し使いも見当たらない。女性幽鬼は荒れ果てた役所の外を徘徊し続けるうちに、ついに役所全体が、なぜかわからぬ理由で、すべてすでに消滅したのだと信じるに至った。

その後、鹿城の人の内緒話から女性幽鬼が聞いたことには、彼らは「土公仔」にこんなひどいことができるはずがない、あの大老爺をすぐに転生させてあげず、不朽体を太師椅の上で広げっぱなしにするなんて。不朽体とは最高の法力によってこそ、死体を腐らなくできるのだから、「土公仔」は禍いが子孫に及ぶことを恐れて、こんな罪なことは絶対にできやしない。

鹿城の人は誰もがこう信じていた——すべては日本人がやらせているのであり、これにより権威を樹立し、統治権力の偉大さを広く示すことで、「鶏を殺して猿を戒める」効果を得ようとしたのだ、と。

女性幽鬼は長く冷笑した後、ここには二度と現れなかった。

解体した役所旧跡と、移転した無縁墓地は、日本人によってすばやく大きな更地に整理され、「国民小学」建設が開始された。

女性幽鬼はそれ以来、しばしば鹿城市街を浮遊するようになり、夜明け前に大急ぎで入山口の谷にある塩塚に帰って身を隠していた。こうして日本人が阿片を禁止し、男性の弁髪を切り、厳しい体罰刑を執行し、多くの人を収監するのを実際に見ることになった。その対象はみな漢人であるか、かなり漢人化した番人だったので、女性幽鬼も大して気にしなかった。

彼女には楽しみができた。しだいに多くの女性、漢人の女性が、纏足を止めて、「天足」と称するのを見ているとうれしくなるのだ。

若い女性は、自分の生前と同じ大足となっているが、何ら恥ずかしがることなく、大通りを大股で歩いている。時には「鉄馬《じてんしゃ》」というものにまたがり、両足を大きく開いて、お尻と太腿をひねりながら車輪を踏んでおり、足が前に踏み込む時には、オッパイも前に出て、その姿勢はまさにやっている時そのものである――

ただ男性の例の一本を挟んでいないだけではないか！

（あるいはあの一本が大きくなって椅子となったのだ）

女性幽鬼は「洋服《イウホッ》」を着ている女性を見るのも好きで、膝下の露出度は高まるいっぽう、胸も布で縛ることがなくなり、彼女の生前と同様になった。しかし彼女たちがどのように左右のオッパイに対応して、自分のように胸をブラブラさせずにいるのかは、わからなかった。

（小さな「布拉架《ブラジャー》」をしているのだ）

女性幽鬼は縛ったことのない自分の「天足」で、鹿城市街のあちこちを浮游し、気分の良い光景には、大口を開けてワハハッと笑った――それはかつてない楽しい思いであった。

彼女は日本人が役所と昔の水師署を撤去し、市街の整頓を始めるのを見たがった。月珠の魂魄であれば、特に生前の「万春楼」の在処を見たがった――それは鹿城三十数個所の公衆便所の糞尿の集散地である「大学」の近くであった。

月珠も気づいたことだろう――日本人が自宅に便所をつくるように奨励したため、それを必要とする者が汲み取って肥料として撒くようになった。鹿城三十数個所の公衆便所はしだいに埋め立てられて使われなくなり、遊民も糞尿を「売」り「大学」まで運んで集中販売の利益を得られなくなった。例の「万春楼」付近の「大学」は、もはや臭気が天を突く場所ではなくなり、「頂番婆」の外の特に豊かな緑地となっていた。

女性幽鬼は「不見天」が撤去される驚天動地の事件も見たに違いない。

鹿城が台湾で最も栄えた乾隆・嘉慶〔一七三六～一八二〇〕年間には、長さ数キロに達する大商業地帯の「五福路」は、風雨避けに全体が屋根で覆われていた。港が泥で埋まり、最大の商港もその地位を失うと、「五福路」も百貨で溢れることもなくなり、「不見天」も修繕されなくなった。日本人は「不見天」の屋根が太陽の光を遮り、全体に湿気がこもって汚れが溜まり、非常に不衛生であるため、これを撤去してこそ「(日本)国民身体健康総動員」の趣旨に沿う、と考えたのである。

女性幽鬼は何百年も「不見天」の上にいた月紅《ゲエアン》／月玄《ゲエヒエン》〔李昂の短篇集『見える幽霊』の中の一篇「不見天の幽鬼」のヒロイン幽霊が持つ二つの名前〕の魂魄が、自らの魂身により「不見天」を守ってきたのだが、撤去開始後には、「不見天」と存亡をともにするのを目撃することになった。

鹿城におけるこの驚天動地の大変革において、女性幽鬼は安住の地を失い各地に流れて行く魂魄たちを見ており、撤去再建時期の鹿城は一大工事現場のよう、永遠に道路が拡張され、次々と昔の家屋が撤去され、煉瓦や瓦のかけらの山が続々と築かれ、木材が四散していった。もはや身を隠す場所を失った魂魄たちは、街頭を流浪するよりほかはなかった。

かつての路地ごとに、古屋敷ごとに、一つ一つの古井戸ごとに、さらには通りの曲り角ごとに、一つ（あるいは複数の）魂魄が守っているという状況はもはやなくなり、大量の魂魄たちはドッと四方に散り新たな拠点を求めるはめとなったのである。

女性幽鬼がホッとしたのは、自分が身を隠す郊外の荒れ地は邪魔されることがなく、あの塩塚は鹿城人や日本人が忘れているだけでなく、魂魄たちすらも奪いあおうという気を起こさなかったことである。

幽鬼はこの波瀾の時代においても、鹿城と入山口の谷との間を往き来していた。

三

突然自分のために小さな廟ができ、しかも線香灯明が供えられるのはなぜか、実は月珍／月珠の幽鬼にもよくわからなかった。

その昔、彼女を逮捕し拷問を加えて死に至らしめた大老爺も唐山からやって来たのであり、まさにそのことが彼女に警戒心を抱かせたのだろうか？　日本人が敗戦で撤退すると、再び唐山からやって来て接収した「国民党」という軍隊は、きっといざこざを引き起こすことになるだろう。果たしてあの二月二十八日の抵抗とその後の大逮捕が発生したのであった。

この夜、青年の一団は、谷から山間区に入り、いくつもの峰を越え、密航することができて、再び日本に戻った者もおり、事件鎮静後に無事でいるという言付けを人に託してきたが、ほとんど全員がこう伝えてきたのだ——逃亡中にぼんやりと白衣を着た女性が、フワリフワリと山林の間を道案内してくれた上に、追っ手の軍警を煙に巻いてくれた。

（山林にしばしば生じる霧が、林間に低く立ちこめるため、道案内の白衣の女性と誤認されたのか？　それはあくまでも霧にすぎず、そのために追っ手は迷わされたのではないか？）

信じる信じないは別として、たちまち入山口の谷にやって来て、大量の紙銭を燃やし、さらに牛羊豚の肉のお供え三種も持参して礼拝し、なぜかお供えを持ち帰らずに残していくのだ。

お参りに来た人が「当局関係」の巡視を避けようとして、慌てて逃げるうちに谷に落ちてしまったところ、なんと傍らの岩の裂け目に女性の死体が横たわっていたという噂も流れた。

死体は背丈一メートルほどの子供の大きさに縮んでいるが、全身硬く表面は艶やかで、完璧な成人女性の裸身と見られ、左右の乳房は盛り上がり、性徴は明らかなのだが、下半身は傷だらけで、傷跡は点々と赤紫の斑となっており、その傷は生々しく今なお黒い血が出ているかのようだ、と言い伝えられた。

たちまち風雨をしのげる小さな廟が建てられ、その材料は谷のどこにでもある山の石と木の板であった。廟の高さは一メートル半に過ぎず、廟門の近くには一枚の赤い布が掛けられて、布の内側にその女性の全裸死体が立っていたのだが、すでに服が着せられているという。ほかにも死体は骨壺に収められ、赤い暖簾の内側に置かれているとの説もある。

いずれにせよ、赤い暖簾を開けて中を見るという度胸のある者はいないのだ。

小さな廟には名前さえなく、廟の前に香炉があるだけだが、香火は絶えることなく、常に誰かしら参拝しているが、入山安全の祈願か、別の願掛けのためかはわからなかった。

大逮捕に続けて白色テロの極度の圧政が敷かれ、鹿城の人は「子供に耳はあっても口はなし」と肝に銘じて、時世を論じることはなかった。ただこの入山口の谷の数百年も腐蝕しない女性の遺体の物語だけは絶えず噂されていた。

古老の記憶が繰り返し問われ、某々のご老人の父親が言ったことには肝の太いことにお役所と土地所有のことで争ったあの番婆は、誠《まこと》に「蕃人肝」を持っており、辱《はずかし》められ殺されても悔いはしなかった。そして番人の土地を奪い取った者は、唐山の悪役人となって、白馬にまたがり、馬がグルリと駈け抜けた土地をそのまま領地としたという伝説もある。

鹿城の人はさまざまな話や語り方で、この番婆の勇気と見識を褒めそやしたあとで、最後に必ずこう付け加えるのだった。

「誠に番婆にしてこの番胆あり」

しかしいかなる伝承もこの番婆が「売女《ばいた》」であることには触れなかった。

辱められて殺された月珍／月珠の魂魄は、ここに至って自分の小さな廟を持った。この廟はその後も三十年、間断なく逮捕者が続く中、鹿城で数人が姿を消すたびに、要害の岩と木材により見よう見まねでつくられた簡素で小さな廟から、しだいに煉瓦の建物へと改築されていった。しかしそれでも高くはなく、大人一人がなんとか出入りできる高さで、五、六坪の広さであった。大廟を建てなかったのは、鹿城の人が神様の地位の高低について、なおも畏れと敬意を抱いていたためで、やはり結局はあまりに高く奉るわけにはいかなかったためだろうか？　だがこれについて深く研究した人はいない。

建材が山石と木材であろうが煉瓦と瓦であろうが、終始廟名が付けられることはなかった。廟内の祭壇にはいかなる神像もなく、ただ一枚の赤い布が永遠に掛かっているだけだった。長い時間の経過とともに、香灰を被り、色も褪せたので、同じ大きさ同じ色のものに取り替えられた。祭壇の上の香炉では香火が絶えることがないのは、祈りを捧げる人が繰り返しやって来るためなのであろうか。

しかし赤い暖簾の後ろに身を隠した女性幽鬼は、たとえ塩塚に閉じ込められた際の裸身に華麗な服を着ようとも、同じく高さ一メートルの骨灰壺に入れられようとも、結局、数百年来で初めて、自分が立てることを発見したのであった。

生きてはほとんどの時間を仰向けになり、自分の左右の足先を見て過ごしていた。死しても仰向けでねじれたわが身を回転させ、再びわが足先を見ることだけを願っていた。それが今では、真っ直ぐに立てられており、長期の塩漬けにより身体が縮小してはいるものの、それでもやはり立っているのだ。

立つに至った女性幽鬼は、自分の胴体がはっきり見えるようになった。

彼女の全身の肌は大半が完全無欠であった。月珠であれば、彼女の「紅毛番」と「生番」との混血の肌色は黒砂糖を混ぜたミルク色であり、絹織物のような感触だった。全身が縮小した後には、毛穴は見えなくなり、肌理《きめ》は細かくなり、玉のような光沢を放っている。

あの恥辱の傷痕さえなければ。

月珍であれば、幾度もの混血で、ずんぐりしており、胸はとりわけ壮観で、首を垂れても大きく張り出した巨乳のために二つの円弧を描く肉球しか見えず、それぞれの中心には黒紫の大粒の葡萄が鎮座しているのだ。

しかしこの巨乳の高くそびえ立つ部分は、皮膚がすべて剝ぎ取られている。皮剝ぎをした首切り役人は高い技能を持ち、乳首と乳房の周囲に、二つの完璧な弧度と称すべき円弧を残したのであった。

皮膚を剝ぎ取られた左右の乳房は血まみれで、円弧の外の正常な身体の肌とは色がまったく異なっている。塩漬けされて縮小した後でも、なおも胸の二つの円弧の圏内と圏外とでは色つやが異なるのであった。

刑の執行を見ていた大老爺は明らかに不満だったようすで、首切り役人に命じて皮膚を剝ぎ取った左右の乳房に対し、細い刀でさらに乳首の下を切らせて、文旦の皮を剝くかのように、それぞれの乳房を十に切り分けさせた。十に切り分けられた乳房は、乳首で繫がりバラバラにはならず、切り裂いた部分は傘を広げたようになり、あるいはきれいに剝かれた文旦の皮が大きく開いているがごとくであった。

切り裂いた傷害部に対し、大老爺は首切り役人にほかの部位の血肉を切り取らせ、左右の乳房の十個所の切り口に挟み込ませた。

こうして豊胸インプラント手術をしたかのように、月珍／月珠は空前絶後の豪乳を持つに至り、それは胴体とは不釣り合いに巨大で、ほとんど胸全体を占めてしまった。塩塚で収縮した後も、なおも一目で乳房という女性の性徴が見て取れたものの、巨大な二つの血肉は肉塊がからみあい、異なる質の肉が並び合うという、極めて怪しげなものだった。

大老爺が左右の乳房に充塡させたのは、明らかに月珍／月珠の「売春」の商売道具を辱めるためであった。そして充塡した生肉を、月珍／月珠の下半身から採取したことは、さらに念入りに辱めるためである。

売春女の陰部は永遠に男性により挿入されることを明示するには、それが数個では不十分であった。大老爺は首切り役人に命じて月珍／月珠の下半身から別々に十個所を切り割き、その中から生肉を取り出し、乳房に充填させ、さらに切り取られてできた穴を陰部に見えるようにお仕置きさせたのである。

大老爺は命じた――売女の陰部は繰り返し使われ、陰唇は外側に大きく反り返り、黒紫色となるので、首切り人が同じような陰部を周囲に十個も切り開いてやれば、男どもにやらせるに十分であろう。

首切り役人が数個目の陰部を切り取る時には、月珍／月珠は泣き叫び声もかれて息を引き取ったが、誰も気に掛けず、気づきもしなかった。

（伝承のごとく、さらに異物が、大老爺の命令一下、作り出された陰部に挿入されたというのは事実だろうか？）

全身は完全無欠でありながら、女性性徴のみ残酷に蹂躙《じゅうりん》された女性の胴体は、死後も何の因果か腐爛せず、塩塚に密封され、あらゆる恥辱の痕跡を留めたまま、数百年後、一条一条の傷痕が死体の上にくっきりと現れ出たのである。

あの抉り出された十の陰部は、どれもこれもが凄惨な、無言の口であり、列を成して今もなお恐ろしき悲情を訴えていた。

もはや仰向けにはならず、ついに立つことになった女性の死体では、幽鬼が首を垂れて、わが身に数百年留まる傷痕を見ては、さめざめと涙を流した。涙がどれほど溢れようが、塩漬けにより岩のごとく硬くなった身体に染み入ることはなく、流れ落ちた涙は死体の外側を洗い清めることとなり、長年の灰塵《かいじん》と線香の煤《すす》を流し去ったので、あの傷はどれもが口を開き、明々白々と永劫の恥辱を明示したのである。

塩塚に魂魄が閉じ込められたように、この岩のごとくに硬い身体も、あらゆる恥辱の傷痕を留め続けて、百世百代かけても磨滅できないのか――女性幽鬼はこう思うと憂鬱であった。

ただし幽鬼には何としても想像がつかないことであったが、この身に印された永遠に消せぬであろう恥辱の傷痕が、何と人々の追求の目標、宝くじの大当たりをお告げする聖痕となったのである。

あの二月二十八日の事件から三十年経たずして、加工貿易でしだいに豊かになったこの島は、お金儲けのゲームに狂い始め、「大家楽《みんなハッピー》」〔一九八〇年代に流行した非合法賭博〕、「六合彩《マークシックス》」〔一九七五年に始まった香港の合法的宝くじ〕の地下賭博が、全島一千数百万人の国民運動となった。

山間の小廟にいる女性幽鬼は、人々が当たり番号のお告げを求めて陰廟《いんびょう》〔横死した者を祀る廟〕を参拝するため、この狂乱の渦の中に身を置くこととなった。

まずは人々が、しかも鹿城の人とは限らない人々が、谷の付近のさまざまな陰廟に参拝した――應公《おうこう》廟に大衆公廟、石頭公《せきとうこう》、大墓公、萬年公の廟に、萬善祠、姑娘《クーニャン》廟とおよそ参拝できる廟には焼香して願掛けし、神様に「当たり番号」のお告げを願い、くじに当たって賞金を得ようとしたのである。

続けていつも入山口を徘徊している狂人さえも、人々がひれ伏して拝む対象となった。それは大変上品な狂人で、もともとは鹿城の名望一族の子弟であったが、父親が大逮捕の際に隙を見て逃走を試みて、軍人に銃剣で背後から何度も刺され、両足がほとんど切り落とされバッタリ前に倒れるのを目撃して以来、精神に異常をきたしたという。

その狂人は暴力を振るうことはまったくなく、ただ絶えずブツブツと独り言をつぶやいており、いったい何を言っているのかわからないのだ。両眼から鋭い視線を発してたえずクルクルと周囲を見まわし、何かを警戒しているか、口には出せない恐怖を隠しているようすである。警戒心と恐怖とが瞬時に交替するので、両者が交錯した狂気であった。

何年も風呂に入らず着替えもしないため、この狂人は全身から強い臭気を発し、ゴマ塩の長髪はノミだらけである。噂によれば、彼が当たり番号を語ってからは、昼夜を通して、常に一群の追っかけがつきまとって、悪臭に耐えつつ近づいては彼の口からどんな数字が発せられるか聴き取ろうとしていた。

続けてなぜかこんなことを信じる人まで現れた——幼少期から異常をきたしたこの狂人は、なおも「童貞」であり、彼が教えてくれる当たり番号は彼の下半身にあるのだ、と。

さすがに昼間は憚れるため、人々は深夜を待って一団となると、手や足を摑む者、頭を押さえる者、ズボンを脱がす者とが力を合わせて狂人を押さえつけ、縄で縛られたボロズボンを引きずり下ろしたところ、洗ったことのない汚れきった下半身が現れ、左右の真っ黒な太腿の真ん中には、黒々とした細い例のモノがブラ下がっており、ツンと鼻を突く糞尿混じりの体臭に人々は吐き気を覚えたが、そんなことには構っていられず、手探りで引き出した人がいた。

その後は人々は堪え切れずに大笑いしてしまったのだ。

その狂人は背丈は人並みにあるのだが、股ぐらの金玉は子供のものの大きさしかなく、その陽物とは、未使用なのか使用済みなのかは不明だが、何度刺激を与えても「楊子ていどの大きさ」だった――と人々は冗談を言ったものである。

しばらく注視すると、それぞれ悟るところがあり、みなはようやく散会したが、ズボンを破られたまま残された狂人は、下半身丸出しであたりを歩きまわり、口の中ではなおも止むことなく独り言を語り続けていた。

ズボン脱がし事件でこう悟った人がいたという――「楊子ていどの大きさ」の男根ならば、無いに等しいので「0」の番号が確定し、これに苦労して探し出した狂人の父親が軍人に刺し殺された日付と時辰を加えると、合成される数字が当時は滅多に見られなかった「三連番号」に当たり、数十万の賞金を手に入れたのだ。

このことが知れわたると、当然のことながら大量の人が押し寄せて来た。しかし真にこの山間の谷が水も漏らさぬほどの人で溢れ、貸し切り観光バスの来訪が最大時には数台となり、夜になると全島最大の賑わいを見せたのは、やはり「番女の当たり番号」の時であった。

この時には確かに宝くじで最高の「五連番号」を当てた者がいて、一本五百元の「大家楽」を、数百本分賭けたという。よくもそんな賭け方ができたかと言えば、事前にお告げを求めに来ると、全身傷だらけの「番女」の姿がはっきり見えて、自分に替わって恨みをはらしてほしいと言ったという。夢の中で彼女の身体の各所の傷跡を数えると、一組の数字となり、果たしてこの番号を引くと大当たりであった。

このような大当たり番号のお告げがあったので、しばらくの間、騒ぎが続いた。山間の谷に遺体を棄てられたこの「番女」の事跡も、数百年後に再び話題となるのだが、今回は彼女が清朝唐山から来た官吏と争ったことを気にするものは誰一人となく、もっぱら大老爺の残忍さが非難された。人々は彼女の「売女」の身分を気にかけなかったが、大老爺により彼女の下半身に切開された十個所の陰部が、本来の陰部と合わせて十個所なのか、それとも、新たに十個所切開され、本来のものと合わせて十一個所となったのか、について繰り返し追求が試みられた。

人々は当然のことながら彼女の切除されることなく保存された乳首を計算して0とし、さらに二つの○を上下に重ねて8とし、あるいは陰部一個所と組み合わせて6とし、また10、18とし……。

人々は当然のことながらこの「番女」の残された死体を見て、じっくりと比較検討したいと思い、さらには新しい科学技術を使いレントゲン照射を試みるべしという者もいたのは、このように彼女の胴体各処の空洞は、鑑識を逃れられず、そこから新しく一連の「当たり番号」が出現するかもしれないと考えたからである。

しかし前回大当たりが出て以来、関係する暴力団の親分がとっくにこの廟を取り囲み、二十四時間交替で監視しているため、誰も近づけなかった。

当たり番号を求めてやって来る人は実に多く、ご当地のヤクザが縦貫線組〔台湾島西部鉄道南北縦貫線沿線を縄張りとする組、という意味〕の暴力団と口論を始め、もめごとが起こりそうだったところに、誰かにこんな夢のお告げがあったのだ――多くの陰廟では燃え落ちた線香の灰で数字を知るのであるから、この廟の前の出入口の道に塩を敷き詰めれば、この「番女」は生来の活動で、毎晩外出し、通ったところには必ずや痕跡を残すであろうから、縁が深い人であれば、それにより当たり番号を読み取れるだろう。

谷を吹き抜ける強風が塩粒を移動させたのか、それとも山林の小さな昆虫が這い回ったのか、あるいは「番女」が外出したのか、果たして塩の道には毎晩異なる痕跡が現れるため、大群衆がやって来て塩の道を囲んで各種の数字を判読することとなった。

群衆とともにさまざまな露店も押しかけた。「狂人の当たり番号」の噂が広まると、腸詰め屋が店を開いた。群衆の嗅覚を最も敏感に刺激する腸詰め屋は、白色テロの戒厳令下ではめったに開かれなかった小人数集会にも、廟の大祭や夜市にも出現し、さらには悲愴な覚悟で権力と闘う民主派人士の選挙運動集会にも、必ずや彼らは店開きしたものである。

「番女」の当たり番号が評判を呼んだ後には、腸詰め屋だけでなく、「大家楽」の必勝本を売る店に占い師、焼き芋屋に焼きとうもろこし、仙草ゼリー屋に愛玉子ゼリー、さらには金魚すくいに水風船射的……各種の露店が勢揃いしたが、必ず日が暮れてからの店開きで、明け方にお開きとなるのだ。露店がともす照明は、谷をキラキラと照らし出した。

暗い山間の谷に、夜間突然、煌々と光の渦が出現し、これにうごめく群衆の喧騒が加わり、妖怪変化の怪しさは、妖狐《ばけぎつね》が繰り広げる幻影のごとく、天にも届かんばかりの喧騒も、その後は一切雲散霧消し、朝日に照らされた累々たる墓を残すばかりであった。

女性幽鬼は突然の騒動と我が身に加えられた「栄誉」に震え上がってしまい、しばらくの間は、小さな自分の廟に閉じこもり、半歩も離れることはなかった。たとえ人々がこれほどまでに彼女の売女の身分とそのために残された痕跡をもはや恥辱でもなんでもないと「賛美」していても、女性幽鬼はなおもわが身に押された数百年消えることのない傷痕を直視できなかった。

深夜に「石頭公」に奉納されたストリップ・ショーを見るまでは。

末尾番号を当てた人が「石頭公」〔陽具崇拝の岩石信仰〕にお礼参りに来たのだが、彼は金牌も奉納せず、豚・鶏・鴨・魚・蝦の五種もお供えせず、歌仔戯《コアヒ》〔かざいげき、台湾の伝統歌舞劇〕や布袋戯《ポオテエヒイ》〔ほていげき、台湾の伝統人形劇〕も奉納上演せず、であった。奉納したのはストリップ・ショーである。

当時、この島では葬式でも喪主の家は電子花車を呼んで、ナイトクラブのごとく極彩色に輝く改装トラックの荷台で、女性に半裸、さらには全裸で踊ってもらい、死者を楽しませ天の霊を慰めるのだと称していた。しかし願掛けの際に「石頭公」の前でストリップ・ショーを奉納しますと申し立てた人がおり、女性幽鬼はこれまでそんなことは聞いたことがなかった。

その夜やって来たのは、年増のダンサーで、おそらく急にお金が必要になって、この公演を引き受けたのであろう。実は「ストリップ・ショー」といっても、特殊な演技力が必要というわけではなく、ただ身体を前後にくねらせて、身に付けた舞台用のスケスケのネグリジェやブラ、ストッキング、パンティーを一つずつ脱げばいいだけのことであり、前後に一、二曲の演奏の時間があった。

ストリッパーは持参の衣裳に着替えると、携帯用テープ・レコーダーをオンにして、「石頭公」の前の小さな空地で、しばしためらった後、ショーを始めた。それでも音楽が流れ始めると、すべては順調に進行し、おざなりに身をくねらせ、はおった薄手の衣裳を脱ぎ捨てると、むっちりしたお腹をさらけ出した。

本来はいい加減に踊ったらさっさと脱いで帰ってしまうつもりであったのだが、予期せぬことにテレコのカセット・テープの具合が悪かったのか、『何日君再来《いつのひきみまたかえる》』の一節がリピート状態になってしまい、どうにも終わらず、いつまでも歌が続くのである。

一人舞台で音楽も自分でオン・オフせねばならず、もちろんアシスタントはおらず、しかも踊りは終奏に入っており、陰部に触ろうとパンティーを脱ぎかけていたため、ストリッパーはテレコの故障に構っているゆとりはなく、どうせすぐに本来のメロディーに戻るだろうと思っていたのだが、「人生幾たびか酔うを得ん、今楽しまずして何を待たん」の一句まで来ると、リピート続きとなり、ストリッパーは仕方なくパンティーも脱ぎ捨てスッポンポンでしぐさを続け、かなり長い時間が過ぎてから、音楽が自動的に止まったのである。

奉納側の人はこのストリッパーが本当に「気合いの入った演技」で「どうにも止まらない」のかと思っていた。終演後に初めてこの十センチものハイヒールを履いた中年女性が、疲れ果てながらもおかしいと叫び続け、恐ろしげにこう言うのを聞いたのだ。

何か硬い物が私の陰部に当たっていて、それがたえずこすり付けてきて、まるで例の「物」が入ろうにも入れないかのようだったけれど、なんとか音楽が終わったので、何事も起きずにすんだ。

ストリッパーは繰り返し責め続けた。この出演料じゃあ神さまに見せるだけって言っといたでしょ、それなのにこんなにたくさん人を呼ぶもんだから、身体中を隈無くみんなに見られてしまって、まぶしくってしょうがないけど、入場料も取れなかった、くたびれ儲けよ。

奉納側はそんな言い方はひどいと大声で言い返し、この手のことは秘密にしてたって漏れてしまうんだから、どうして見物に来てくれなんて通知するものか？「石頭公」がお喜びでなければ、財運は他人に持って行かれてしまうんだから、くたびれ儲けになってしまうだろう？

その夜、現場にいたのは明らかに彼一人であった。

女性幽鬼はワハハッと大笑いして、フワフワと飛び去った。

こんな身体でもストリップを踊って神様に奉納できるとは――女性幽鬼は暗い山林の中を飛び回りながら、なおもさまざまに奇妙な笑い声を上げていた。女性の胴体に関して、多くの見識があるというのが女性幽鬼の自慢であり、生前の「万春楼」で、女性の裸体をいくらでも見ていたのだ。近年は入山口の谷に隠れているが、葬式の「電子花車」の荷台の上でのストリップ・ショー以外でも、王爺や大将爺の廟などの神様の誕生日には、いつも誰かが野外でストリップ・ショーを演じて神様を楽しませるのが見られるのだ。

台上には未熟な肉体がなくてはならず、それは「幼歯《イユウキイ》」と称された。服を脱ぐ時にはいつも何らかの身ぶりをしているが、スッポンポンになると、決まりなのかそれとも本当になすすべを知らないためか、彼女たちは一人ずつ茫然と台上に立つのだ。こんな時には、さらに若い胴体には、まったく人間の感覚が失われており、ただ一列に並べられた肉塊に過ぎず、誤って奇妙な空間の内に置かれてしまったかのようである。

しかし、どれほど茫然としていようが、やはり若さ溢れる肌をした胴体であり、あの中年ダンサーのように、腹が出っ張り、陰部には一本の毛もなく、左右の乳首がともに落ち込んでいる、明らかに不吉な「白虎」〔伝説上の西方に配された凶神で、無毛症の女性に対する隠語でもある〕とはちがう。乳首がなく陰毛もない――この中年ダンサーはうっかりお尻を胸に移されたかのようで、全体に前後配置ミスの身体をしているのだ。

(このタイプの「白虎」は過去には「万春楼」でもお断りであった)

陰廟にストリップにやって来て、このような最も淫猥で不吉なことをするのも不思議ではない。

おそらく運命は逃れ難く、「白虎」がために流れ流れてここに至ったのであろう。

女性幽鬼はしばし暗然としていたが、突如として霊光が現れた——この肉体が元より定められたものならば、なんの執着することがあろうか、この皮相浅薄なる思案が止みがたきゆえに、数百年来捨てられず一途に胸の内に抱き続けて来たのではないのか？

女性幽鬼は身を翻して浮游し、急ぎ「金色像」につくられたわが身を見に戻った。電光石火の一瞬で自分の廟に着くと、廟の入り口前の塩の道は、真夜中の群衆が帰り、煌々たる照明が消えた後ではあったが、なおもキラキラと銀光を発しており、光輝く道にはなんと引導が現れているかのごとく、女性幽鬼は思わず前に歩を進め、この地上の銀の道を踏んだのだった。

耳元で響くのは楽隊の調べか？　楽の音は遥か遠くより風に乗ってやって来るが、耳をすますと消えかける、かと思えば瞬時にして耳を聾さんばかりに鳴り響くのだ。女性幽鬼が前に向かって数歩進むと、音楽は果たして鳴り響き、思わず昔に教え込まれた流し目となり、スーッと見渡す間にもお色気たっぷりとなり、続いて蓮花の手印を結ぶと、細く美しい指を流し目の先へと差し出し、その方向へと美しい足を高く掲げると、腰の回転を始め、数度回転しただけで、廟の入口に着いた。

それでも思いは尽きず、女性幽鬼は振り返ると、この塩を敷き詰めた銀の道を前にして、息遣いが激しくなり、さまざまなポーズで踊りたくなったので、身軽い幽鬼のこと、各種の倒立やキャメルスピン、ジャンプと非凡な動作を行うのだった。

音楽のテンポがいよいよ早くなるにつれ、女性幽鬼の踊りもいよいよ激しくなるためか、それとも、塩の道は赤い絨毯を長く敷き詰めたのと同様、本来台上の踊りを客席へと展開するためであろうか、各種の踊りの動きの極致において、女性幽鬼は身心ともにこれまでにない目くるめく快感、尽きせぬ悦びと陶酔とを味わっていた。

(この銀色に輝く道は真の引導であり、一路歩き通すは数え尽くせぬ前世今生と同じこと、瞬時に千変万化しては過去の時時刻刻を再現し、終着の尽きるところとは、何れの方であろうか?)

それでは時はここで停止しているのか、それとも目に映じるすべては思いがひとめぐりする間のことなのか、女性幽鬼が首《こうべ》を垂れうつむいて見たものは——まずは身に纏った金襴緞子《きんらんどんす》の長衣が身体から離れ、同様にゆっくりとした速度(あるいは一瞬の間)で遠方に游離していくものには、さらに信者たちが参拝して掛けてくれた翡翠の冠や金牌金鎖の数々、真珠瑪瑙《めのう》の腕輪に足輪、最後にようやく下着と腹帯……。

魂魄空しき裸身だけが、なおも銀色に光る道の上に立っていた。

さめざめと涙が(涙の感覚が)女性幽鬼の目に溢れたが、未だ流れ落ちることはない。

すると次の瞬間、すでに百世の時を経て来たためであろうか、女性幽鬼は衣類をすべて脱ぎ捨て裸身となり、塩の道で踊り始めた。ただ手足をぎこちなく動かすだけであったが、やがて口の中でアハハと朗笑するにつれ、全裸の身体が動き始め、やはり止まらなくなった。女性幽鬼は意識が戻ると、使っているダンスの手法は、なんと先ほどのストリッパーのと、よく似ている点があることに気づくのだった。

(熟知している唯一のストリップ・ヌード・ダンスか?)

まさに衣服をすべて脱ぎその場で立ちつくしている「幼歯」のように、どうにも困り果て途方に暮れた女性幽鬼は、さらに激しく踊り始め、腰は回り乳房は飛び跳ね、裸身のあらゆる筋肉が震え、秘所の扉は拒まんとしてなおも迎えんとばかりに開いて、一切すべて春情は全開し春色に溢れかえっていた。続けて幽鬼は霊魂の身体の軽やかさで、開脚にバク転、倒立にブリッジなどの高難度の仕種をこなしていった。

（全裸の肉体で舞い踊り両足を大きく開いて移動するので穴の開いた秘所が現れるのだが、それは本来の女性の陰部なのか、それとも大老爺が切開させてつくりだした例の十個所なのか？　涼風が吹き渡り欲望うごめくところをやさしく撫でるが、それはあそこなのか、それともほかの十個所にも及ぶのか？　内部の溢れかえる渇望春情を激化させたのは、やはりあそこで欲望を満たされんとしてていたからなのか？）

アア――

女性幽鬼は叫んだ。

すべては再びこの身体にこそ戻るべきであり、それこそ根本本源のありかであり、日々不安に駆られて外に求め探すまでもない！　数百年来初めて女性幽鬼は恐れることなく首を垂れて自らの身体を見渡した――あの数十個所もの恥辱の傷跡を。

しばし躊躇《ためら》ったのち、女性幽鬼は両手を胸まで伸ばすと、何度も切り裂かれたのち、下半身の血まみれの肉を埋め込まれた左右の乳房を持ち上げた。軽い震えがなおも生じるのはあのお仕置きされていびつな大きさとなった巨乳から来るものなのか、それとも両手の震えがなおも止まらず、それにつられて心臓がドキドキし始めたからであろうか。

ここで突如奇怪な思いが浮かんだ――女性幽鬼は過去に見たストリッパーが乳房を撫でていた

ように、セクシーで挑発的に、自分の両手に胸の巨乳を好きに触らせ、見よう見まねで情熱的に撫でたり揉んだり押し潰したりして、左右の巨乳から無限の春情、種々の春思を絞り出さんとするかのようだった。

このような巨乳にして、初めて左右が押し合って胸の谷間ができるのであり、この谷間には陽物を挟んで、出入りさせることができるのだ。こんもりした巨乳にして、両手で支えればこれほど高くにそびえ立ち、うつむけば唇が乳首に届き、舐めたり噛んだりもできるのだ。

いつまでも左右の乳房を愛撫する女性幽鬼のひどく挑発的な姿には、尽きせぬ愛欲が込められているかのようだった。そして両手に支えられた巨乳が次第に小さくなるのを確かに感じると、激しく愛撫するうちに、左右の乳房の斬り込みに詰めこまれた下半身の肉塊が、次々と飛び出し、肉体の下の塩の道に落ちていき、左右それぞれの傷口十個所の肉塊は乳房でのもとの配列と同様に、くっきりと塩の道に並んだ。

女性幽鬼はまったく無感覚のまま、それまで左右の乳房を愛撫していた手を、リズムに乗せて、下に向けて伸ばし、お仕置きされた陰部十個所に至ると、切開された傷口に沿って、限りなくやさしく触ると、その傷口は浅く体内深くには至っておらず、痛みはあってもその他の感覚はなく、身体のほかの部位とはまったく異なることが感じられた。陰部十個所は本来備わっていたものではないのだ。

そして意識するまでもなく、女性幽鬼の両手は自らの陰部の入口にまで届いた。

なんと温かく潤い、心地良いことだろう！　女性幽鬼が指を伸ばしてヴァギナを愛撫すると、まずはこのような穴は侮られるべきものではないことを初めて知り、次に軽くまさぐりながらさらに出し入れすれば、足腰が揺れ動き、さまざまな淫乱の極みを行い、春情ほとばしり春心溢れる姿勢となった。

ああ！　ここにこそ限りなき快楽が存するのだ。

そこでお尻で迎えんとして腰を前後に揺らすうちに、お仕置きの切開を受けてできたヴァギナが一つ、知らぬ間に脱落し、同じく塩の道に落ちて身体の部位と並んだ。そして両足を石臼にして回転しクリトリスの内側をよくよく刺激している時、もう一個所のお仕置きされたヴァギナが回転しながら飛び出した……

全裸の女性幽鬼が塩の道で、この上なく淫乱な姿となって、次々と猥褻な動きをすると、振るい出されたのは、感覚がなくただ痛みだけがある十のお仕置きされたヴァギナの傷口であり、それは白い塩の道にひと組ずつ向き合って並び、同じく凄惨なる無言の傷痕を留めていた。

あの全身上下二十個所の傷は、ついに白く輝く塩の上に切り立てのように新鮮な姿で重なり、どの傷の切り口、傷跡も塩の道の上にあり、まさに「傷口に塩を塗る」追加効果があるので、さらに恐ろしいものがあった。しかしその傷跡も塩の道に受け入れられ、受け止められ、なおも塩の道に留まり塩漬けにされようとしていた。

なんと心地良き自由！　女性幽鬼がうつむいて見ると、あの数百年来の生死の結合、永生永世、影のごとくしたがっていた傷痕はもはやなく、全身上下に筋肉肉塊がグチャグチャと結合している傷口は二度と見ることはないのだ。

微笑が女性幽鬼の口元に浮かんだ。

そして突き動かされるように、女性幽鬼は定点旋回《スピン》を開始し、回転はいよいよ早くなってついに煙のような影が見えるだけとなった。

（この銀色の道は果たして引導の強い光なのだろうか？　明るく輝き出した白光に続くのは目を眩ます黄光、煌めく赤光、輝く緑光、キラキラ透明の藍光なのだろう。どの光炎も噴出された色彩と目に見える速度であり、極めてゆっくりと充満し、身を貫いて魂体上で集まり五彩の光焔となるのだ）

女性幽鬼が首を垂れて凝視すると、その時必ずやここにて止まり、身中を流れ体内に満ちた五彩の光輝は本来模糊《ぼんやり》としていた魂身をこの時には光焔と成し、その実体はすべて失われていた。続けて眼に映じる想念が転じる中、女性幽鬼は我が身が光焔と成るありさまを見守りつつ、同じく極めてゆっくりとした速度で、周囲四方に向かい遊離し、遠ざかって行った……。

四

当たり番号をお告げくださる「番女」の遺体が奇怪にも突然失踪した事件が、全島の各黒社会の間で抗争を引き起こしたのは、相手方が「番女の金色像」を隠匿して、利益独占を図ったものと考えたからである。

幸いにも「関係当局」が社会不安を引き起こす「大家楽」に対し、直ちに「鎮圧期反乱懲罰条令」を発動し、政府主催の「愛国宝くじ」発行を禁止したため、賭博狂いは信頼性のある抽選システムを失い、ようやく賭博ブームも下火になった。

「大家楽」の熱が冷め、新興の「六合彩《マークシックス》」が未だ全面的継承には至らぬ一時期、山林の谷ではやや神秘的なところで、遺棄された金色の神様が見られた。三十センチほどから七十〜八十センチの高さの神様で、陰廟王公、土地公のほかにも、正統的な神様である関帝、哪吒太子、五路財神など、さらには玉皇大帝の木彫泥塑の神像さえも、すべて運び込まれて廃棄されたのだ。

それらはお寺や廟、小祠堂から盗まれた神像で、本来、私蔵され線香灯明の供養を受けて昼も夜も当たり番号を求められていたのだ。一旦「ハズレ」となると、「大家楽」も続けるのは難しくなり、廃棄の運命は逃れられなかったのである。

人々は世も末だ、神様さえも安閑とはしていられない、と嘆いた。善意の人がこれらの神像の四散を見かねて、収集し始めた。ちょうど廟名のない「番婆」廟では、番婆金色像が行方知れずとなっていたので、拾い集めた数十尊の神像を、尊卑大小にかかわらず、すべて小廟に収め、少なくとも風雨日照を避けられるようにした。

あの「番婆」金色像は、今はどこにおわすか、それを探し続けたのはごく少数の人々だけであった。

海峡を渡る幽霊

一

あの漢方医が「漢薬先生」のお医者様と呼ばれており、大陸から、しかもつい最近やって来たことを鹿城《ロッシア》の人々はみな知っていた。

そしてそれゆえに、いかに医術に秀でているかと褒めそやした。先祖秘伝の処方を携えた大陸渡来の漢方医なればこそ、不思議な治療ができるのであり、ここいらの漢方医など比べものにもならん、というのだ。

その漢方医は移り住んでまもなく、鹿城の「北浜」という大陸に一番近い桟橋で船を下りると、わざわざ海岸から遠く離れた僻地に住処を求めた。

時代は鹿城が最も栄えた乾隆・嘉慶〔一七三六〜一八二〇〕年間をもはや過ぎており、台湾島中部の大河である濁水渓《だくすいけい》が氾濫しては、大小の支流で鹿城港を埋めていった。かつては巨船も停泊できた深い港には、一度に二〇〇艘もの船が入れたものであり、大船は万石《まんごく》〔中国の一石は約六十キロ〕を積み、小船でも千石は積めた。台湾島中部でも最大の良港であったのだが、堆積する土砂には勝てず、港の入り口が砂で塞がれ、その下には暗礁が待ち受けているため、航路は狭く湾曲し、入港も容易ではなくなった。

「漢薬先生」の親子は、大陸と鹿城外港を行き来する大型貨客船に乗り込み、小船に乗り換えて、ようやく「北浜」の桟橋にたどり着いたのだ。

長旅に疲れていたのか、それとも他にわけでもあったのか、「漢薬先生」は「夜逃げ」でもするかのように、岸に突進し、陸地に向かって直行し、来し方の海を振り返ることさえしなかった。「漢薬先生」の一家は、疑惑をかき立てた。妻子連れ四人家族で渡ってきたというのに、大きな荷物は一つとして無く、夫婦二人がそれぞれ風呂敷包みを手にかけているだけなのだ。小さいものではなかったが、一家の着替えにも足りなかったことだろう。

時代はすでに大陸は明朝・清朝の鎖国政策のため台湾移民も密航しかできなかった二、三百年前とは異なっていた。鎖国が解かれた後も、しばらくは妻子連れでの来台は許されず、「大陸父ちゃんはいても、大陸母ちゃんはいない」といったありさまで、移民も多くが貧乏人か逃亡犯、冒険家など一人者であったのだが。

しかし乾隆・嘉慶年間ともなれば、大陸福建省は泉州の蚶江口《かんこうこう》と鹿城とのあいだに正規の交易関係が開かれ、海峡両岸を行き来する商船が雲のごとく集まった。貿易通商により鹿城には商館が林立し、商店が軒を揃え、百貨が溢れ、人々の暮らしも豊かになった。往来するのも、豪商でなくとも、人並みの暮らしの者たちとなったのだ。

あの「漢薬先生」が大あわてで、恐怖の色も露わに、青ざめた顔つきをしていたのはいったいなぜだったのか。

便船が風浪に煽られ大揺れして、航海中も吐き続けてげっそりしていたのか。だが鹿城とは大陸泉州から最短の港で、十八時間で着いてしまうのだ。大型帆船《ジャンク》ともなれば、マストが二十メートル近く、貨物満載でなければ、船底には板状の石を積み込んでいるので、安定はなかなか良いものである。

この大型帆船《ジャンク》は比較的早い時期に禁止されたので、小船で密航したものだが、それでも十分安全だった。「十《とお》に六つは溺れ死に、生きて渡るは三つだけ、残る一つは振り出しに」というのはもはや昔話で、夏の台風や海賊の来襲を別にすれば、かつて渡台の移民が恐れた「黒水溝」「紅水溝」といった深層海流などの厳しい海上気象も命取りとはならなかった。

それでは「漢薬先生」は、一家四人連れで鹿城「北浜」桟橋に上陸したとき、なぜあれほど慌てていたのか。なぜ後ろも振り返らず、まっすぐ陸地へと向かったのか。

港の入り口が砂で塞がれ、取引もさほど忙しくはなくなった桟橋では、ほとんど誰もがこの風呂敷包みを手にかけ、使用人の一人も連れていない一家に気づいていた。

二

あの漢方医、みなが「漢薬先生」と呼ぶ医者は、一家四人連れで、「北浜」桟橋付近の宿屋にしばらく滞在したが、あたかもあの海峡から少しでも離れたいかのように、港からかなり遠くにあって、先住民が住む山地にほど近い山の中の小屋を借りて住み着いた。

島の中央部にそびえる三千メートル級の険しい高山までは、実は相当な距離がある。海岸沖積地付近の丘というのがせいぜいであろう。人はこれを「崙仔《ルナ》」と呼んでいた。ここで「漢薬先生」は「名医治療」の簡単な幟《のぼり》を立てかけ、開業したのだった。

鹿城の街で名医の評判が高まるまでは、一家の者は竹を削って箸を作り、これを家計の助けとしていた。経営上手の「漢薬先生」は、さらに割り箸業を次第に拡大し、近所の婦女子に手伝いを求め、ちょっとした規模にまで大きくした。

もしあの事件さえ起きなかったら……

零細な割箸づくりだったので、原価圧縮のため、一度にあり余るほど大量の竹を買い込んで、ようやく定量の生産高を維持できた。幸いにも「漢薬先生」は人里離れて住んでいたので、門前に大きな空き地があり、一束また一束と竹が運び込まれると、ちょっとした竹の山となった。

切りたての竹は真緑で堅く、一本が三メートルほどの長さで、太さがお椀の口ほどの極上の孟《もう》宗竹《そうちく》ではなかったものの、直径三センチほど、肉は薄く、まん丸のツルツルとした竹だった。

円筒形の竹を一束ごとに縛り上げると、一束十本ほどがやはり筒状となり、滑りやすかった。一束ごとに縛り上げた竹にちょっと触れると、やはりたいした力を加えずとも、束のまま上からガラガラゴロゴロと転がり落ちていくのだ。

そんなわけで、この竹の山の上に立てる者など聞いたこともなかった。

噂は怪しい目撃談から始まった——夜中に通りすぎた人が、竹の山に立つ人影を見たというのだ。

どうしてツルツルの竹山に立ってられるんだ。

さらに、この人影を見た者によれば、それは女らしいというのだ。

夜中に竹の山に立つ「女」だと？

ここに至って確かとなった、もはやこれ以上の証拠はいらない。

あの「漢薬先生」が家の中に物の怪が潜んでいることに気づいているや否や、これは誰も知らぬことであった。この種のことは、人混みの市街地や住宅密集地で生じたとしても、近所の者が自ら忠告するということはまずあり得ない。誰もが恐れ、万が一、物の怪に取り憑かれると、滅多なことでは逃れられぬと口々に噂しあうばかりであった。

あの「漢薬先生」は鹿城の土地の者ではない。一家がコソコソ上陸するや、海峡を振り返ろうともしなかったということを「北浜」あたりの住民は、なおも忘れていなかった。

（何者かに付けられていると恐れたのか？）

皆の衆は陰であれこれ噂したが、物好きな母《かあ》ちゃん婆ちゃん連中でも、家まで訪ねて忠告することはしなかった。

まもなく皆の衆は、暗くなるとこの道を避け、遠回りするようになった。それぱかりか、真っ昼間でもこの家の前を通る人は少なくなった。急ぎの用でやむを得ぬ時には、近くまで来ると、息を殺して脇目もふらず、大急ぎで「漢薬先生」が住む小屋を通り過ぎるのだ。その上、厄払いのおまじないで、穢《けが》れを吐き出そうとして地面につばを吐くのを忘れない。

最後には割り箸細工の作業に来ていた婦女子たちも、何だかんだと言い訳しては辞めてしまい、「漢薬先生」一家だけが残され、前の空き地で竹を削って箸作りを続けていた。

三メートルもの竹を削って箸にするには、まず鋸《のこぎり》を引いて竹を二十センチほどに切るのだが、そこには必ず竹の節が残る。竹の内側は空になっているが、竹の節が一段ごとに蓋をしており、他の植物同様に節の部分はことさら堅く、しかもグルリと盛り上がっており、真っ直ぐな箸には邪魔になる。そこで必ずこの節を切り落としてから、次に竹筒の切り裂く作業に進むのだ。

竹の節を切り落とすのは力仕事で、大人でなくては難しい。手伝いがいなくなり、一家の女子どもだけでは仕事もはかどらない。一束一束に縛った竹は、あいかわらず小山のように「漢薬先生」の家の前に積まれていた。

やがてある日のこと、皆の衆は竹の山の前で金紙が焼かれた跡を見つけたのだ。紙を焼いた灰は一帯に広がり、相当な量であったと推定される（中国や台湾では死者や幽霊、神を祀るときに金箔を張った紙を焼く）。こんなにたくさんの金紙を焼いたとは、「漢薬先生」も竹の山に立つ「女」に気づいたに違いない。

皆の衆の間では噂が飛び交った。

さらに「北浜」で深刻な事件へと発展したのは、竹の山で大量の金紙を何度燃やしたところで、その効果が現れないからだった。近所の者たちは、金紙を焼いてもらって、あの「女」は言い分が認められたと思い、竹の山の上に居座ってしまったのだ、と噂した。

そうだとすると「北浜」では、きっと子どもが怯《おび》え引きつけを起こしては泣き出し、まじないで魂を呼び戻そうにも戻らず、顔色が悪くなり骨と皮ばかりに痩せていくことだろう。さもなくば、鶏やアヒル、ガチョウが病気になって死に絶えてしまうことだろう。さらには夫婦喧嘩が絶えず、姑と嫁との折り合いが悪くなるのだ。

まことに暴れ馬のような大騒ぎとなった。（群れなす鹿に因んで鹿城と名づけられたが、馬の産地でもあった）

もはや「漢薬先生」一家だけのことではなくなり、「北浜」地区最大の守り神である「呉府三王爺《ゴオフウサムオンイア》」にお出まし願うこととなった。

この「呉府三王爺」の廟には三尊の神像が供養されており、海に面した廟の中でどっかりと腰を据えていらっしゃる。その昔、「北浜」の漁師が公文書のような板を拾ったが字を識らなかったので、これを海に放り込んだところ、何度でもこの板が打ち寄せられてくるので、早速お役所にご注進申しあげたのだ。

文書には「呉府三王爺」と書かれており、本山は大陸は泉州《せんしゅう》東隣の恵安《けいあん》にあり、波に運ばれて海峡を渡り、ついに鹿城へと届いたのだ。そこで「北浜」の先人たちは土地を選んで小さな廟を建て、この神牌を祀った。

その後、王爺の神様は霊験あらたかで流行病《はやりやまい》から地元民を救ってくださったため、現在の大廟に改築されたのであった。先人たちの遺言によれば、この「呉府三王爺」は本来大陸王朝の三大将軍であったのが、奸臣《かんしん》の讒言《ざんげん》により刑死し、のちに誤解が解けて忠烈の爵位が贈られ、勲功の神様となり、民衆から篤い信仰を受けてきた。

以来「呉府三王爺」は、霊験あらたかと敬われており、皆の衆が「漢薬先生」のことでおうかがいを立てると、童乩《タンキー》〔霊媒の一種〕はたちまち祭壇に昇り、これに神霊が乗り移った。廟の前で夜通し踊り狂い、鮫の歯のような突起が付いた刀で、裸の背を打ち続けたので、背中一面が傷だらけとなり、皮が破れ血が流れたが、それでも止めず、繰り返しこう叫んだのだ。

恨んでおるぞ、恨んでおるぞ！

そのわけを語らないのは、口に出せぬほどの恨みを抱いているからなのか。

童乩から神霊が去るのを待たずして、皆の衆は疑いの目を「漢薬先生」の方角に向けていた。つい最近大陸からやって来て、親戚知人もおらず、妻子だけを連れてきたとは、大陸でなにやら悪事を犯したのではなかったか。すでに夷狄《いてき》侵攻の時代となり、大陸では碧眼紅毛の毛唐《けとう》どもが、清朝の山河をほとんど征服せんとする勢い。幸いにもまだ「白蓮教」のお助けがあり、護符を念じれば槍も刀も跳ね返し、毛唐どもを殺す神様のお力に限りなし……

あるいは「漢薬先生」は大陸でなにやら悪事を犯したのか。

鹿城の人たちは新来の移民を、常に疑っていた。それ見たことか、「漢薬先生」の女房は毎日白衣に黒いズボンを穿いており、高い立て襟にはピンッと糊を利かせているので、歩く姿はまるで紙人形のようにぎこちない。やれ上品に、やれ清潔にと小うるさく、そんな良家のお方がなんで腰を屈めて割り箸づくりなんじゃ！

（あの夫婦にはどんな過去があるのだろうか？）

鹿城の人たちは新来の移民を、常に異分子とみなしていた。同じく福建から移民してきたというのに、新移民の閩南語《みんなん》〔台湾人の約七割が母語とする福建省の方言〕には「訛り」があると称して嫌うのだった。彼らの先祖が大陸の福建あたりから海を渡って台湾に来たのも、わずか百年か二百年前であったことを、彼らは忘れているのだ。

「呉府三王爺」は童乩を通して怨念を叫ばせたものの、実情を語らせはしなかったので、「北浜」の衆は隠し事があるに違いない、と確信したのである。竹の山に立つ「女」を見たと称する者たちは、「漢薬先生」の家に押しかけ、真実を明かせと責め立てた。

これに応対したのは白衣に黒いズボン、高い立て襟にピンッと糊を利かせた「漢薬先生」の妻で、黒髪も同様に後ろできつく丸髷《まるまげ》に結い、釵《かんざし》一本でしっかりと止めていた。

「漢薬先生」の妻は、努めて平静を装いつつも、恐怖の色を隠しきれずにこう語ったのだ――

わが家は福建同安で漢方薬の調合を生業としておりましたが、あるとき些細なことで隣家の妻と口論となりました。それは所詮は女同士の口げんかでございましたがそこに夫が偶然通りかかり、隣家の女が口汚く罵るのを見て前に進み出、女を小突いたのでございます。すると太鼓腹をしていた女はフラフラよろけたかと思うと、ドタッと座り込み、その場で大量出血、産気づいてしまい、その夜のうちに難産で亡くなってしまったのです。

母子二つの命が亡くなったのだ。

「漢薬先生」は思いもよらずこのような大事をしでかして恐ろしくなり、夜通し貴重品を掻き集め、他の財産は顧みず、妻子を連れて船に乗り台湾にやってきたのです。

海峡を渡る帆船《ジャンク》の船上では、あの亡霊となった妊婦がつきまとっている気配が察せられました。夜間は夫婦が左右から子どもを挟んで守り、一家で大部屋の人混みの中に潜んでおりましたので、亡霊も近づけないのです。

白昼に船が岸に着きますと、夫は子供たちに厳しく言い聞かせました。どんなことがあろうとも、後ろを振り返ってはならない、と。

水面の向こう岸には幽霊は上陸できない、との言い伝えがございます。冥界の三途の川ばかりでなく、この世の川や海でも霊魂を彼岸に押しとどめる力があるというのです。もしも誘《いざな》って上陸させようとするなら、幽霊の姓と名を唱えつつ、進路を指さし、さらには高僧による呪文や読経、鈴の音などが必要なのです。

その上、夫は人の肩には左右一つずつ火がともり、後ろさえ振り返らねば、この火が消えることはなく、後ろから追いかけてくる亡霊を阻むことができる、と信じておりました。ところが一度でも振り向くと、肩の火は消えて、亡霊が乗り移ってくるというのです。

大陸と台湾との間には、とりわけ深い海が広がっておりますので、亡霊もこの海は渡れまいと思っておりましたが、上陸に際しひと目と振り返りはしなかったというのに、女の幽霊が後を付いてきたとは思いもよらぬことでございました。

「漢薬先生」の妻が語り終わると、真実を語らせ地域の災厄を鎮めたいとやってきていた人々は、胸の内でこれはまずいと叫んだが、たがいに疑わしげに目くばせしあうばかり、やがてあれこれと理由をかこつけてその場を去って行った。この出血死産して亡くなった女の亡霊は、深い恨みを抱いており、ことのほか執念深いであろうことは、誰もが承知していたのだ。

この一件、このままで済むはずがあるまいて！

はたしてそれからは、女の怨霊は、竹の山の上ばかりか、四六時中、姿を現しはじめた。身分因縁が明らかとなったからには、亡霊は堂々とあたり憚ることなく、「漢薬先生」の家や庭の至るところに出没しはじめたのだ。

近隣の人たちもこう噂した。この幽霊を見ると、果たして長いスカートは血まみれ、赤い血糊をポタリポタリと垂らしている。その裾には血だらけの肉塊を引きずっており、産道を出かけた血まみれの赤ん坊なのだ。

別の噂によれば、亡霊は寝室で宙に浮かび、胎児を生もうとして腹部を押し揉むためか、あるいは陣痛の力みすぎなのか、生臭い血が流れ出し、胎児の踵《かかと》が二、三本、目玉が一つ、内臓の切れっ端がドロドロと、ベッドで寝ている夫妻の顔に餌でも与えるかのように垂れてくるという。翌日目覚めると、「漢薬先生」とその妻は顔中に乾いた血糊や肉片がへばり付き、暴飲暴食したかのようだった。

　こうして恐しい騒ぎになったものの、「北浜」の守護神である「呉府三王爺」は、なおもこの件には関わりたくないようすだったので、「漢薬先生」は閻魔《えんま》庁のお役人様によく通じている「清水宮《チェンツイキェン》」に助けを求めた。

「清水宮」の女道士は中年の尼さんで、「臨水夫人」〔八世紀に福建省古田県臨水村にいた陳靖姑《タンチェンコオ》は幼少期から霊力に優れ、二十四歳の時、懐妊中にもかかわらず雨乞いの祈祷を行い流産で死亡、その際に助産の神となることを誓い、臨水夫人として祀られるようになったという〕を信奉し、幼少期から精進し、生涯、臨水夫人にお仕えしようと、結婚もせず潔白な身を守る処女であった。女道士が司るのは、やはり婦人の妊娠出産のこと、とりわけ血まみれの難産や血の池地獄にまつわることどもだった。

「清水宮」の女道士が願いを聞いて祭壇に昇るや、まもなくあの亡霊が乗り移ってきた。女道士は口から白い泡を吹いて、突如、巨大な力で全身を突き飛ばされたかのように、十メートル近く飛び跳ねたが、痛みを感じぬようすで、再びスックと立ち上がった。

　前に「漢薬先生」のもとに押しかけ問答を行った「北浜」地区の有力者には、ベットリとした血糊が、女道士のスカートをほとんど赤く染めているのが見えた。

　女道士は立ち上がっても、前には進まず、片足を軸として、身体を横に折り、グルグルと独楽《コマ》のように廟内を回って行った。足が躍り上がるたびに、血糊がスカートの下から噴き出し、周りの者たちめがけて身体にピュッピュッと飛び散った。

　皆の衆はあまりの恐しさ怪しさに、その場に立ちすくみ、誰も顔にかかった血糊を拭おうともしなかったので、生臭い臭いが鼻先に残り続けた。祭壇の前のお香も、絶え間なく金炉にくべ続ける金紙も、この臭いを消すことはできない。

女道士が独楽回りによる血糊の噴出をついに止めて、祭壇の前に立ち止まると、皆の衆にはどこからともなく泣き声が聞こえてきた。細く絶え絶えの声は鼓膜を突き抜け、頭蓋骨の内側でグルグルと執拗に回り続けた。

その怪しき泣き声はまさに脳内に侵入して居座り、その後も幾日幾夜も泣きやまなかった。そしてこの泣き声と同時に、女道士の口を借りて、あきらかに鹿城弁ではない、尻上がりに訛る閩南語で、とんでもない悲劇を訴えだしたのだ。

はたして死体一つに命が二つであった!

「北浜」付近の人々は、この期に及び次々と「漢薬先生」に真相を明かすよう迫った。亡霊済度《さいど》の儀式がいまだ始まらぬうちに、翌日の夜、「清水宮」前には祭壇も祭具も整わぬうちに、女道士がちょうど食事の最中に憑依したのだ。

またもや前日の大陸から来た「死体一つに命が二つ」である。

何の備えもないまま、女道士は突然手の力が失せたので、手にしていたご飯茶碗が転げ落ち、「清水宮」前一面に白い米粒がパラパラと散らばった。

だがこのたびは自らの悲惨さを語るばかりでなく、大声を上げて「漢薬先生」を罵り、近隣両家数代前の恨みから説き起こしたのだ。そして女道士は三メートルも跳び上がり、右手の食指を突き立て、左手は腰に置き、そのようすは門から出て喧嘩腰になったお上さんの姿であったが、毎度激高するたびに三メートルほども跳び上がるのだった。

まことに烈火のごとく怒り狂うといったようすだ。

その後、この「死体一つに命が二つ」の女は、毎日憑依し、「清水宮」の女道士が着替えていようが便所にいようがお構いなく、常にギャーと驚天動地の叫びをあげるので見に行くと、時には半裸、時にはかたく目を閉じ熟睡中の女道士が、「清水宮」の前で飛び回りながら、罵りわめき続けているのだ。

「北浜」付近の住人たちは、初めはこの「死体一つに命が二つ」の女が毎日恨みを訴えに現れるのを恐れていた。だが女が泣きわめくのを何度も聞いてみると、それは普通の女が近所に訴え出るのと変わらないことがわかってきた。ただし卑猥なことまでお構いなく大声で叫び、二言目には男女の秘所に言及するのだ。

この女は身籠もっていた双子の命とともに殺された恨みを訴えて幽霊となったからには、もはや天も地も恐れず、礼教規範など糞食らえで、言いたい放題なのだ。

こうして近隣両家のスキャンダルを幾代も前から数え上げ、祖父が嫁と姦通し、兄嫁と義弟が姦通し、娘が嫁にも行かずに妊娠したなどと語り続けるのだ。どの話も興味津津、愛憎狂恋に関しては詳細を極めている。その上、毎日の続き物で、話の筋に狂いはなく、漏れや繰り返しも滅多になく、まるで章回小説〔『水滸伝』『西遊記』など章・回に分けられた長篇小説のこと〕のように章題まで付いているかのようだった。

「北浜」の人々は、初めは家に隠れて秘かに聞き耳を立てていたが、幽霊とはいえ人の世の是非を筋道立てて語っており、しかも聴いて面白い。やがて肝っ玉の太い者が一人二人と外に出て見物人となり、しばらくすると、暗くなると見物客が「清水宮」の前に集まり、息を潜めて待つような次第となった。

あたかも名狂言の連続上演を見るかのように。

「死体一つに命が二つ」の女は、夜な夜な女道士に乗り移って両家の人々の生き様を語ったのちに、再び自らの恨みを訴え始めた。命あるうちは口にできなかったことの一部始終を、今こそ肝太くすべて語ろうぞ、と女は物語りを始めた――

女同士の口喧嘩に、怒った「漢薬先生」が妻の代わりに進み出て女を一押ししたため、躓《つまず》いて尻餅をつき難産で死んだなどとは、とんでもないつくりごと。「漢薬先生」は女の美しさに惚れこんで、幾度も誘いをかけたが相手にされず、その挙げ句に太鼓腹の身重にもかかわらず女を襲って押し倒したので、血まみれの胎児が生まれ落ち、胞衣《えな》から出ぬうちに母子ともども死んでしまったというのだ。

自らの語りに合わせて地べたに押し倒される身振りまでしていた女道士が、この時突然、仰向けとなって性交の姿勢をとり、腰をくねらせ尻を上げて迎え入れるや、前後にいつまでも振り続け、あたかも本当に男が上から覆い被さり挿入しているかのようだった。

グルリと囲んだ見物人が見守る中で、女道士の腹は、腰が揺れ動くごとに大きくなり、まもなく臨月近い膨れ具合となった。

そして突如として、女道士はそれまで両足を八の字に大きく開いて抜き差しを受けていたのを固く閉じ、次々と淫らな笑いを発して卑猥な言葉を叫ぶのである――

あんたのチンポの先が子宮に当たってる……中の赤ちゃん……そこよォ……あんたのチンポの頭の目には子宮の中が見えてるの……赤ちゃんが目玉見開いて……はっきり見えるでしょ、あんたを見てんだよ……チンポコよ！

（ヒッヒッヒッ……）

あんたのチンポ……見えてるの……手が出てきた……あれまああたしの赤ちゃんの手だ……小さな手が……あんたのチンポをつまんでる。

（ヒッヒッ、ウッウー、ヒッヒッ、ウウウー……）

女道士の口から次々と卑猥な笑いがこみ上げてくるいっぽう、泣きわめく声も時折混ざり、一時間以上もたっぷり続いてからようやく終わった。この異様な発情ぶりは、通常の情欲では見られぬもので、それどころか奇っ怪なる人霊交合の場面が演じられ、「漢薬先生」の陽物が、女亡霊の子宮に深く挿入され、子宮内の胎児に出会うというのだ。

見物人の中に身を潜めていた肝っ玉の太い男たちは、みな怖々と両手を腰の陽物に添えてこれをしっかり守っていたが、あたかも巻き添えを恐れるかのように次々とこっそりその場から離れていった。

この大騒ぎが終わるころには、亡霊のエクスタシーもどうやら過ぎたようすで、これ以上人騒がせの語りもできず、激しい息づかいのまま横になり、数日間は女道士に乗り移ることはなかった。

近隣の人々も、これでしばらくは安泰だと思い、ホッとした。

「清水宮」はこうして従来の平静さに戻った。女道士はこのたびの力仕事ののちには、ゲッソリ痩せて、半分ほどにも小さくなってしまい、風が吹いたら飛ばされそうなありさまだった。

「神降ろし」もやめにすることだろうと思われた。だが「清水宮」はこの事件で一躍有名となり、川岸の小さな廟が、鹿城中に知られるようになった。

この事件に我関せずと構えていた「呉府三王爺」に対し、これほど世間を騒がせている事件であれば、こちらの神様にもお出ましいただきたいものだ、とそれとなく不平を言うものもあった。そうはいっても神様に面と向かってこのような罰当たりなことを言うわけにもいかず、廟の世話人のお世話が不十分だと責めるのだ。そのうちに、世話人と大陸の「呉府三王爺」とのあいだには、「曖昧な」関係があり、何事でも大陸のご機嫌をうかがっているのは、先方の執事と商売をしたがっているからだ、という噂までまことしやかに語られ始めた。

大陸より「死体一つに命二つ」の女幽霊がやって来たというのにこれを放っておくと、鹿城の人々から王爺の霊験も及ばず、民を禍から守れぬと恨まれる。きちんと対応すれば、大陸側はわざと難題をたらい回ししてきた、と面白く思わないというのだ。

皆の衆は王爺の世話人の動きをじっと見守っていた。

その昔、岸辺で拾われた「呉府三王爺」の文書によりまず小廟が建ち、その後、流行病《はやりやまい》を鎮めて現在の大廟に改築された「呉府三王爺」も、最近ではお香も途絶えがちとなるという窮状に直面し始めた。

移民とともに遥か海を渡った神様のうち、媽祖《マアソオ》は海上の女神で、航海の安全を守って下さり、沿海地区（当然、鹿城も含む）民衆の信仰を得て、お香が絶えてしまう心配などはない。だがその他の大陸各地からやって来た神様は、何々姓の王爺たちのように、さまざまな運命をたどることになるのだ。

「呉府三王爺」は、鹿城の流行病の疫病神を駆逐して、大廟へと改築された。だが鹿城が繁栄を謳歌した乾隆・嘉慶年間には、二度と流行病に侵されることはなかった。それというのも、良港が土砂で埋まり、もはやこの島随一の大港などではなくなったので、商売も失速し、大規模な流行病が突発することもなくなったのだ。

これまで「大事件」のみを相手にしていた「呉府三王爺」は、お化けの恨みといった「小事」には関わろうとはしなかったので、仕事もなくなり、お香も途絶えがちとなり、見る間に没落の道を歩み始めんとしていたのである。

女幽霊と「漢薬先生」事件で急に名声を得た「清水宮」は、臨水夫人の陳靖姑《タンチエンコオ》を主神として祀っていた。やはり大陸から来た神様とはいえ、陳靖姑は女神であり、「陳靖姑の物の怪祓い」が民間に広まり、ようやく神様となって祀られるようになったのであり、上下関係を言えば、当然王爺には及ばない。

だがこの「清水宮」の女道士は、これまでも不思議な霊力を示していた。女どもにかかった呪いを解き、血の池地獄にはまらぬよう祈ってやり、前世の因縁後世の悪縁などのほか、子どもがひきつけたときの幽鬼祓いなど、何ごとにも霊力を発揮してきたという。

そこでこんな噂が広まっていた。この女道士の母方の一族は、もともと生蕃〔清朝統治期から日本統治期中期にかけて、漢族化した先住民を熟蕃、そうでないものを生蕃と称した〕である平埔族の巫女で、代々伝わる呪術を行い、奇特な呪文に通じているからこそ、これほどに霊験あらたかなのであり、怨霊の憑依するのを許して、汚らわしき姿態の数々を見せられるのだ、と。

このたび人々はみな、島の生蕃巫女の念力は、大陸から海を渡ってきた由緒正しき王爺様に遥かに勝る、と秘かに信じていた。

三

「死体一つに命二つ」の女幽霊が、「清水宮」の女道士に乗り移り、真相と怨念とを語って復活したからには、「北浜」の人々は「漢薬先生」にしばしの猶予を与えて、十分な供養をさせようと考えていた。

ところが亡霊はその直後に再び現れた。今回は正当性を振りかざし、もはや女道士の身体を借りることなく、直接家に入り「漢薬先生」の居室に至るのであった。すでに暗がりに現れて人を脅かすようなことは止めにして、「死体一つに命二つ」の女幽霊は、日が暮れるとやってきて夜明けまで居続けるのだ。

亡霊は一晩中動き回っていたが、まもなく別種の騒ぎ方を考案した。夜中に人が寝静まった頃、「死体一つに命二つ」の女は亡霊特有の霊力で、風を起こして庭の竹筒一本一本の中を通し、節を鳴らしてはヒョーヒョーヒョーという音を立てるのだ。

ヒューヒュー……ヒョーヒョー……ヒューヒュー……ヒョーヒョー、いまだ庭に積まれて箸に加工されていない数百本の竹が、そこここで鳴り響く。「死体一つに命二つ」の女幽霊がじっと竹の山に座って、長い竹を手に取り、空虚な竹の内側へと向かって息を吹き込むと、震える竹の節が鳴り響き、次々とメロディーを奏でるのだ。

ヒューヒュー……ヒョーヒョー……ヒューヒュー……ヒョーヒョー……

いつまでもすすり泣くように余韻が残るのだった。

「北浜」では「漢薬先生」の家の周囲一、二キロはすべて風に吹かれて鳴る竹の甲高い音に被われた。

まず「漢薬先生」が耐えきれず、対策を講じ始めた。亡霊はすでに女道士の身体を借りて、やりたい放題、言いたい放題、虚実混ぜ合わせてのつくりごと、どうせ面子は丸つぶれ、こうなったら破れかぶれ、こちらから捕まえてやろうじゃないかというのだ。

ちょうどお日様が真南に来て、陽気が盛んとなり、この日は梁を立て土塀を築き、鍬《くわ》を入れるのに良いお日柄であることを「漢薬先生」は見て取るや、庭に出てきてこれまで近づこうともしなかった竹の山の前に立ち、何か奇妙なことはないか、亡霊にこの竹の山に身を寄せることを可能とさせているものはないかとこと細かく観察した。

「それ」をたたき壊せば、亡霊はもはや身の隠し所を失い、騒ぎを起こすことができなくなるのだ。

「漢薬先生」は時間をかけて詳細に調べてみたが、そこには一把ごとに縛られた竹があるばかり。長いこと風雨にさらされ、もともとそれほど良質の竹でもなかったので、稈《かん》には幾筋もの亀裂が生じ、その隙間に強風が吹き込めば、きっとヒューヒュー、ヒョーヒョーという音を立てることであろう。

それにしてもこの竹を吹き鳴らすには、相当な力がいることだろう。

そんな強大な未知の力が、空虚な竹筒の中に潜んでいるかと思うと、「漢薬先生」は全身に悪寒を覚えた。多くの前世今生の無常の輪廻、尽きせぬ怨恨、それらすべてがこの永遠の空虚、永遠に待ち続けたために空虚で満たされてしまった竹の内に隠されているのだ。

そして空虚な竹は、堅く貫き難い節によって分断されているのだ。輪廻転生の怨恨であっても、永遠に交わることなく、取り替わることもなく、すべてそれぞれの節の中に限られているのだ。相互の理解、相互の救済は、こうして永遠にやっては来ないのだ。

ただ輪廻転生の怨恨だけが報われる。

「漢薬先生」はしばし竹の山の前で呆然として立ちつくし、しばらく放心状態が続いていた。晴れ上がった好天でしかも正午だというのに、「漢薬先生」は突然全身に寒気を覚えた。体中に汗をかいており、そこに風が吹くと、ゾクッと鳥肌が立ち、震えが止まらない。

風は同時に遠方に最後まで残っていた一筋の雲さえも吹き飛ばしてしまったので、どれほど海から視線を避けようとも、庭の竹山の前に立つ「漢薬先生」にも、遠くに黒い影が見えた。

もはや「死体一つに命二つ」の女幽霊から逃れられぬと観念した「漢薬先生」は、突然衝動に駆られて、竹の山にいかなる祟《たた》りがあろうとかまうことなく、力いっぱい、底の方の竹の束を踏みしめ、頂上へと登り始めた。

するとバリバリッと竹の裂ける音がしたが、庭に長いこと放置され風雨にさらされてきた竹は、もはやツルツル滑ることもなかった。反対に、身体の重みがかかると、中空の竹はその圧力に耐えかね、次々と砕け潰れていった。

思ったよりもずっと容易に、「漢薬先生」は竹の山の頂上まで登れた。

風に吹かれて立ってみると、回りに自分より高いものは何もない。足元で時折竹が割れるので、立ち続けるのも容易でない。背の高い「漢薬先生」は、ユラユラ揺れながらバランスを取ったので、まるで風に吹かれて揺れているかのようだった。

こうしてようやくはっきり見えたのだ。遠くの黒い影とは、はたして海と空とが交わる水平線であった。この時間と高度だと、前方には遮るものもなく、空はどこまでも青く、彼が立っている丘の上の竹の山からは、波止場から藍色の大海原まで、すべてを展望できた。

忘れられない恐怖と災厄《さいやく》により、あの海はなおも二度と振り返りたくないと思ってはいたが、次々と忘れられない過去が思い出され、やはり見つめざるを得ないのだ。竹の山に立った「漢薬先生」が、その高さ故に、全身をさらに前に傾けると、足の裏がムズムズしてきて飛び降りたくなる衝動を感じた。

真っ直ぐ落ちていくと、そこは藍色の海、暗い深海で、どこまでも深く、果てしなく広く底なしであろう。

海はなおもユラユラと青い光を発し、遠く離れていても、恐る恐る視線を放つ「漢薬先生」の目にも、辺り一面キラキラ輝く光点が躍動しているのが感じられた。

こうして海の本当の広大さがわかったのだ。

以前は海が遠く天にまで達するということだけ理解していたのだが、今では海と空とが接する果てでは、光の暈《かさ》と藍色とは分けがたく重なりあい、海は限りなく伸び続けて、天の果てへと至る。海は眼前の視界を覆い尽くし（あるいは後ろも海なのだろうか）、波止場付近の集落を圧縮して、陸地を小さな岸辺に変えてしまい、海と空の青一色の中にあっては、薄く押しつぶされていた。

あのときは夜を日に継いでの逃避行、大陸にあった祖先伝来の家産も家業も打ち捨てて、こんな広大な海原を渡り、ようやく大海に浮かぶ島台湾にやって来たというのに、あの「死体一つに命二つ」の女幽霊がピタリと後をついて来たとしたら、もうあの女から逃れる術はあるまい。

それにしてもこの海の深く広いことよ！　かつては来し方の海洋に目を向けることは極力避けてきたので、その広大さを実感できなかった。だが今こそやっとわかったぞ。深海流が海中でぶつかり合ってできる「黒水溝」と「紅水溝」の恐ろしさと言ったら何に喩《たと》えられよう。この無限に広がる大海を越えるだけでも、極めて危ないことなのだ。

この広大な深海さえも、あの「死体一つに命二つ」の女幽霊が渡れたとするならば、海の果て、空の果てまで逃れようとも、もはや安心できないのだ。

そうであるなら、ただ今、身を寄せているこの島を、最後の拠り所とするしかあるまい。どこまで逃げようとも終わりはないのだから。

空に連なる大海に向かって、「漢薬先生」は決心した。

この夜も、「死体一つに命二つ」の女幽霊が現れて騒ぎを起こした。昼間に踏みつぶされた竹が、割れ目から以前よりさらに多様なヒョーヒョーという音を響かせているのは、明らかに地盤を荒らされたことへの抗議として考えだした、新たな嫌がらせであった。わざと長時間息を潜め、一度眠りから起こされた人々がもはや終わりかと再び寝入るのを待って、亡霊はもう一度、大音量で竹を鳴らすのだ。

こうして丸々一夜が過ぎていった。

翌日の夜、「漢薬先生」は妻子を連れて「呉府三王爺」にやって来ると、王爺のご裁断を請うた。王爺の世話人はしばらく相談していたが、ただちに童乩を立てることに同意した。

太鼓や銅鑼《どら》の音が響き渡ると、民衆は何が起きたかといっせいに「呉府三王爺」廟前の広場に集まった。童乩はすでに身支度して登壇し身を清めているところで、介添人が一束一〇〇本もの線香を焚いて、この線香の束を童乩の身体に当てるので、たちまち背や胸、腹には線香の跡が黒く点々と残った。

童乩は王爺の憑依を受けると、ただちに首を振り足を震るわせ、全身が激しく痙攣して、突起付きの剣で背中を叩いて血を流したり、三日月型の斧で腕を切って「縁起の良い紅色」を見せるまでもなく、王爺のお言葉を語り始めた。

両人の家は先祖代々七代続きの仇同士である。それにしてもこの「漢薬先生」が相手に負わせた傷はあまりに深く、例の「死体一つに命二つ」の女幽霊がひと騒動起こすのも無理はなく、王爺も前回はあえて仲裁に乗り出さなかったのだ。

だがこの「死体一つに命二つ」の女は遠く大陸から山と海とを越えてこの見知らぬ土地にやって来ると、過去のいきさつを忘れ、その昔大陸の家で守っていた礼儀作法を顧みることなく一族代々の醜聞を暴露し、さらには古来の礼教を打ち捨て汚らわしき悪徳の数々に耽るとは、天理に悖《もと》る行いである。

不届き千万なるは、腹中の胎児を顧みず、胎児が未だ身体より離れず母子両者はなおも一体であるというのに、私怨を晴らさんとして死児を産道より半ば体外に出し、血肉を砕きしこと。胎児の霊は本来両者両家の宿縁とは関わりなく、現今にては転生も叶わず、その罪はすべて「死体一つに命二つ」の女の身にかかり、今後死児が恨みを晴らしに来るやも知れぬ。

「呉府三王爺」はかくして童乩により裁断を下した——

「漢薬先生」の運命は文曲星〔文運を司る星、文星・文昌星ともいう〕であるからには、功成り名を遂げることはなくとも人を救う漢方医であり、長期にわたり幾度となく「死体一つに命二つ」の女に襲われようとも、髪一筋も損なわれなかった。

両人の恩讐はこの一代では解きがたく、なおも輪廻転生して互いに怨念を晴らすべし。されど「漢薬先生」は相手方母一人子一人を死に至らしめたからには、この世で償いをすべきなり。

「呉府三王爺」は最後の裁断を下した――

「漢薬先生」の妻は翌月腹に胎児を身籠もり、男児を産むことであろう。「漢薬先生」はこの子を「死体一つに命二つ」の女に贈り養子となして、女が懐胎せしも生まれ出でざりし死児への償いとすれば、胎児の霊をして輪廻し再び転生せしむることもできよう。

皆の衆はこの裁断を承ると、線香を点してひざまずき叩頭《コウトウ》〔額を地面に打ちつける最敬礼〕の礼をした。王爺様が退駕なさったあとの童乩が、口から泡を吹いて地に倒れんとするところを脇から支えられている姿をこの目で見ていると、「呉府三王爺」が乗り移ってこの世の争いを仲裁して下さった、有り難き神様のご恩、と心底から思えてくるのだ。

亡霊が再び騒ぐことはない、と信じつつ皆の衆は次々とその場を離れ、安眠を求めて帰宅しはじめた。「漢薬先生」の妻だけが、何の気配も窺われぬ平らな腹部を撫でていたのは、恐怖に襲われて呆然と立ちつくしていたからである――この先、お腹にできる子が、あの女の腹中で死んだ死児の生まれ変わりとは?!

この場を離れていく人々は、「漢薬先生」の妻の前を通るとき、意味深長に彼女の平らな腹部を見つめたが、怪しみ恐れるような敵意も抱いていた。

この「呉府三王爺」の廟は波止場からほど近く、敷地は土砂で埋まった元海岸の土地に面していた。新生の土地には塩分が多く、ふつうの植物は生育せず、荒々しい林投〔栄蘭科またはタコノキ科の植物で、暖地に自生し大きな気根を持つ常緑喬木、沖縄ではアダンと呼ぶ〕とススキが群生しているばかりである。緑鮮やかな林投はサボテンに似て肉厚で水分が多く、風のない暗い夜には癖のある臭いを漂わせて、辺り一帯の磯の臭いを覆い隠してしまうのだ。

夜の暗がりには、さきほど童乩が飛び跳ねてともした焚き火と松明だけが輝き、たき火の余燼がなおも赤く輝き、オレンジの炎は失せて、凄惨な血の色を呈している。この最後の明かりが尽き、周囲の闇が無言のままでワッと襲いかかろうとしたとき、口から泡を吹き、神様に退駕されて倒れていた童乩が、突如ウォーと叫んで廟の庭から海辺の新生地へと突進していった。

散り散りになっていた人々は、一瞬驚いて立ち止まり、いっせいに振り返った。

だが廟の庭から突進していく童乩が、前方で大枝を広げた林投の前までやって来ると、廟の庭でまだ燃えている焚き火が弱々しく遠くを照らすばかりなので、童乩のぼんやりとした姿が、幾株かの怪獣が隠れているような林投とススキに向かっていく姿が見えただけだった。

だがこの時、焚き火の余燼はどこから力を得たのか、一メートル近い炎を上げたので、黄金色の炎は一瞬輝いて、ゆっくりと振り返る童乩を照らし出した。

童乩はもはや鮫の歯の剣を振り回すことなく、いつの間にか両手に七星の宝剣を持ち替え、まず片手に一本ずつ持って腕を広げ、足は八の字型に開いた。続けて目を怒らせて、北斗七星の歩を歩んで左右前後を行きつ戻りつしながら、たいそう偉そうな身振りで肩を左右に揺らし、威風堂々と海辺の新生地を進んで行くのだ。

童乩特有の目が引きつり鼻や口が歪んだ顔が、今では端正で厳かなものへと変じ、高貴で権勢を誇る王侯の姿となっている。その上、七星の宝剣を時に二振りともに片手で併せ持ち、時に左右の手に持ち替え突き出し振り下ろし、躍る剣の影が次々と炎に照らし出され、ついには威風堂々たる大陸大将軍のお姿となった。

再び見物に集まってきた皆の衆は、王爺が憑依した童乩の気勢の激しさに恐れおののき、声を立てる者もなく、両手を合わせ黙祷する者もいた。

突如、童乩／王爺は大声で一喝すると、右手の七星剣で前方を突きながら、虎のごとく勇ましく歩を進め、あたかも海辺の新生地へと退却する目には見えぬ何者かへと迫って行くかのようである。

童乩／王爺は一歩一歩追いつめていくうちに、ついに黒々とした影をなす林投の木の前まで進むと、大音声を放った。

「裁きに従い、大陸へと戻れ」

だが目の前の何者かは素直に従おうとせぬため、童乩／王爺は右足で重々しく大地を踏むと、両手の二剣を同時に突き出した。

「すでに養子を得たからには、速やかに海を渡り、大陸へと戻れ」

その何者かはなおも岸辺に留まり、去ろうとしないのか。まったく観衆の予期に反して、虎のごとく勇猛なる振る舞いの童乩／王爺は、突然百獣の王のごとくひとっ跳びして躍りかかると、組んず解《ほぐ》れつ大暴れして、あっという間に林投やススキが生える海辺の新生地へと走り去った。

皆の衆は本能の命ずるまま、これに従った。すると林投とススキは見た目ほどには密生しておらず、実は数メートル先に浅瀬が見えており、林投も疎らとなった。何者かはあの広大なる海のように、その強大なる威勢により、すぐには退くことなく、なおも踏みとどまって土砂と場を争っているかのようである。

後を追って来た人々が、浅瀬の水に踏み込んだので、激しい水しぶきが起こり、バシャバシャと水を渡る音が響き、静かな夜の気配が破られた。あたかもこれらの人々もその何者かを捕らえ、命に従わせようと力を合わせているかのようだった。

だが童乩／王爺はすでに膝まで水に浸かっていた。

まず海の中を探し回るかのように童乩／王爺は、自分の周囲を見回していた。その後、標的を見いだしたかのごとく、左右の剣を猛然と水中に突き立てた。剣が支えとならざれば、童乩／王爺は必ずや身体ごと水面に倒れ込んでいたことだろう。

激しく水しぶきが上がる中、勅令を下す声が響いた。

「海を経て、大陸へと送り返さん。一切合切、大陸へ帰するのじゃ。一度海を渡れば、これまでの因縁も一刀両断、相い関わらず」

その何者かは、今回はおとなしく従うようすで、水辺をたどり、まばらに生えた林投やススキのあいだを抜けて、海へ向かって下がっていく。

皆の衆もその後を追って、林投やススキが尽きる海域を眺めていたが、いつの間にやら黒い水面には一輪の盆のような月が輝いており、金波銀波に輝く波とともに、遥か彼方へと流れて行くのが見えるばかりであった。

後日のこと、その時には本当にその何者かが波飛沫を立てて、大海へと向かって去って行くのをこの目で見た、というものも現れている。

なおも膝まで水に浸かって立ち続ける童乩／王爺は、虚空で長いあごひげを掻く仕草をしたばかりか、まったく目に見えぬ左右の頬ひげを揺らし、大きく口を開いて呵々《かか》と笑う仕草をした。

そして次の瞬間、迎えに来た助手に向かって倒れかかっていったのだった。

見物していた皆の衆は、この時、思わず感嘆の声を上げて、童乩／王爺に向かって手を合わせた。

そして同じく遠く彼方の黒い大海に向かっても——ひれ伏したのだ。

海が物の怪を送り返し災厄を除いてくれたことに感謝したのだ。

遠くの空の雲の隙間からはいつの間にか巨大な満月が姿を現し、星無き夜空には黒雲が漂っていた。

四

「死体一つに命一つ」の女は、その夜以来、二度と姿を現し騒ぎを起こすこともなくなり、「北浜」は平静を取り戻し、住民は当然のごとく「呉府三王爺」の霊験あらたかにも邪気を払い除けてくださったことに篤く感謝した。

人々は再び次々と「呉府三王爺」廟に参拝し、神に祈った。一時は廟の香火は以前にも増して高く燃えさかっていた。

鹿城の人々は、「清水宮」の女道士は亡霊の神降ろしをして恨みを語らせることはできたが、天に代わって正道を行い、判決を下すのはやはり「呉府三王爺」のように霊験あらたかな神様なのだと噂し合った。

神様にも持ち場というものがあるものなのだ。

「漢薬先生」は一件落着後、翌年確かに一子を儲けたので、「呉府三王爺」への信仰はますます深まり、王爺様の霊験あらたかなること、天命をも予知するとみな信じたことであった。一時は、廟内は財産づくりや子づくり、良縁や功名・平安・遺失物を求める人々で溢れ、「呉府三王爺」は鹿城でもめったにない繁盛を謳歌した。

「漢薬先生」がどのように息子を対岸の大陸に送り返して養子としたのか、またどのように家中秘伝の処方により、鹿城でも群を抜く高名にして裕福な名医となったか、これについて詳しく調べた者は少ない。

鹿城の人々、特に「北浜」では、平安を取り戻せたことに対し、みな感謝していた。また海の向こうの大陸では、すべて大陸流のやり方があり、我等が関知することではない、と十分納得していた。取りわけこのような亡霊の沙汰に関しては、「呉府三王爺」様の仰るとおりである。

「大陸のことは大陸に帰し、一度海を渡れば相い関わらず」

国宴

一

遠く中国からこの島にやって来た例の支配者とその夫人に関して、こんな話が伝わっている。あるいは、多くの伝説がつくられており、小学校教科書の教材になったものも少なくない、と言うべきかも知れない。

支配者は幼少の頃から聡明で、渓流のほとりで小魚が流れに逆らって上っていくのを見て、中国救国の志を立てました。

彼は何度も継ぎ当てした古着を着ており、ラシャの中折れ帽などは縁がすり切れるまで被っていました。

彼は靴底を何度も変えた古靴を履いていました。

(当時の島の民衆はこんな風に信じていたのだ——偉人にはこのような伝説がつきもので、古着や古靴、杖を展示する記念館でさえできるもの、特にたっぷり長生きした場合はね、たっぷり長生きしてこそ「偉人」になれるんで、だからこそ必ず杖が展示されるんだ)

だが長い長い歳月ののち、島が世に言う民主化に邁進し始めると、この何度も継ぎ当てした古着を着ていたはずの元首が、わずか三万千六千平方キロしかないこの小島に、二十七箇所もの官邸を建ててお楽しみになっていたことを、人々は初めて知るはめとなったのだ。

その中でも最大のものが彼の死後に建てられた記念館である。（やはり／相変わらず古着や古靴、杖……を展示する場所）

人々はようやく「幼少の頃、小魚が流れに逆らって渓流を上っていくのを見て、中国救国の志を立てました」といった偉大すぎる事柄を忘れ始めたが、それでも話によってはなおも人気を保つものもあったようだ。もちろんこのような物語が伝承されていたにしても、初期の伝承法はもちろんひそひそ話であり、口伝えのあいだにも軽々しく漏らすでないぞ、と幾度も注意しあっていたのだ——

機密防衛はみんなの責任

こうして語り手は、自分だけが最高機密を知っており、内部消息に通じていることで自慢気となり、もったいぶった口調で国家存亡をめぐり（当時はもちろん「朱毛を滅ぼし、ソ連に反撃」だ（朱毛とは、共産党人民解放軍総司令などを務めた朱徳と共産党主席の毛沢東の両者を指す））、ささやくのだ——

支配者の夫人は、崇高なる慈愛に満ちた方、保育院を開いて孤児を助け、国画も上手にお描きになる才色兼備の元首夫人、それが元首と食卓をともにしない。

至高なる支配者を毒殺しようとする者がいるの？

そんなことができるのか?

それほど厳重に警戒してるんだ、一人(もちろん元首を指す)に何かが起きても、もう一人(もちろん元首夫人を指す)が少なくとも国事を見守れるだろう?

それとも夫人が危ない目に遭いたくないだけ、一緒にお墓に入りたくないだけなのか?

(これでも支配者が連れてきた偉大な中国文化の伝統的女性なのか? 嫁に行ったら夫に従え、一緒にお墓に入るべきではないのか)

そうして語り手は周りに人がおらず、機密漏洩の恐れなきことを確認してから、さらに声を潜めてこう言うのだ——

元首が元首夫人と食卓をともにしないのは、元首が洋食を食べないからだ。

「ほお——」人々が深く頷くのは、熟慮したのち了解、という意味である。

ほとんどの人が「元首は洋食を食べない」ことを理解したものの、あの時代にあってはほとんどの人には「元首が洋食を食べない」とはいったい何を食べないのか、判然としなかった。田舎ではひそひそ話の問いに答える者もいた。「元首が洋食を食わんのは、食ったら大陸反抗できんからよ!」

なに故に斯《か》くのごときか、についてはいくつかの説に分かれていた。

(最も一般的な説——「スパイ」は隙さえあれば侵入し、マインドコントロールが可能な特殊な薬を持っているので、元首は洋食に薬が混入されているのを恐れているのではあるまいか?)

長い歳月を経て、遠く中国からやって来た例の支配者が逝去した(実際、たっぷり長生きして、完成後の記念館に何本もの杖を残した)。島ではその後二十年ほど、さらに多くの富が蓄積され、大多数の人が暖衣飽食するに至って初めて「元首は洋食を食べない」とはいったい何を食べないのかを、多くの人が理解するようになった。

ああ、そうだったのか！　あの元首夫人は幼児からアメリカで教育を受けており、アメリカ南部訛《なま》りの英語を話し、自らこう言ったことがある（やはり英語で）。

「顔が中国人なだけで、それ以外はすべて欧米人なの」

だが例の元首夫人はいつも中国服である旗袍《チーパオ》を着ており、相当長い期間、旗袍ファッションは、スリットはより深く長くというのが流行したので、かかとにまで届く長い旗袍でも太股から臀部《でんぶ》近くまで切れ目が入っていたのだ。

あの最も保守的で閉塞的な時代にあっても、島の人民は、当局が時折発表する写真の中に、深いスリット入り旗袍により見え隠れする元首夫人の太股を拝見できたのだ。

（当時は欧米でもミニスカートはまだ流行していなかった）

やがて加工貿易によりしだいに豊かになってきた島の人民は、「元首は洋食を食べない」ことを次のように解釈しはじめた——

夫人はアメリカ人の暮らしに慣れており、三食とも洋食だが、奉化〔中国浙江省にある県〕の田舎で育った元首には、もちろん洋食の習慣はなく、このため元首と元首夫人とは食卓をともにしないのだ。

七〇年代になると、元首に替わって支配者となった元首の息子は、ついに島の人民に海外観光を開放し、さらに大事なことに、十数年の海外旅行体験が蓄積されると、特に「マクドナルド」のようなアメリカ式ファストフード・チェーン店がちっぽけな島に百店以上も展開したので、田舎の欧巴桑《オバサン》欧吉桑《オジサン》までが「元首は洋食を食べない」とは何を食べないのか理解するようになったのだ。

それでは洋食を食べる元首夫人は何を食べるのか？

当時、このような説を唱える人もいた——

夫人が食べるのはアメリカン・ブレックファースト（フレッシュ・ジュースに目玉焼き、ベーコン、ソーセージ、トーストそしてコーヒーなどであることは皆が知っていただろう）、これをベッドで食べるのだ。そもそも夫人のお目覚めは昼過ぎなのである。ところが田舎者の元首（あるいは独裁者と呼ぶ者もいた）は早起きで、朝食も故郷である浙江奉化のお粥に豆腐乳（豆腐を醗酵させた食品）、漬け物の三点セットである。

二人が食卓をともにできないのも当然のことである。


それでも二人はその身分と国家に対する職務のため、必ず食卓をともにせねばならぬ時があるはず、と島の人民は秘かに噂したものだった（機密防衛はみんなの責任）——宴席の際、とりわけ国家を代表する重要な国家元首招宴、すなわち民衆がよく聞かされていた「国宴」の時である。

人々は興味津津——「洋食を食べない元首」と「ほとんど洋食しか食べない」元首夫人が、「国宴」で賓客を歓待する時、いったい何を食べるのだろうか？

一般人民はみな、「元首と元首夫人が食卓をともにしない」時代にあっても、あの国家を代表する「国宴」にはなおも明確な規定がある、と信じていた。必ずや中国料理を基準とした「国宴」であり、それは「元首が洋食を食べない」がためではなく、「中華民国」（Republic of China）という国家を顕彰するために定められたのである。

――面積わずかに三万六千平方キロのちっぽけな島にある「中華民国」が、三十年近くものあいだ、国連において「中国」を代表し続けていたのである。

島の人民がこの「国宴」に対しあれこれ想像をめぐらしたのも当然であろう。

何と言ってもこの「国宴」に招待されるのはほとんど外国人であり（それでこそ「国」対「国」となる）、しかもやんごとなき国の元首夫妻や全権大使夫妻、VIP等々なのである。

遥か中国で敗退して台湾に逃げ込んだ統治集団は贅沢を味わい尽くしており（だからこそ「土民の八路」共産党に敗れたのだ）、中華文明五千年の基本に通じており、その名も世に聞こえた中国料理の正統を持ち込んだのだ。この正統中国料理でもてなす「国宴」とは、必ずや山海の珍味、奇獣珍鳥に溢れた贅を尽くした饗宴であるに違いない。

（人々はなおも噂に聞く清朝の諸皇帝、とりわけ亡国の最後を飾った西太后のことを覚えていた。あの西太后の日々の食卓には百八種の料理が並んだという。

その料理百八種とは、満州族が好んだ焼〔油で煎ってから煮る〕、烤〔あぶる〕、火鍋〔寄せ鍋〕、涮鍋〔しゃぶしゃぶ〕から漢族の複雑な扒〔とろ火で煮込む〕、炸〔揚げる〕、炒〔炒める〕、溜〔あんかけ〕、燴〔片栗粉を加えた濃い汁に食材を加えて煮る〕、蒸、熬〔強火で煮る〕などの料理法でつくったもので、食前茶に乾燥果実から果実の蜜漬け、前菜、オードブル、熱い料理、箸休め、デザート、麺、ご飯もの、砂糖菓子、フルーツ、冷凍果実まで百八種の料理が回転テーブルに並べられると延べ三十メートル以上の長さとなり、辛うじて箸をつけられる速度で回しても料理百八種が一周するのに一時間近くかかるのだ）

さらに古来有名な「満漢全席」や清朝高官同士の盛宴もあり、その後に富豪貴人たちがこれらを再現してみたところ、数夜をかけても味わえたのはその一部でしかなかったという。

わずかであったが外部に漏れたメニューは（機密防衛はみんなの責任）、まず美食家や考証好きな好事家のあいだに知られており、その頃の「国宴」はどうやらこんな美辞麗句を料理名としていたようだ——

五福臨門錦繍盤〔前菜の盛り合わせ〕
錦上添花慶囲炉〔フカヒレのスープ〕
龍飛鳳舞迎新春〔伊勢エビのソテーと鶏肉の賽の目切り〕
和気生財大好市〔干し牡蠣と昆布の蒸し煮〕
代代平安好福気〔湯葉巻のシチュー〕
牛転乾坤行大運〔牛の腱のシチュー〕
年年有余満華堂〔揚げ魚と蓮の実の甘酢和え〕
長命百歳富貴菜〔カラシナの葉入りのチキンスープ〕
一団和気金元宝〔魚と野菜の水餃子〕
年年高昇好彩頭〔旧正月の大根餅〕
全家団圓楽陶陶〔餅米団子のスープ〕
大吉大利慶豊収〔季節の果物〕

このような「国宴」にあっては、中国語で書かれたメニューからそれぞれ如何なる料理かを知ることはできない（機密防衛はみんなの責任？）。ここに書かれているのは、長・命・富・貴・

高昇・好運などのおめでたい文字だけなのだ。

　そして当時、島の人民は、支配者が中国大陸での敗戦により台湾に渡って来ると、「二・二八事件」で抗議のデモ隊に機銃掃射を浴びせ、全島で連座制の大逮捕を行い、島内のエリート層をほとんど殺し尽くしたことを深く心に刻み込んでいた。その後も無数の白色テロや政治的冤罪事件が続き、専制体制下で、厳重な戒厳令が敷かれていた。

「二・二八大虐殺」が全島でなおも鮮烈に記憶されており、高度戒厳令下で白色テロが横行していたあの時代にあっては、一般になおも貧しかった島民は、これらの華麗な料理名を見ると、あまりに神秘的で想像もできず、しかも手に入れた情報を公にして議論することもかなわず、この十二種の「国宴」料理に関してはあれこれ思いを巡らすしかなかった。

　あっ！「龍飛鳳舞迎新春」の「龍」、実際には存在しない龍とは、きっと別の何かを指しているのだろう、と人々は推理した。「国宴」であるからには、必ずやそんじょそこらにあるものと違って何か特別で珍奇なるものに違いなく、そうであればきっと「花捲」〔捏ねた小麦粉をクルクル巻いて蒸した食品〕に違いない――

　花模様を描いた暗紅色の漆盆は、漢墓から出土する二千年前の漆器の雲紋・螭龍《ちりょう》が盛られ、一つずつ白い小麦粉の皮を精巧に折り合わせて作られている。手で取り口に運び噛んでみると、ああ、なんと口の中でプチッと鳴るのだ。

　花捲の中味は生まれて三日と経たず目もあかない鼠の赤ちゃんである。

　蜜が塗ってあればさらに美味しいことだろう。

「長命百歳富貴菜」とは百足《ムカデ》のことではあるまいか――「百足の虫は死しても倒れず」助けの

多い者は簡単には滅びない、というからには鶴亀と同じく長生きするのだ。

人々はこんな料理もあるのだと聞かされて、大いに勉強した気になったものである。そもそも最初から食器などなく、テーブルにはいかなるお椀も皿も鍋も見あたらず食べ物もない。あるのは赤い紙で封印された赤い封筒だけ。

（勝手に赤封筒を開けると恥をかくのでご用心）

幸いにもこの時、ウェイターが進み出て、片手で赤封筒を押さえ、中に入っている長さ十五センチほどの生きたムカデ二匹を捕まえて頭をねじ切り、尻尾を取り外すのだ。そして赤封筒の穴から引っ張り出すと、頭と尻尾が取れて殻から抜け出た生ムカデが出てきて、キラキラ輝き透き通ったようすは剝きエビのようだ。

「年年高昇好彩頭」に至っては、人はみな「満漢全席」でも最高の料理とされる「猿の脳味噌」に違いないと思っていた――

猿の脳味噌を食べるには、特製テーブルが必要だ。このテーブルは中央に猿の首がかろうじて通るほどの穴が開いており、穴を真ん中にして左右に分解でき、生きた猿の頭を通したのちテーブルをぴっちり合わせてしまう。猿の手足はテーブルの下で縛るので、猿を一匹丸ごとテーブルに固定できるのだ。

食事が始まり、ウェイターが猿の頭髪を剃ると、賓客は手元の銀の錐《きり》を手にして猿の頭蓋骨を突き破り、銀のナイフで頭頂骨をこじ開ける。

それからようやく銀のスプーンでまだ生きている猿の脳味噌を掬うのだ。

（人々は基本的には伝え聞く「満漢全席」を手がかりに、このあまりに華麗にして神秘的な

「国宴」料理に想像をめぐらせていた。あの厳しい戒厳令白色テロの時代にあって、人々は秘かにこのにわかには信じがたい機密に関する噂を好んで話題としていたのだ——なぜなら機密であるため広まりやすいからだ。

機密防衛はみんなの責任)

しかし一般の人はこの「中華民国」(Republic of China)の「国宴」メニューに恒例により付されている外国語から料理の中味を類推できるとは知るよしもなかった。

五福臨門錦繍盤　Assorted Cold Dish
錦上添花慶囲炉　Shark's Fin Soup
龍飛鳳舞迎新春　Sauteed Lobster with Diced Chicken
和気生財大好市　Braised Dried Oysters with Seaweed
代代平安好福気　Stewed Tofu Skins with Stuffing
牛転乾坤行大運　Stewed Beef Tendons
年年有余満華堂　Sweet and Sour Fish with Lotus Seeds
長命百歳富貴菜　Mustard Greens in Chicken Soup
一団和気金元宝　Dumplings Stuffed with Fish Meat and Vegetables
年年高昇好彩頭　Chinese New Year Radish Cake
全家団圓楽陶陶　Glutinous Rice Ball Soup

大吉大利慶豊収　Fruits in Season

この外国語メニューを見れば、食材や料理法は基本的に一目瞭然であり、この高尚なる外国語を解するほどの学識があって初めて、奥義も窺えるということになる。そのため中国料理を食べるが英語はわからぬ元首は、メニューだけでは自分が食べるものがいったいどんな中国料理であるかはわからなかった。もっぱら洋食を食べてほとんど中国料理を食べない元首夫人が、むしろ彼女お得意の英語により何を食べているのか知ることができたのだ。

元首が食べながらメニューを見てもどんな食材の中国料理かもわからないいっぽう、元首夫人はメニューを見ればどんな食材かわかるもののこれから食べるものがどんな中国料理かわからない時に、明瞭に語られることのなかった（機密防衛はみんなの責任）「国宴」メニューは、秘密裡に書き写され広まっていたのだ（コピー機のない時代だった）。

（だがたとえ外国語を付そうが、この「国宴」メニューは美食家でも推測するのが関の山、相変わらず全貌を知ることはできなかった――

たとえば「五福臨門錦繍盤」とは当然、前菜のことであるが、前菜五種とはどのようなものであったのか？）

将来を考えたところで確かなことなどなかったあの時代に、王斉芳《オンセエホン》の心にはこんな記憶が深く刻み込まれていた——

二

それは「国」劇と称される京劇の上演である。

場所は常に「国軍文芸活動センター」と呼ばれる劇場で、首善の都、台北の旧城内の近くにあり、煉瓦とセメントで築かれた建物は質実剛健で、「国軍」の建築物として十分に風格を持っていた。

いわゆる「劇場」は日本統治期以後の「講堂」形式を採用しており、会議も開けるし（たとえば国民大会〔一九四七年に中国で国民党政権が執行した第一回選挙で選ばれた国民代表により構成された総統選出機関だが、代表は国民党が台湾に逃亡したのちは九一年の全面改選まで居座り、二〇〇五年の憲法改正で廃止された〕の開会）、また夜のパーティーにも使えた。欧米から導入された額縁舞台により、単純に客席と演舞場と二つに分けられている。斜面となっている大理石の床には全面に椅子が並べられているが、勾配がゆるやかなので、前の人に視線を遮られてしまう。

「国劇」はこの「国軍文芸活動センター」でもっぱら上演されており、当初の説明では「軍隊慰問」——将兵の娯楽のためとされていた。

（「国軍」と称されていた軍隊でも、初期はすべて支配者が中国から島へと連れてきたのだ）もちろん軍人のほかにも支配者が北方から島へと連れてきた人がいたとはいえ、両者あわせても人口の十パーセント程度の人たちのために、「国劇」は上演し続けねばならなかった。やがて長期にわたって俳優を訓練する学校と劇団も創設されたが、もとから島にいた民衆が「台湾語」で繰り広げる各種芸能は、禁止されたり捨て置かれたのだ。

だが七〇年代に王斉芳が大学進学のため台北に来た時、京劇が「国劇」である理由は明らかに異なっていた――

中国固有の伝統文化復興のため、国劇を振興しよう。

国劇も振興しなければならないほど、観客の減少に歯止めがかからなくなっていたのだ。この「国語」である北京語で上演される芝居をわかる人はもともと少なかった。しかも一九四九年以後に、島で成長した若い世代は、欧米で人気のロックに夢中で、こんな「骨董品」など見向きもしなかった――たとえ「国」劇であってもだ！

しかし当時の王斉芳は政府のスローガンを信じていた――偉大な中国固有の伝統文化復興のためには、国劇を振興せねばならない（中国の匪賊、毛沢東は「文化大革命」によりこの偉大な中国固有の伝統文化を破壊していた）。

こうして王斉芳はたちまちこの精巧なる戯劇芸術の虜となった。

ああ、そうなんだ！　髪一面に翡翠の簪《かんざし》を挿し髪飾りを付けた楚々たる娘が、大昔の衣装をまとい薄絹のスカートに隠された両足をツツツっと軽やかに運べば、柳は風に揺れ帯飾りの玉がちろりんと鳴る。舞台正面に現れた娘が白絹の袖口から美しい手先をチラリと見せると、中指を横に伸ばして親指に添え、小指、紅指、差し指を垂直に反らせた蓮華の手を軽やかに前へと差し出すのだ。

彼女には自分の魂への呼びかけのように思われた。

（これこそまさに彼女の全教育過程であり、彼女が幼少時から暗記してきた詩や歌が舞台で再現されているではないか?!）

そうだ、彼女たちが清らかな裏声で「落花に恨みはあれど、地に落ちても声なし」と歌い出すとき――

あの大昔からの娘たちの、訴える術もない恨みや無実の罪を彼女にどうして理解できないことがあろうか。

あるいは左右の鬢《びん》に届かんばかりに切れ上がった美しい目と、両の頬紅に挟まれた翡翠のような鼻筋と、サクランボのような唇が、おしとやかに歌い出すからだろうか――

あでやかに紅紫と咲きそろい
寄り添うは
こわれし井戸　くずれし垣
良き辰《とき》の美《うる》わしの景《ながめ》
見る人もなく
心に賞《め》で事を楽しむは
いずくの庭ぞ

〔『中国古典文学大系53　戯曲集下』田中謙二編、平凡社、「還魂記」湯顕祖作、岩城秀夫訳、二七頁より引用〕

（その後まもなくして、彼女はこれを「崑曲《こんきょく》」といい、京劇の前身であることを知った）

彼女はつねに恍惚としてこう思った——それは娘としての彼女の累々と積み重なる無数の前世であり、永遠に時空を越えて、この水銀灯に照らし出された舞台（まだ「国軍文芸活動センター」と呼ばれているのだろうか）に集まってきて、彼女に向かい切々と訴えるためなのだ。暗い客席に座った彼女は、思わず目に一杯涙を湛えていた。

（なんとふしぎな宿命！）

王斉芳はさらに古い崑曲も好きになることだろう。それはさらに細かい所作と、さらに多くの節回し、さらに優雅な台詞に歌、さらにゆるりとしたメロディーから成り立つのだ。だが高雅な文人にのみ好まれ、多数の人民には愛されないため、とうとう没落してしまった。

（没落したのは文化の神髄だけではなかった！）

王斉芳は崑曲特有の横笛に立笛を好んだ。おんおんと泣くがごとき尽きせぬ想い、すべては切々たる恨み、あの中華伝統文化特有の懺悔の様式（すぐにも絶滅する、あるいは絶滅せぬまでも、すでに改変されてしまっている）

三

ついには、例の「幼少の頃、小魚が流れに逆らって渓流を上っていくのを見て、中国救国の志を立てました」という偉大な元首も逝去し、彼の二十七箇所もの官邸の一つである「記念堂」に入ることになるだろう。

（やはり／相変わらず古着や古靴、杖……を展示する場所）

しかし死去した元首の遺体／死体は、例のイタリアから輸入した大理石で建てられた壮大な「記念堂」に埋葬されることはない。ああ！　そうなのだ、遠く北方の中国から来た支配者は、彼を四十年間守り続けたこの島に埋葬されたいなどとは考えもしなかったのだ。元首は二十七箇所もの官邸を建てたものの、この太平洋に浮かぶ小島を埋葬の地に選びはしなかったのだ。

多くの元首／独裁者／ストロング・マンと同様に、彼は自らの死体を防腐剤と低温管理とにより保存させ、島の一隅の風水よろしき龍穴に置かせたのだ。

対岸の彼のライバル、「朱毛を滅ぼせ」の「匪賊、毛沢東」、しっかりと中国に留まった戦勝者も、やはり社会主義共産党の指導者として、一年後に死去した。彼もまた死体を保存させたが、「人民大会堂」と称されるものの向かいにある記念堂に置かれたに過ぎない。

「いまにも起きあがらんばかりに生き生きとして」保存された二体の死体は、あたかも生前の二人が戦場で対峙したように、遥か台湾海峡を隔てて、向かい合い／対峙している。ただし島の元首の保存された死体は、今もなお故郷に戻れない。

保存され土に入ることのない二体の死体のうち、「人民大会堂」の向かいにある方はなおも透明な水晶ガラスの内にあり「仰ぎ見られ」、絶えず注視され、尊敬と好奇／懐疑の眼差しがその腐乱の速度を見つめているのだ。あの元首／独裁者の唯一見せ物として露出された顔、その豊かな頬が窪み始めていないか、黒ずんではいないか、死に化粧をほどこした肌の上に死斑が浮かんではいないか……

そうなれば遺体／死体を地下に降ろして新たに処置しなくてはならない。

いっぽう島の方のこの一体は、水晶ガラスの棺桶に封じ込められ永久的な参拝対象とはされなかったが、この支配者の死体が土の中に埋められたこともなく、今もなお「大陸反抗」し、いつでも家に、彼の中国の故郷に帰れるようにと待ちかまえているのだ。

こうして採用されたのが「仮住まい」方式で、死体は銅の棺桶に入れられ、入棺しても土に返されない死体は、風水師が念入りに選んだ島の龍穴に安置された——後々まで子孫が万世一系の統治を続けられるようにと。

好運にも、島の龍穴で「仮住まい」する元首は、生存中にはこのちっぽけな島で、彼が中国から持ち込んだ「中華民国」（Republic of China）の称号を維持できた——一九七九年以前には、〔正しくは一九七一年に国連追放〕「中華民国」（Republic of China）は国連で「中国」代表として存在し続けていたのだ。

そして一定の国家としての体制・体裁を、このちっぽけな島、「中華民国」（Republic of China）で施行運用できたのである。

何か失ったものがあるだろうか？

失ったものとは、あの埃っぽくて古くさい臭いだろうか？　島の「国軍文芸活動センター」で毎月毎月絶えず上演し続けた「国劇」の京劇、四十年来遠く中国から離れていたため、もはや頼るべき家も国も亡くなったため、記憶はおそらく日一日と新たにやってくる日々の内に拡散していったのだろう。こうして――

ああ！　あらゆるものは一切、原型通りに封じ込めて保管すべきなのだ（固有の文化を保存すべきではないのか?!）

こうして、まったく手つかずの衣装箱、一切手も触れぬ旧制、徒《あだ》やおろそかに扱えない濡れ場や立ち回りの狂言……

すべてもと通りまったく手つかずに保管し、最も伝統的な様式風貌を保存しなくてはならない。（こんな質問を許してもらえるだろうか――彼らはどれほどの伝統劇を覚えていたのか？　どれほどの旧制度、旧来の約束事、旧来の様式を？

まさか彼らの記憶に漏れや曖昧な点があり、忘却に至ることはなかったろうか？）

ああ！　王斉芳はすぐにも気づくだろう――この「国劇」京劇に関する、集団による記憶保存に。一回限りの個人的事件ではなく、社会集団全体の、俳優・楽士・その他大ぜいの端役、さらには観客や研究者・学者まで、彼らは当然のことながらみな対岸の中国からやって来たのであり、互いに競争し、時には意見を異にするかもしれないが、それでも全体で形成する記憶は、たしかに間違いや曖昧さ、忘却は少なかろう。

彼らは厳格にこれらの旧制度を守り続け、彼らは記憶を借りて招魂していたのだ。

例の「国軍文芸活動センター」と呼ばれる演舞場は毎晩七時半に上演開始し、これが毎晩休むことなく、高度の戒厳令下で四十年も途切れることなく来る年も来る年も続いたのだ。その間、毎晩招かれて場内に溢れた時代がかった服装の人物は、亡霊としてユラユラと揺れていただけでなく、そもそもその場でたちまち蘇り、毎晩夜更けに芝居がはね観衆が去っても、なおも留まり徘徊するのだった。

　歴史はゆっくり進み出て生身の姿で目の前に立つのだ。

（たとえ劇場の舞台に立っていようとも！）

　そしてどれほどの差があるのか？　「国劇」の京劇、それは明朝に始まったので、舞台の人物は当時の人々の服を纏うため、唐朝の楊貴妃（歴史により、玄宗皇帝の過度な寵愛を受け、「此より君王早朝せず」して「安禄山の乱」を誘発したという罪をなすりつけられた例のグラマー美女）でも千年後にようやく現れる衣装を纏い、舞台で「貴妃酔酒」〔玄宗との約束が取り消された楊貴妃が恨み酒を飲む物語〕を演じるのだ。

　漢の明妃の王昭君〔前漢元帝の宮女で、紀元前三三年に匈奴の王に嫁がされた〕の衣装はさらに隔たった時代のものとなり、一五〇〇年もの後に現れるマント姿で、漢の天子に暇乞いし、弱体化した国家の安全保障のため匈奴《きょうど》に出かけ「蕃人と和睦した」のである。

　そしてこれら史上実在の人物は、唐の玄宗楊貴妃であろうが、漢の明帝、王昭君、あるいは楚の覇王項羽、虞姫《ぐき》であろうが、混乱した時間、折り重なった空間において、時代錯誤の衣装を纏い、中国中心部から遠く数千キロも離れたちっぽけな島（両者は海峡で隔てられている）の「中華民国」（Republic of China）に出現するのだ。

　だが彼らの体には正真正銘伝承された伝統の印が標示されている――

　中国?!

　毎度上演のたびに復活し、毎夜大垂れ幕の下に消えていくのだ。

　彼らがなおも集いて徘徊することはない、と誰が言えようか。そして歴史がゆっくり進み出て生身の姿で目の前に立つのは、このちっぽけな島においてなのである。

だがある「専門家」はこの「国劇」に対しこのように解釈してみせる――

本当の通人は、芝居小屋では目を閉じて芝居を聴くのだ。

（心を静めて芝居を「聴く」ため、自ら両眼をつぶした人など聞いたことがあろうか？）

芝居を「聴く」とは玄人筋の言い方だが、これほどまでに繁雑な舞台上の所作事、身のこなし、立ち回り、囃子方を必要とするのは何のためなのか？　盲目の芝居とはどれほどまでに純粋に視線を閉ざすことができるのか。耳元に幽玄なる歌声が響くとき、目を閉じて視界の中の舞台のセットを拒むだけでは足りず、さらに瞼に浮かぶ演技のイメージさえも取り除かねばならないのか？

このように芝居を「聴く」とはいったい何を聞くのか？

高度戒厳令下で白色テロが横行していたあの時代（機密防衛はみんなの責任）、例のふしぎな「国宴」に関して、常にこのような奇妙な噂がつきまとっていた――

「国宴」の魚はすべてお頭つきは許されぬ。

（しかしあの広大な中華美食の伝統にあって、魚で最も尊ばれたのはお頭にほかならない。滋養と珍味を一身に集めたとされるお頭は、取り分けられぬがために、舌の肥えた座中の最賓客一人に味わっていただかねばならないのだ）

こうして例の国宴では、魚はすべてお頭つきでは食卓に運ぶことは許されなかった。

(一つしかないお頭を元首にあげるべきか賓客にあげるべきか決めかねたのか?)

宴席に運ばれた大皿の魚のお頭には白目をむいた目玉が二つあり、料理した魚の目が飛び出しているかどうかは鮮魚をその場でさばいて料理したかどうかを観察する際、重要な手がかりとなるのだ。腹を割かれ腸《わた》を取られても魚はなおも生きており、湯が沸騰する蒸し鍋に寝かされると、高温の水蒸気が魚眼を直撃し、ボッと鳴って鮮魚の目玉は飛び出し、不格好に眼窩に引っかかるのだ。

鮮魚は濛々たる水蒸気の中で悶え、身に多少の捩《ねじ》れが生じるかも知れない。ありのままに言えば、宴席に運ばれた大皿の魚が頭から尾まで端正であるのは、その場でさばいて料理した最も美味なる鮮魚ではないのだ。

(欧米諸国の魚市場では、頼むまでもなく、魚屋はお頭を切り落として棄ててしまう)

目玉が飛び出たお頭は、国宴の権勢を極めた君主や総統および高貴なる令夫人方を驚かすかもしれない。

(しかし彼らがこの場の上客となったのも、血なまぐさい殺戮をくぐり抜けてきたからだろう! 目玉の飛び出たお頭に彼らが本当に驚くことだろうか?)

ああ! アメリカ大統領をお招きした国宴に、「陳皮蒸藍斑」という料理があることだろう。食材の「藍斑」とは最も珍重される鱈《たら》に違いない。あるいはめずらしい斑模様の魚であろうが、七つ星の斑点、鼠のような斑点、赤い斑点であろうが、必ずやその場でさばいて料理した鮮魚であり、宴席に運ばれた時には端正な姿ではないだろう。

かくしてさらに多くの処置が必要となるのだ。

だがどのような処置か？
（機密防衛はみんなの責任）

四

例の遠く中国からやって来て、自らの死体を銅の棺桶に入れ、柩を留めて土に返さぬ死体を、風水師が念入りに選んだ島の龍穴に安置した支配者は、首尾良く息子に跡を継がせて継承者としたので、元首の息子はさらに十数年の支配を続けた。

後継者である元首の息子は、その後もいわゆる「美麗島事件」で数千人を逮捕し、最後に数百人を有罪とし、その刑期の累計年数は千年近くに達した。

それでも後継者である元首の息子も逝去する日がやって来て、この島の新しい元首／独裁者／ストロング・マン（いかに呼ぼうと構わないが）の死体も、彼の元首だった父と同様、土に埋められることがなかったのは、いつでも家に、彼の中国の故郷に運び返すためだった。

やはり「仮住まい」方式が採用され、死体は銅の棺桶に入れられ、柩を留めて土に返さない死体、またもや風水師が念入りに選んだ島の龍穴に安置入棺しても土に返されない死体は、風水師が念入りに選んだ島の龍穴に安置された――後々まで子孫が万世一系の統治を続けられるようにと。

事前の防腐措置が当然非常に重要だった。

その技術はロシア人のものだそうで、「反共抗露」が声高に叫ばれていたその時に、元首と後継者の息子とはともにロシア人の防腐技術を用いて自らの死体を保存したのだ。だが違いもやはりあり、元首が防腐措置を進めた時代には、死体に四つの穴を開けねばならなかった――、体液を抜き取って防腐剤を注入するために（元首の息が切れることを待つことなく、身体がまだ温かいあいだに血抜きを始めるので、死体に四つ穴を開けねばならなかったのだろう。）

後継者の息子になると、防腐技術も進歩し、死体には二つの穴を開けるだけで済んだ。防腐剤を注入した二体の死体は、真空にした銅の棺桶に入れられ、土に返すことなく、風水師が念入りに選んだ島の龍穴に安置された。島のウジ虫に食われたり蟻にたかられることのない死体、血肉がほとんど腐敗した骸骨の眼窩を荒れ果てた墓地の蛇がすり抜けることもない死体、銅の棺桶の防腐剤と低温の中で一人立たされて、あの葬儀の中で人々が最も恐れ忌み嫌う「蔭屍《いんし》〔土葬しても腐敗しない死体〕」のような、不潔で不衛生で不吉な千年も腐ることのない死体は永遠の呪いとなったのだ。

ところで例の風水、龍穴の影響はしだいにゆっくりと現れたことだろうか？　元首の息子は後継十二年でベッドに横たわって往生できた。だが元首の孫はそのような好運には恵まれず、彼らは万世一系の支配を継承できなかったばかりか、短期間で次々と亡くなり男系が絶えたのである。

風水師たちは島がその後に民主化を迎え、ようやく思いの丈を語れるようになると、次々と前言を翻したのだ――例の「仮住まい」により柩を留めて土に返さぬため、地の気を受けられずして龍穴の帝王の命脈をいただけず、九仞《きゅうじん》の功を一簣《いっき》に虧《か》けり、つまり成功の一歩手前で失敗した、と。

(あの時、死体を土に埋めれば良かったのだ!)

「心誠《こころまこと》なれば霊験あらたかなり」を信じる風水師たちは感嘆した——天は公明正大なり、島の龍穴を利用しながら、島の土に入ろうとせず、いつ何時でもこの土地を棄てて故郷に帰る用意をすることなど許されないのだ。

ちっぽけな島に元首/独裁者/ストロング・マン(いかに呼ぼうと構わぬが)は二度と現れず、民主的選挙で選ばれた総統は貧乏小作農の息子で、父親は最貧困家庭、苦学して弁護士となり、反体制運動に参加し「美麗島事件」の弁護士となり、次々と選挙に勝ち進んで民選総統となったのだ。

(本来島を支配していた支配者集団とその勢力は、民主的選挙の過程で権力を失うことに耐えられず、「国盗り」という非難で五十年もの長期政権後初めての政権交替を非難した)

台湾の土地から出てきた小作農の息子、父がかつて第一級貧民だった民選総統は、強い台湾主体意識を抱いており、就任するや慣例の総統就任「国宴」のメニューに手を加えたのであった。人々は漠然とした不安を抱き、人によっては驚き慌てふためいた。

(例の「国宴」とは一九七九年以来もはや存在しなくなった「中華民国」(Republic of China)最後の名残のトーテムではなかったか?)

それまで外には公開されなかった「国宴」——機密防衛はみんなの責任、例の西太后の食卓を毎日飾った一〇八種の料理やら、「満漢全席」やらで人々が想像してきた至尊至極の「国宴」に変更があるなど許されようか?

元首とともに台湾に撤退してきた人々の多くは、さらに厳しい批判を加えた。

批判とは「国宴」に島の料理と食材を加えたことへの不満であった――そんなものは遠く中国から支配に来た人に基本的にまともな料理として認められようもなかったのだ。「地は大きくして物は博し」の中国大陸でこそ珍重すべき食材があり、世界に美食として知られる「中国料理」があり、それでこそ「国宴」たり得るのだ。

（だが批判側はこれほど露骨に言うはずもなく、彼らが遠回しに議論したのは偉大な中華文明に関する問題であった）

民選総統が改めた「国宴」からは、本来の「中国料理」が除かれ島の各地から集められた島の料理が加えられ、その中には地元の軽食もあれば本格的料理もあった。島東部の名物である「鴨賞《アーシュン》」〔鴨肉の燻製〕「胆肝《ダクアー》」〔豚の肝臓の燻製〕なども含まれていた。

するとこんな質問をする者もいた――「胆肝」の材料である豚の肝臓には毒素が排出されずに蓄積されているのに、どうして「国宴」などに出せようか！

例の「胆肝」とは豚の肝臓を材料とし、飼料を与える前の豚の肝臓は柔らかく老人病人幼児にも食べやすく、本来は「形を以て形を補う」ことを強調する中国料理においても格好の滋養食材なのである。

肝臓は煮ると固くなるので、短い調理時間でいかに味付けするか、また長時間タレに漬けて味を染みこませることもできないので、さまざまな調理法が工夫されている。

王斉芳は幼いときから珍味を好む父のそばにいて、「防空壕」のある古い家の庭で、父がこれらの許されざる食材を処理するのを見ながら、父から遥か島の東部（雲にも届く山塊を一つまた一つと越え、山中の先住民部落を通り過ぎねばならない）、あの大洋に面した東部まで行けば、あの有名な「胆肝」の秘密の料理法がわかるのだ、と聞かされていた（息子や嫁に伝えても娘には伝えず、門外不出の秘法を守る――機密防衛はみんなの責任なの？）

百数十キロの豚であれば、肝臓は一キロ以上もあり、こんなに重い豚の肝臓を料理するには、まず肝臓の血管を探し出さねばならない。

（豚の心臓の血管は容易に見分けがつき、火が通ると縮んで固くなるものの、切らぬまま食卓に出せば、太い管がはっきり見えるのだが、豚の肝臓はどんなものなのか？）

父が声を低めて言うには、例の豚の肝臓には実際には二本の太い血管が通り、ほかに細かな血管がびっしりと広がっており、豚の肝臓全体で化学工場のようになり、ここで体内の有用無用、有毒無毒のものを交換しているのだ。

幼い王斉芳は本当にわかったわけではないが、おとなしく頷いていた。

「良い味」にするには、ふつう豚の肝臓をまず秘法特製の出汁《だし》に漬ける。だが大きな肝臓全体を漬けても、特製出汁はなかなか染みこまず、外側だけに味が付く。

そうなると特殊な方法を講じて出汁を完全に染みこませねばならない。

上策は豚の肝臓中のいたるところに張り巡らされた血管を経由するのだ、と父は声を低めて言うのだ。だがどうやって出汁を血管に注入するの？　まず豚を捌《さば》いて血抜きしたあと、ただちに肝臓全体を取り出し、血管に残った血をすべて放出すると、出汁が入っていけるすき間ができるのだ。

さもないと血管内の血は固まり、神様だってお手上げよ、と父は言った。続けて特製汁を注ぎ込むには、さらに急がねばならない。血管は血が出尽くして空になると、萎縮して潰れてしまい、出汁の注入は不可能になる。

今は機械式ポンプがあるので、肝臓の血を抜き取りながら出汁を注入するのは難しくはない。だが昔は「胆肝」づくりの者は絶技を必要としたのだ。

幼い王斉芳は目を見開き耳をそばだてた。

口を使うんだ、と父は声を低めて言う——口に出汁を含んで、一口一口出汁を豚の肝臓の血管内に「吹き」こむのだ。

甘く見てはいかんぞ、出汁を「吹く」には肺活量が大きいだけでなく、「吹き」終わって出汁で満たされた豚の肝臓は、もとの重さの倍以上になっとるからな、と父は言うのだ。

何年たっても王斉芳はあの幼児期に想像したものを忘れることができなかった——地面に横たわり腹を切り裂かれた豚に、バクバクと動く丸見えの心臓肝臓。これに向かって男とも女ともわからぬ人が、一口一口何かを「吹き」こんでいる。

（振り向いたその顔は、はたして誰だったろうか？）

あの永遠に舞台に集う女形たち、容姿端麗な大家のお嬢様を演じる青衣《チンイー》にしても、愛くるしい隣家の娘を演じる花旦《ホワタン》にしても、王斉芳は舞台に出てくる冥界の役者をなおも深く愛している。ああ！　そうなのだ！　特にあの幽霊を食べる幽霊の王様の鍾馗《チョンクイ》は、登場の際には常に大きな赤い長衣《チャンイー》〔丈の長い中国服、旗袍のこと〕を纏い、厚底の靴を履き、ターン、ターン、タンタンタンと舞台後方から飛び出してくる。「浄《チン》」の役柄に属する彼は、顔いっぱいに隈取りをしており、絵の具で色鮮やかに描かれた隈取りは幽霊たちを震え上がらせる。

怪しさを増すために、彼の両肩は左右非対称に盛り上がり、その背はラクダの瘤《こぶ》のように出っ張っており、顔と肩だけで全身の三分の一を占めているのだから、鍾馗の奇形奇怪なさまは一目瞭然であり、これにより有無を言わせず威厳を保つのだ。

鍾馗はこんな真っ赤な姿で火まで噴くのだ。例の幽霊を食べる大口を開けると、瞬時にボーッと火焔が噴き出し、一メートル近い炎は次の瞬間には影も形もなくなってしまう。だがあの鍾馗は火焔噴きを一度で止めることはなく、方位を変えて二、三度と吹き、儀式のごとく怪しく輝く炎は、暗い舞台では瞬時のことにすぎず、あるかないかのごとく薄くたなびく煙を闇に漂わせるばかりである。

彼女はきらびやかな炎とこれに続く怪しく不吉な煙を愛し、恍惚となっていた。パッと輝く炎のあとには煙だけが残り、永遠の夜の舞台、夢の世界でゆらゆらとたなびき、記憶のうちに永劫の影として残るのではあるまいか……

そしてこの幽霊を食べる鍾馗が舞台で火を噴くのを助けるために、脇には「検場《チエンチャン》」と呼ばれる灰色の伝統的長衫《チャンシャン》〔有産階級用の踝までである長い上着〕を着た男が控えている。彼は日本の歌舞伎の黒衣《くろご》のように全身黒ずくめで顔も黒い覆いで隠すようなことはしない。「検場」は化粧を付けず平然と立ち、厚底の高い靴を履いた鍾馗が高い机に登るのを助け、幽界の王が幾度も火を噴くのを手伝うのだ。

役目が終わり手伝いも不要となれば、「検場」は静かに演技の続く舞台を離れる——芝居の進行中に登場した時と同様に。

（すべての観衆は舞台の「検場」を見ているはずだが、すべての人は彼のことを見なかったことにしている）

王斉芳は自分が幽霊を指図しこれを食べてしまう鍾馗を贔屓にするのは、彼女が舞台の幽霊たち――それも多くが女の幽霊――を愛しているから、ということに気づいていた。

（ああ！　かくのごとく幾十代もの多くの幽霊が留まり続け、苦しみを訴えられる場と言えば、この舞台に勝るものはなかろう。もともと多重の時空に回転の場を提供しているからこそ、女幽霊を受け入れられるのであり、亡霊たちは千年後であっても万里を越えて海峡に隔てられたちっぽけな島にやってきて、胸の思いを訴えかけるのだ）

その女幽霊は最も古典的な永遠の姿をしている。地面にまで届くほど長くて白い長衫姿に、頭の高髷《たかまげ》も白い布で覆い、両頬の鬢からは白い布を垂らしている（地方劇では本来は女が冥界から来たことを示すため、これは吊した紙銭の束でなくてはならないが、「国劇」京劇では美化されている）。彼女の手に握られた長くて白い絹の袖は地面を這っており、これにより華奢な手は完全に隠されている。

その女の幽霊もやはりつま先立ちで舞台を走る「お化け歩き」をして、歩幅は狭いが飛ぶように早い。白い長衫と絹のスカートを翻し、まるで本当に足が地から離れているかのようにフーッと進む。女の幽霊は両腕をダラリと垂らし長くて白い絹の袖が地面を這うに任せて、ツツツツッという早足に従い、クックッと腕を揺らし長い袖を前後に振るので、さながら風に乗って飛んでいるかのよう。

あの中国芝居の舞台の慣習により、照明は全開である。輝く電光のもと、王斉芳は全身真っ白な女の幽霊が舞台を「お化け歩き」でフーッツツツッと動くのを見ていると、身体が震えだし全身が鳥肌立つのだ。

（この白衣の怨霊はなんと壮絶なる美を一身に集めているのだ！）

あの女の幽霊にしてはじめて幾世代、千年の時間を越え、山脈や大河海峡を越えて、命を返せと訴えに来るのだ！

（彼女は何を求めているの?!）

五

一般には次のように言われている——後世に編まれるであろう歴史における評価を考えて、後継者である元首の息子は、島に厳しい圧政を敷いたのち、死を数年先に控えた晩年に、戒厳令解除を宣言し、台湾海峡両岸の民間交流を開始したのだ、と。

海峡で隔てられた両岸は、四十年ぶりに再び交流を回復した。王斉芳にとっても、あの「中国」なるものはもはや単なる過ぎ去った歴史や地理の教室で習う名詞ではなくなった。もはや単なる本に文字で記され、舞台の「国劇」で演じられるものではなくなり、本当に訪ねていくことのできる場となったのだ。

彼女は心底羨望の的だった中国「京」劇の上演を見に行く機会も得た。かつて島にあって恋い焦がれていた中国で最も「正統」的な例の北「京」の劇だ。

そう！　例の中国も同様に国家が保護して、「京」劇誕生の大地で多くの国家お抱えの一級俳優を養成してきたのだ。これらの俳優は歌も所作、科白、荒事も一流で、その芸風は重厚で感情移入も程《ほど》がよい。

王斉芳はできの良い通し狂言を見たこともあり、劇場は最高級、俳優も囃子方、裏方も一流であった。

だがそこでは多くのものが失われていることは、彼女にもよくわかっていた。

例の「国劇」には帝王将相、平民宰相、才子佳人、緑林白波《さんぞくかいぞく》、姦夫淫婦に市井の庶民など各種の役柄があるのだが、異界から来た「役柄」がしばしば改竄《かいざん》されるのだ。

例の千年後にようやく現れる誤りの衣装を纏う楊貴妃は、明朝が女性の身体に加えた厳格な制限に厳めしく包まれている。立ち襟は首を隠し、白布で平たくつぶされた胸はさらに上着に覆われて、左右の乳房は跡形もなく消され、長いスカートは両足を隠し、ダラリと垂れる袖は指先さえも覆っている。

（あの盛唐の世にあって、グラマーで有名だった楊貴妃は「温泉の湯で脂肌を洗う」という強烈な印象を残し、存命中の衣装は腕ばかりか、柔らかな胸や首、背中まで露出していた）

新しい「京」劇を創り出そうという人でも、現行を改めて元の王朝の衣装を復元しようとはせず、伝承の物語に手をつけようとはしない。

（彼らは何を恐れているのだろう？「歴史」の改変を恐れているのだろうか？）

彼らが恐れず改変することと言えば、女の幽霊に新しい衣装をつくり、青とピンクの色を使って、彼女たちの内側に潜む欲望を映し出すことである。女の幽霊はもはや白ずくめの衣装は纏わぬため、凄惨なまでの古典的様式美は見られない。黒い薄絹で顔を覆い冥界を暗示してはいるのだが。

(例の中国人の葬礼の色は白でもなければ黒でもなく、今では欧米風の舞台様式に従っていることが、すべてはっきりと理解できる)

彼らは鍾馗に舞台で火焔噴きをさせないのは、迷信を打ち破るためだという。だが舞台では各種時空の場面に合わせてライトを使う——夜(藍色)、閨房(ピンク)、嫉妬(紫)、戦争(赤)……

「検場」もたちどころに抹消された(衣装も着てない人間がどうして舞台に立てようか)。たとえなおも火を噴く鍾馗がいたとしても、一人ぼっちで舞台に立ち、童乩《タンキー》が卓上で冥界と人界とを行き来するような関係は、まったく遮断されてしまった。

そして「京」劇を育成してきた中国では、信念を持ってこの中国伝統劇を改造してきた。例の著名な主席夫人がまず文革中に数千の演目をわずか十種の「革命模範劇」に改めた。「改革・開放」後もこの伝統劇には大変革が加えられている。

かくしてムーランルージュ風の羽毛が楊貴妃の中国絹の長衫に載せられ、一面の飾り物が「蕃人と和睦」のため遠くへ嫁入りする漢の明妃の王昭君のマントを飾り、プラスチック製の花飾りが皇后陛下の頭上を覆うのだ。テンポを速めるために、唱《チャン》の部分がごっそり抜き取られ、本来椅子一つテーブル一つを使って高度な象徴的表現を行い基本的に一物もなく空っぽだった舞台に大門玉物に築山堀池などのセットが登場したのだ。

（欧米風の黒や赤の衣装を纏った女幽霊と火焔噴きをやめた鍾馗とは、もはや怪しくもふしぎでもなく、あたかも真に幽界と通じているかのような神通力を失った。さらにこの世の服を着た「検場」の補助も消えて、舞台に残ったのは明らかに俳優が衣装を纏って演じる役柄だけである。あとは舞台の明かりが消え、芝居が跳ねるのを待つばかり。
そしてこれでおしまい）

海峡両岸のあいだでさらに多くの往来が始まると、島の人々もようやく例の「幼少の頃、小魚が流れに逆らって渓流を上っていくのを見て、中国救国の志を立てました」という中国渡来の元首がまだ中国大陸を支配していた時でも、例の「国宴」は実際には想像していたような「満漢全席」や料理一〇八種ではなかったことを知った。

すでにデザートとフルーツを合わせても十数種、基本的には十二種に改められていたのだ。

（民選総統の「国宴」はさらに縮小されてデザート・フルーツ合わせても八種となった）

一般人が「国宴」にはあるかもしれないと期待を寄せた山海の珍味、奇獣珍鳥は、実際には二十世紀初頭に建国された「中華民国」の「国宴」においてそもそも存在しなかったのである。熊の掌、ラクダの瘤、猿の脳味噌、象の鼻、飛龍《ライチョウ》、四不像《しふぞう》の唇がないのだから、猴頭菌《ヤマブシタケ》も淫羊藿《イカリソウ》、冬虫夏草……もないのだ。

最初期には遥か中国渡来の支配者は、梅花拼盤〔梅の花をかたどって盛りつけした前菜〕、排原盅排翅、叉焼火腿、揚州炒飯、八宝飯などで「国宴」メニューをつくっていただろうし、支配者の息子は干貝芽白、金魚鮫、四喜花鮫、松鼠黄魚、八宝肥鴨、北京烤鴨などで「国宴」を催していた。

使用される食材は豊かになった島の人々の印象では、フカヒレ、斑魚《はんぎょ》、干し貝柱、伊勢エビステーキに他ならず、高価なものではあっても、決して手の届かないものではなかった。

はたして打ち砕かれたのは、人々の「国宴」に対する幻想だけだったろうか！（民選総統はエコロジー団体の環境保護論に賛同して、「国宴」からフカヒレのスープを外した）

島ではさらに多くの富が蓄積され、大多数の人々が満ち足りた状態となり、「元首は洋食を食べない」とはいったい何を食べないのかを、多くの人が知るようになり、人々はついに悟ったのだ――「国宴」に招かれるのはすべてやんごとなき外国の元首夫妻や全権大使夫妻、ＶＩＰたちであり、ほとんどが外国人なのである（それでこそ「国」対「国」の「国宴」となる）。

お客さんに大いに楽しんでもらうため、「国宴」には基本的に外国人の口に合う中国料理しか出さないのだ。食卓に並べられた割り箸にはナイフとフォークが添えられ、調味料が少し異なるほか、肉魚全体が賓客の好みに合わせて選ばれる。

人々が伝え聞くには、肉魚も衛生管理が最優先されているという。清潔で衛生的であることを心がけ、貴賓の食の安全を最大限に考慮しているのだ。（機密防衛はみんなの責任？）

こうして例の「ほとんど洋食しか食べない」元首夫人に対しては、異なる見方も現れた。過去には、彼女が「国宴」メニューに影響力を持っているか否かについて、人々はまじめに考えたことがなかった。「国」宴であるからには、国家の威信が問われ、貴き元首夫人、社交に長けたまさしく永遠のファーストレディであっても、改変を要求するとはあり得ない、と広く考えられていたのだ。

ところが「ほとんど洋食しか食べない」永遠のファーストレディである彼女は、中国でも最も豊かな家庭の出身で、アメリカ式貴族教育を受け（寄宿学校の晩餐ではイブニング・ドレス着用の義務があった）、その上、国際的社交にも長けており、流暢な英語を使いこなし「第二次世界大戦」中にはアメリカに赴き、アメリカの中国に対する多面にわたる援助を取り付けるのに成功しているのだ。

彼女こそ「国宴」で歓待せんとする貴賓のサンプルではないか！

アメリカ育ちで欧米を広く理解し、ほとんど洋食しか食べない「ファーストレディ」の元首夫人という、「国宴」に最もふさわしい女主人の地位にあったというのに、彼女には「国宴」メニューに対し口を挟む余地はなかったなどと、誰が言えようか。

かつて存在し、その後に消滅した「中華民国」（Republic of China）、その国家体制・体例、その奥深くにある規定とは、必ずや墨守され、まったく変更不能なのだろうか？

（あるいは、かつてかくのごとく厳格な体制・体例などあったのだろうか？）

六

王斉芳が傷痕の時代に育ったとするなら、彼女にも傷跡は当然残っている。

長い歳月の後、島は民主化へと進んで行き、世間の言うところの自由民主国家となった。だが一九七九年「中華民国」（Republic of China）は国連から追放され、「中華人民共和国」（People's

Republic of China）に取って代わられ、島はもはや国際的には「国家」とは認められなくなった。「中華民国」（Republic of China）は今では事実上存在しないのだ。

王斉芳もあの二代の元首／独裁者／ストロング・マンの高圧的統治の四十年間には、ちっぽけな島にも確かに「国家」が存在していたことを認めざるを得ない。「国宴」を有する国家、単一の国劇を有する国家——その国家を好ましく思うか、自分のものと思えるかは別として。

そしてその国家とはこう称された——

「中華民国」（Republic of China）。

今後、例の島のいわゆる「国」宴のメニュー（「中華民国」は事実上存在しない）がいかなる内容となるのか、誰も知らない。

生涯死ぬまで彼女は忘れないだろう。かつて、暗い劇場で遥か遠くから、あの小さなほの暗い明かりが輝いていた舞台を。

長い長い時間の後、彼女が中国の大地を踏み、中国が単なる教科書の中の名詞だけのものではなくなり、さらに中国「京」劇を見た時、彼女はついに発見したのだ——

あの高度戒厳令下の四十年、遠く「中」国から離れた周縁のちっぽけな島では、なおも「中華民国」の国号を用いており、首善の都の「国軍文芸活動センター」と称される舞台で、実際は彼らが本当にあの民族の歴史の精髄を保存し、彼らが自分たちの方式により、あの偉大なる中華文明をその最後の一刻において真に発揚し、ここに来てお別れ上演を行い、その後、灯は消え人は散り過去の歴史の再演は不可能となり、再演してもそれは異なる顔を持つのだ。

あのちっぽけな島は確かに自らの方式で、この歴史の最後の瞬間を守り、その後二度と現れることのない最後の余光、光線の最後の反射として輝いたのだ。

もの寂しき所作とともに。

これでおしまい！

解説

李昂《リー・アン》は日本の国語辞典にも「りこう（Li Ang）台湾の作家。本名、施淑端。両親とも本省人。フェミニズム文学『夫殺し』『迷いの園』『自伝の小説』など。（一九五二〜）」（『広辞苑』第六版）と立項されており、現在も小説やエッセーに健筆を揮い、日本や欧米で講演活動を活発に行っています。台湾中部の古都、鹿港《ルーカン》で生まれ育った李昂には、それぞれ批評家と作家の施叔女、施叔青両氏の姉がおり、「施家三姉妹」として知られています。彼女が小説を書き始めたのは中学二年の時、高校一年で短篇「花の季節」が新聞文芸欄に採用され文壇にデビューしました。一九七〇年台北・文化大学哲学部に入学、七五年アメリカ・オレゴン州立大学演劇コースの大学院に留学し、七八年台湾に帰ると、土俗的情念に支配された伝統社会におけるセックスと暴力を描く『夫殺し』などの問題作を次々と発表し始めます。これらの作品はドイツ語、英語、フランス語、スウェーデン語、韓国語にも翻訳されており、二〇〇四年三月にはフランス政府から芸術騎士勲章を授賞されました。ちなみに同賞を受賞した高行健と莫言の二人の中国語圏作家は、その後ノーベル文学賞を受賞しており、李昂もアジアで最初の女性受賞者となるのでは……と期待されています。

詳しい伝記に関しては『夫殺し』（藤井省三訳、宝島社、一九九三）収録の長篇インタビューや『週刊朝日百科　世界の文学』第一〇九号「中国／魯迅、莫言、高行健ほか」（朝日新聞社、二〇〇一）収録の記事「格闘する女たち」全五頁をご参照いただくとして、次に本書収録の作品についてご紹介したいと思います。

本書には、初期李昂文学を代表する抒情性に溢れた作品および実験的心理小説と、中期を代表する二・二八事件の後日談としての政治とセックスの物語、そして最近作からは台湾の歴史を描く幽霊物語および政治的グルメ小説を収めています。

色陽（原題：色陽）——お盆にわら人形を焼かなかったら、供養を受けられずにさまよう霊魂が、群がってきてしまうのだから……

本作は鹿城《ロッシア》という街を舞台とし、鹿城は古都鹿港をモデルとしており、「色陽《シェッイオン》」はヒロインの名前です。彼女は日茂《ジッボッ》屋敷の主人、王本《オンブン》に身請けされた元娼妓でしたが、彼には生活能力が不足しているため、今や屋敷はすっかり没落しており、針仕事が上手な色陽がお祭り用の匂い袋や人形、提灯作りの内職で家計を支えていました。しかしプラスチック製品の玩具が出回り始めると、この生計の道も断たれてしまい……。

色陽という名前は夕陽の赤く柔らかな光を暗示しており、彼女がともす自家製灯籠のロウソクの明かりと共に、滅びゆく伝統社会を照らしているかのようです。戦後台湾の高度経済成長は一九六五年頃より始まっており、この物語は急激な近代化の波に洗われ、消えて行った伝統台湾に対する情感溢れる挽歌といえるでしょう。

初出：『世界文学のフロンティア（2）愛のかたち』（今福龍太・沼野充義・四方田犬彦編、岩波書店、一九九六）

西蓮（原題：西蓮）――陳西蓮《タンセエリエン》の母は、年をとるほど若返るかのよう……一種珍しい淑やかさと愛嬌を醸し出しており、それは福々しくも異様な青春であり、骨張っている娘とあからさまな対照を見せていた。

本作も鹿城を舞台とし、「西蓮」も登場人物の名前ですが、彼女は日本統治期（一八九五～一九四五）末期に日本式の高等女学校に通っており、戦後には小学校の国語教員になる文学少女でした。そしてこの物語の主人公は、ひとり娘を西蓮――西方極楽浄土から不老不死の仏の座の蓮華を取って来る――と名付けた彼女の母親なのです。この母は、戦前に新婚の夫が日本の大学医学部留学中に日本人女性と同棲したことを許せず、娘を身ごもった身体で日本に渡り離婚した、という鹿城では伝説的女性でした。その後、独身にして永遠の美しさを保つかのようなこの母は、仏の道に帰依し、分与された夫の財産で西蓮を育てるものの、娘が教員となって恋愛結婚を始めると執拗に反対します。そしてこの母娘関係は驚くべき展開へと至るのでした。

これは古都を舞台に、日本統治期から旧国民党統治期にかけてのおよそ三十年にわたる母娘の物語ですが、短いながら、二つの時代の間に生じた大きな変化を描いています。かつて東の日本女性と同棲した夫と離婚し敬虔に念仏を唱えて暮らしていた母でしたが、西方外来政権の中華民国期を迎え、成長した娘が新進教師として職場でも恋愛でも活躍し始めると、男女の愛を知らずして生きてきた母が大胆にも尋常ならざる愛の道を歩み始めるのです――西蓮、西方の蓮華の助けを得ながら。

初出：『現代中国短編集』（藤井省三編、平凡社ライブラリー、一九九八）

水麗（原題：水麗）――十数年前とほとんど変わらぬ望洋路《バンイウロー》が見えた。道の両側に立つのはあいかわらず清末建造の三階建ての旧式洋館であり、単調な灰白色が続いているのだ。それでも圧倒されるような厳粛さがどことなく漂い、林水麗の身体は軽く震え、陳西蓮に会いたいという思いが胸に湧き上がってきた。

本作で西蓮は名舞踏家の林水麗《リムツイレイ》と共にヒロインの座に着きます。水麗の実家は鹿港随一、そして台湾五大家族の一つである鹿港辜《クー》家をモデルとしているのでしょう。日本統治期の台湾で名門の家に生まれながら、高等女学校時代に舞踏に目覚めた水麗にとって、西蓮の助けを得て、遠く上の広間で西蓮の母がお経を唱える声を聞きながら、下の「大きくて多少陰鬱な広間」で踊り狂っていたのが、彼女の舞踏芸術の原点でした。舞踏家として名声を得た今日、突然、舞台をキャンセルし、十数年ぶりに鹿城へと帰郷したのは、遺産相続処理のためだけでなく、中年に至り、自分の原点を見つめ直したかったためでしょう。翌日、西蓮に会いに行くと、「真っ赤に上気しながら、目を輝かせてわたしの踊りを見つめていた。さもなければ日本語の恋愛小説を一山抱えてきて、顔中涙でぬらしながら読んでいた」あの西蓮は、小学教師の身分に加えて編み物工場の経営者を兼ねているのでした。

十数年ぶりの帰郷物語という感傷的な作品において、李昂は台湾の高度経済成長が小都市の若い女性たちにもたらした激変をしっかりと描いているのです。

初出：『現代中国短編集』（藤井省三編、平凡社ライブラリー、一九九八）

以上三篇の翻訳に際しては、『殺夫――鹿城故事』（聯経出版、一九八三年初版、一九九一年第十二刷）収録作品を底本としました。

セクシードール（原題：有曲線的娃娃）――あのサトウキビ畑の中では、数千数万の黄緑色の目が彼女の肉体を見つめ、数千数万の尻尾が彼女の肉体に触れ、鳥類の白い羽毛が彼女の下半身を満たし、白い牙が彼女の乳房を噛んでいるが、そこは蜜のように甘くして暗黒、空も陽も望めぬ尽きせぬ暗黒であり、安らかにして彼女に憩いを与え、彼女はわが身を隠し通せるのだ。

中南部育ちの若い妻は、幼少期に母を亡くし、貧しい家では人形も買ってもらえず、母の乳房が恋しくて、自ら布人形や泥人形を作っていたことがあります。豊かな胸を夫に愛撫されながら、彼女はセクシードールをめぐる様々な妄想に耽るのですが……。

ヒロインは台北と思しき大都会で、ホワイトカラーの夫と二人で不自由なく暮らしながら、母親コンプレックスを抱き続けており、それは彼女に深いアイデンティティ危機をもたらします。夫の出勤後に、彼女は裸身となって秘儀を行い、自らの豊かな胸を夫に移植することさえ願いますが、もとよりそれは叶わず、彼女は一度棄ててきた故郷を限りなくいとおしく思うのでした。

李昂さんが十八歳の年に発表した作品で、初期の彼女のカフカやフロイトへの関心の深さをうかがわせます。幻想小説として国際的にも高く評価されています。

初出：『エソルド座の怪人　アンソロジー／世界篇（異色作短篇集20）』（若島正編、早川書房、二〇〇七）

翻訳に際しては『文学季刊』一九七〇年第十期掲載作を底本としました。

花嫁の死化粧（原題：彩妝血祭）――銃弾が貫通して開いた穴には縫い合わせるべき皮膚がないため、器用な妻は深夜に臼でもち米を粉にして白玉をつくり、これにお祭りの際につくる紅湯圓《アンイーアー》の紅糟を加え、ピンクの肌色を調合した。妻は柔かくて粘弾性に富む白玉を薄く延ばし、これで縫合できない傷口を覆った……さらに夫が「宮刑」に処せられ生殖器を切り取られていたので、妻はこの材料を捏ねてつくった……。

太平洋戦争における日本の敗戦の結果、台湾は中国に復帰しましたが、一九四九年に大陸が共産党により統一される前後には、国共内戦に敗れた蔣介石国民党政権と約一〇〇万の大陸各省の人々の逃亡の地となりました。この〝外省人〟の数は当時の台湾の〝本省人〟人口の約六分の一に相当しました。大陸とは異なった近世史・近代史を歩んできた本省人の間には国民党に対する違和感が存在し、これに同党の暴政が加わって反国民党の感情が高まり、一九四七年には本省人による蜂起「二・二八事件」が勃発、国民党軍の武力鎮圧により、一万八千から二万八千もの本省人が虐殺されたといわれます。

事件後も国民党政権は白色テロにより反国民党派の人々を厳しく弾圧しましたが、台湾人は多くの犠牲を払いながらも民主化運動を粘り強く闘い続け、この運動は一九八〇年代後半には高潮期に至り、一九九六年の総統直接選挙の実施を経て、台湾の民主化がほぼ実現するのです。

本作のヒロインは夫が二・二八事件後の白色テロで処刑された王媽媽《ワンマーマ》です。彼女は同事件後に日本の家政学院に留学したようすで、医学部留学中の夫と知り合い、台北に戻って結婚したものの、新婚の夜が明ける前に新郎は逮捕され、銃殺されました。夫の家は代々開業医でしたが、二・二八事件と白色テロと二代続いて被害を受けて財産を失い没落し、花嫁の実家は巻き添えを恐れて彼女から遠ざかっていったため、彼女は再婚話も求婚者もすべて断り、日本の「花嫁学校」で習った洋裁で暮らしを立てながら、初夜に身ごもって生んだ息子を一人で育てます。やがて高度経済成長を遂げた台湾では、花嫁たちはウェディング・ドレスに憧れ、彼女は日本で学んだ技芸により花嫁スタイリストとして知られるようになります。息子も医学部を卒業し実家で病院を開業すると、経済的負担から解放された母は、民主化運動に全力を投入し、抗議運動では常に先頭を歩み、機動隊に殴られ顔中血だらけとなっても引き下がろうとはせず、反体制陣営の人々から尊敬と愛情をこめて「王媽媽《ワンマーマ》（王の母さん）」と呼ばれました。ところが息子は少年期に白色テロの後遺症の根深いトラウマを負っており、劇症肝炎で亡くなってしまいます。それは二・二八事件から半世紀後、初めて公開屋外追悼集会が開かれる直前のこと、母は遠くの淡水河辺での集会進行の拡声器の声を聞きながら、息子の遺体に花嫁化粧をほどこしますが……。

この物語には李昂と等身大の作家が登場し、発言者として追悼集会に参加しており、デモ行進とその後の集会とに集う事件犠牲者の遺族の心情や事件の歴史的経緯、そして集会に流れる「死の写真」集の噂が彼女の目を通して語られるのです。ヒロイン王媽媽と、事件後に生まれ事件を秘かな伝聞でしか知らない若い作家との間をフラッシュバックしつつ、物語はサスペンスの連続で進行して行くのです。

本作はドイツでダンス劇化されて二〇一一年三月にダルムシュタット劇場で上演されて好評を博しました。

翻訳に際しては『北港香炉人人挿』（麦田出版社、一九九七）収録作を底本としました。

谷の幽霊《おに》（原題：頂番婆的鬼）——全身は完全無欠でありながら、女性性徴のみ残酷に蹂躙された女性の胴体は、死後も何の因果か腐爛せず、塩塚に密封され、あらゆる恥辱の痕跡を留めたまま、数百年後、一条一条の傷痕が死体の上にくっきりと現れ出たのである。あの抉《えぐ》り出された十の陰部は、どれもこれもが凄惨な、無言の口であり、列を成して今もなお恐ろしき悲情を訴えていた。

この作品は、清朝統治期に漢人により鹿城付近の土地を奪われ妓楼に売られた先住民の娼妓が、骨折して働けなくなり、農婦になろうとして土地回復を請求したところ、駐防水師署に謀反人として捕らわれ、乳房とヴァギナに残酷なお仕置きを受けて塩塚に入れられミイラ化するものの、幽鬼となって日本統治期の鹿城に舞い戻り、旧国民党統治期の高度経済成長期に成仏するまでを描いております。

台湾には古くからオーストロネシア語系の先住民が住んでおり、中国大陸の福建・広東両省から漢族が移民してきたのは十六世紀以後のことでした。しかし一六二四年にオランダの東インド会社が台南地区に貿易と統治のための機構を置き、最初の外来政権として三十八年間君臨し、先住民にキリスト教を宣教するため教会と学校を設立しました。一六三八年には四つの村の学校に総計四〇〇名の学生が在籍し、先住民言語である新港語をアルファベットで表記して教理を学んでおり、一六五七年には先住民牧師養成のため定員三十の神学院が設立され、オランダ語も教育されていました。一六五六年には統治下の先住民一万一〇九人中六〇七八人が教義を理解し、二七八四人が祈禱以上の教義を理解していたということです（台湾省文献委員会編・刊『台湾省通志稿』巻二、一九九三）。またオランダ統治期の台湾の漢族人口は約十万、そのうちオランダ統治下の漢族人口は一六六一年の時点で三万四千人と推定されています（陳紹馨『台湾的人口変遷与社会変遷』聯経出版、一九七九年五月初版、一九九七年九月初版第五刷）。

このオランダ統治期も一六六一年に鄭成功（チョン・チョンコン、ていせいこう、一六二四〜六二）の漢族軍二万五千の攻撃を受けて終わりを告げました。鄭成功は満州族の征服王朝である清朝に滅ぼされた明朝回復を図り、台湾を反清復明の基地とし移民を奨励したので、漢族人口は一六八〇年には二十万人に達したと推定されています（同前）。しかし鄭一族による台湾支配は三代二二年で終わり、一六八三年には台湾は清朝の版図に入るのです。

清朝統治期は人口の急増期で、陳紹馨の推計に拠れば一六八〇年から一八一〇年までに漢族人口は一八〇万人増加して二〇〇万人となりましたが、その後一八九〇年までの清朝期最後の八十年間には五十万人の増加に留まり、一年あたりの増加率は一・八％から〇・三％に急減しました。台湾内部の反乱対策と、十九世紀後半の諸外国の台湾進出対策のため、清朝の地方行政機構も整備が進み、初期の台湾西南部に設置された一府三県から、一八八五年の台湾省設立時の三府十一県三庁一直隷州へと発展し、全台湾を網羅するに至ります。漢族男性移民の多くは先住民女性と通婚したため混血が進んだとも言われています。

この時期の教育機関としては義学・民学または書房があり、ここでは文語文による読み書きと算盤が教えられ、これに科挙受験のための経書の講読が行われていました。教育語には中央政府の官僚間の共通語である北京官話ではなく台湾語が用いられました。日本統治開始後にも書房は存続しており、植民地化直後の一八九八年には書房数一七〇七校、教員も同数の一七〇七人、生徒数は二万九八七六人という統計が残されています。識字率は一〇％未満であったと推定されます。

日本統治期には農業生産の増大と産業化が図られ、近代的教育制度が整備されました。人口五六八万（一九四二）に対して、台湾人小学校生徒数約七四万四千（ただし一九四二年統計。鍾清漢『日本植民地下における台湾教育史』多賀出版、一九九三）、それに中学（五八九五）・高等女学校（三三五四）・

農林学校（一八五四）、工業学校（九九八）、商業学校（一六七五）、実業補習学校（九一四一）、師範学校（四九七）など中等教育機関在学者数二万三三五四人が存在し、日本語理解率は五七％に達しています。

さて「谷の幽霊」はオランダと鄭成功、そして清朝という三代の外来政権の支配が交錯する鹿城の時空を設定しています。漢人により豊かな海辺の平原を奪われた先住民のバブザ人は急峻な山地へと移動し、その際に平原から山地へと入る入山口《にゅうざんぐち》の谷間に年老いて動けない老婆とその介護をする幼い孫娘を残したので、やがて漢人が鹿城郊外に娼館を開業すると、ここに二人の先住民の女子が売られて娼婦となり、月珍《ゲエチン》／月珠《ゲエツウ》という漢人の名前を与えられます。月珍が漢人を、月珠がオランダ人をそれぞれ父とするのは、バブザ人が母系制社会であったためでしょう。物語の当初は月珍と月珠は「月珍／月珠」として一対の姉妹のように登場しますが、二人が刑死すると一つの幽鬼として合体します。

月珍／月珠が刑死したのは、妓楼崩落事故で骨折し働けなくなり、入山口の土地の回復を請求したところ、駐防水師署はこれを謀反と見做し、「蛮族平定」のため彼女らに残酷な性的拷問を加えたためでした。その拷問とは、性器の周囲十個所を切開して新たなヴァギナとし、摘出した肉塊を両の乳房に埋め込むというものでした。小説ではこの残酷なお仕置きが詳細に描かれています。死体は野晒しにされ、塩塚に封じ込められ、幽鬼は長い瞑想期を過ごしますが、台風と地震に繰り返し襲われるうちに塩塚は崩れ、飛び出した幽鬼が復讐に向かうと、時はすでに三百年近くが過ぎ、時代は日本統治期に変わっているのです。清朝統治期の漢人の風習が次々と改められて行くのを痛快な思いで見ていた幽鬼でしたが、戦後の旧国民党統治期が始まると、独裁政権に虐げられる漢人の守り神にもなり、さらに高度経済成長期を経て一九八〇年代の宝くじブームの狂乱が巻き起こると、彼女の性器に刻印された恥辱の傷痕は、宝くじの当たり番号をお告げする聖痕となり、立派な廟が建てられますが……。

先住民女性が漢人やオランダ人の一種の結婚詐欺にあって生んだ混血女性が、漢人相手の娼婦となり、謀反の冤罪で性的極刑に処せられて幽鬼となり、三百年後に成仏する——本作は先住民権利回復運動とフェミニズム、そしてポスト・コロニアリズムを魔術的リアリズムで混合した世にも不思議な幽霊物語といえるでしょう。

翻訳に際しては『看得見的鬼』（聯合文學出版、二〇〇四）収録作を底本としました。

海峡を渡る幽霊（原題：吹竹節的鬼）——この広大な深海さえも、あの「死体一つに命二つ」の女幽霊が渡れたとするならば、海の果て、空の果てまで逃れようとも、もはや安心できないのだ。そうであるなら、ただ今、身を寄せているこの島を、最後の拠り所とするしかあるまい。どこまで逃げようとも終わりはないのだから。空に連なる大海に向かって、「漢薬先生」は決心した。

この作品は、大陸から漢方医の「漢薬先生」が一家を挙げて鹿城へと移住してきたところ、大陸の隣家の妊婦の幽霊が海峡を渡って追いかけて来て、自らの彼への恨みばかりか、幾代にもわたる両家の醜聞まで語って鹿城を騒がせたため、土地の守り神である「呉府三王爺《ゴオフウサムオンイア》」がお出ましになって、この妊婦の幽霊と対決するのですが……という物語です。

本作は二〇〇三年十一月に東京大学山上会館で開催した李昂シンポジウムにおける小川洋子氏との対談「わたしたちの海」のために、李昂が書き下ろしたものです。小川さんも「海」という短篇小説を執筆して下さり、お二人は事前に相手の作品を読んだ上で対談されました。この時、小川さんは「海峡を渡る幽霊」について次のような感想を語っています。

作者自身が、書き手ではなく、あたかも語り手であるかのような錯覚を与える独特の文体が非常に魅力的でした。遠い昔におばあさんにおとぎ話を聞かせてもらった、そういう喜びを思い出させてくれます。（中略）最もおかしかったのは、女道士に乗り移った幽霊が、人と霊が交合する場面を身振り入りで一時間以上も大熱演するところです。この霊媒師は、この力仕事ののちにはゲッソリ痩せてしまい、半分ほどにも小さくなってしまうほどです。おどろおどろしくて怖い日本の幽霊のイメージと全く正反対で、おおらかで、すばらしいユーモアに富んでいる。（中略）結局、土地の守り神「呉府三王爺」がこの幽霊を大陸に追い返すことになるわけですが、「大陸のことは大陸に帰し、一度海を渡れば相関わらず」という最後の一行は印象的で、台湾と大陸の政治的な関係を暗示しているのではないかと思わせました。

この対談と「海峡を渡る幽霊」および「海」の両作は、その後、文芸誌『新潮』二〇〇四年二月号に収録されました。また対談は『小川洋子対話集』（幻冬舎、二〇〇七）に収録され、同書は二〇一〇年に幻冬舎文庫として再版されております。

翻訳に際しては『看得見的鬼』（聯合文學出版、二〇〇四）収録作を底本としました。

国宴（原題：國宴）――鮮魚は濛々たる水蒸気の中で悶え、身に多少の捩《ねじ》れが生じるかも知れない。ありのままに言えば、宴席に運ばれた大皿の魚が頭から尾まで端正であるのは、その場でさばいて料理した最も美味なる鮮魚ではないのだ。目玉が飛び出たお頭は、国宴の権勢を極めた君主や総統および高貴なる令夫人方を驚かすかもしれない。(しかし彼らがこの場の上客となったのも、血なまぐさい殺戮をくぐり抜けてきたからだろう！　目玉の飛び出たお頭に彼らが本当に驚くことだろうか？)

「国宴」は旧国民党統治期の暗黒時代の記憶を、蔣介石・宋美齢総統夫妻の主催による国賓歓迎宴会のメニューを通じて、現代にたぐり寄せようとする、ふしぎな味わいの小説です。「機密防衛はみんなの責任」という秘密主義の独裁体制下で、民衆は漏れ聞くナショナル・バンクエットの華麗な中国語のメニューから、生まれて三日の鼠の赤ちゃんやら、百足《ムカデ》の刺身、生きた猿の脳味噌を食べている蔣介石・宋美齢総統夫妻を想像したとは、素晴らしいブラックユーモアです。ところが独裁者は親子二代にわたり、ロシア人の防腐技術を用いて、自らの遺体がまだ温かいあいだに血抜きして防腐剤を注入させ、遺体を真空にした銅の棺桶に入れて保存させたというのです。

しかし独裁者とともに中国大陸から渡来した伝統的「国宴」メニューも、民主化プロセスの完成を象徴する民選総統により台湾の郷土料理に取って代わられたのですが……。「国宴」と共に蔣介石政権が台湾に持ち込んだ「国劇」すなわち京劇の中に、「上演のたびに復活し、毎夜大垂れ幕の下に消えていく」大陸女性の亡霊たちを認めることで、李昂は虐げられてきた女たちという共感を寄せてもおります。

李昂はグルメ作家としても知られており、その名もズバリ『愛吃鬼』(食いしん坊)というエッセー集など、多くの美食に関する文章を書いています。

翻訳に際しては『聯合文学』第二五四期二〇〇五年十二月号掲載作を底本としました。

魯迅から莫言までの現代中国文学を専攻している私が、台湾文学に目覚めたきっかけは、一九八〇年代末に東京・神保町の中国書専門書店で、偶然にも李昂の代表作『夫殺し』と出会ったことです。それは北京で刊行された簡体字印刷の『愛情試験』（人民文学出版社、一九八八）という本でしたが、数年後に私が台北・重慶南路で購入した洪範書店版『愛情試験』とは表題作以外はまったく異なっています。この大陸版には「暗夜」「一封未寄的情書」など李昂の初期代表作が収められており、『夫殺し』もその一篇でした。

『夫殺し』はフェミニズムの視点から語られることが多いのですが、私の第一印象とは、ヒロインも、そして彼女に家庭内暴力をふるう夫やそれを容認する周辺の人々も、すべて孤独で悲しい存在であるというものでした。情愛さえも経済制度と礼教・土俗信仰制度により収奪された食肉解体業者の陳という男性は、あたかも生け贄のように私たちの罪悪を一身に担っているようにも思われ、涙が止まらなかったのを覚えています。それまで二十年近く現代中国文学を読んでおりましたが、この作品から魯迅の『故郷』や『阿Q正伝』、莫言の『透明な人参』などと同様の深い感動を受けたことが、昨日のことのように思い出されます。

その後、翻訳・監訳した『自伝の小説』と『迷いの園』も『夫殺し』と勝るとも劣らぬ衝撃的な長篇小説でした。

そのいっぽうで、李昂の短篇小説には抒情性に溢れた味わい深い作品や、ブラックユーモアや実験性に富む作品が多く、私は機会あるごとに紹介して参りました。今回は既訳作品を全面的に改訳したほか、作家ご自身の希望に従い、新たに「花嫁の死化粧」と「谷の幽霊」を翻訳して、一冊の短篇集にまとめた次第です。読者の皆様に多様性に富む李昂文学の魅力をお届けできれば幸いです。

本書の翻訳に際しては、不明な点の数々を作者の李昂さんからご教示いただきました。その間に判明した原書の一部不適切な箇所は、李昂さん自身により訂正していただいております。漢詩の訓読・現代日本語訳は、長らく法政大学教授として古典中国文学を講じておられた黒田真美子博士にご教示いただきました。台湾の慣習や地名・人名の台湾語音カタカナ表記などについては、謝恵貞博士（高雄・文藻外語大学専任講師）にお訊ねしました。ちなみに謝さんは彰化女子中学（中高六年制）の出身で、李昂さんと同窓です。李昂さんは一九六〇年代に、鹿港から二十キロほど西にある内陸部の街、彰化市まで軽便鉄道で通学していたのです。

また本書刊行のため、李昂さん御友人の陳宏正氏が浄財をご提供下さったとのことです。

以上、皆様に心より御礼申し上げます。

藤井省三

二〇一八年一月十八日

［訳者略歴］
藤井省三（ふじい・しょうぞう）
1952年、東京都生まれ。桜美林大学文学部助教授を経て88年東京大学文学部助教授、94年同教授。日本学術会議会員(2005-14年)。専攻は現代中国語圏の文学と映画。
主な著書に、『魯迅と日本文学——漱石・鷗外から清張・春樹まで』、『中国語圏文学史』（以上、東京大学出版会）、『村上春樹のなかの中国』(朝日新聞社)、『台湾文学この百年』（東方書店）、『中国映画　百年を描く、百年を読む』（岩波書店）ほか多数。
主な訳書に、李昂『夫殺し』（宝島社）、『自伝の小説』（国書刊行会）、『迷いの園』（監修、国書刊行会）、魯迅『故郷／阿Q正伝』、『酒楼にて／奔月』（以上、光文社）、莫言『酒国』（岩波書店）、『透明な人参』（朝日出版社）ほか多数。

海峡を渡る幽霊——李昂短篇集

2018年　2月　5日　印刷
2018年　2月25日　発行

著者　李昂《リーアン》
訳者　©藤井省三
発行者　及川直志
発行所　株式会社白水社
〒101-0052
東京都千代田区神田小川町3-24
電話　営業部　03-3291-7811
　　　編集部　03-3291-7821
振替　00190-5-33228
http://www.hakusuisha.co.jp

印刷・製本　図書印刷株式会社

乱丁・落丁本は、送料小社負担にてお取り替えいたします。
ISBN978-4-560-09599-7
Printed in Japan
JASRAC出1800829-801

エクス・リブリス
EXLIBRIS

神秘列車

◆甘耀明　白水紀子 訳

政治犯の祖父が乗った神秘列車を探す旅に出た少年が見たものとは——。ノーベル賞作家・莫言に文才を賞賛された実力派が、台湾の歴史の襞に埋もれた人生の物語を劇的に描く傑作短篇集！

鬼殺し（上・下）

◆甘耀明　白水紀子 訳

日本統治期から戦後に至る激動の台湾・客家の村で、日本軍に入隊した怪力の少年が祖父と生き抜く。歴史に翻弄され変貌する村を舞台に、人間本来の姿の再生を描ききった大河巨篇。

歩道橋の魔術師

◆呉明益　天野健太郎 訳

一九七九年、台北。物売りが立つ歩道橋には、不思議なマジックを披露する「魔術師」がいた——。子供時代のエピソードがノスタルジックな寓話に変わる瞬間を描く、九つのストーリー。

グラウンド・ゼロ　台湾第四原発事故

◆伊格言　倉本知明 訳

台北近郊の第四原発が原因不明のメルトダウンを起こした。生き残った第四原発のエンジニアの記憶の断片には次期総統候補者の影が……。